Anna Licht

Blau ist grüner als Gelb

atb aufbau taschenbuch

ANNA LICHT, Jahrgang 1974, studierte Germanistik, Geschichte und Philosophie. Sie arbeitete im Veranstaltungsmanagement, bevor es sie zurück an die Universität zog. Nach ihrer Promotion lehrte und forschte sie in Kanada. Seit 2007 ist sie an einer Graduiertenschule der Berliner Humboldt-Universität tätig. Anna Licht lebt mit ihrem Mann und ihren beiden Kindern in Berlin. Im Aufbau Taschenbuch Verlag erschien auch ihr Roman »Jan ist weg«.

Die Freundinnen Mia und Lena, beide Mitte dreißig, befinden sich in völlig unterschiedlichen Liebes- und Lebenssituationen. Lena hat sich von ihrem langjährigen Freund getrennt und hadert mit ihrem Schicksal. Auch beruflich fühlt sie sich überfordert. Sie hat sich als Ärztin selbständig gemacht, in der Praxis tobt das Chaos, und ihre kratzbürstige Sprechstundenhilfe tanzt ihr auf der Nase herum. Als ihre Mutter anfängt, einen neuen Mann für sie zu suchen, wird Lena klar: Sie muss etwas in ihrem Leben ändern. Mia dagegen ist verheiratet, hat zwei Kinder und arbeitet als Lektorin. Auch sie ist an einem Tiefpunkt angelangt. Ihre Beziehung beschränkt sich auf die Organisation des Alltags, die Unterhaltung mit ihrem Ehemann dreht sich nur noch um die freudlose Frage: Wer erledigt was? Zu allem Überfluss muss sie einen erotischen Roman redigieren, obwohl ihr eigenes Liebesleben praktisch zum Erliegen gekommen ist. Als sie sich auf der Suche nach erotischem Vokabular von ihrem Spam-Verteiler inspirieren lassen muss, weiß auch sie: So geht es nicht weiter.

Mia überredet Lena zu einem gemeinsamen Wellness-Wochenende auf dem Land. Beschwingt von der Auszeit mit Freundin kehren sie in ihren Alltag zurück. Und dann nehmen die Verwicklungen ihren Lauf.

Anna Licht

Blau ist grüner als Gelb

Roman

atb aufbau taschenbuch

ISBN 978-7466-2621-5

Aufbau Taschenbuch ist eine Marke
der Aufbau Verlag GmbH & Co. KG

3. Auflage 2011

Umschlaggestaltung Mediabureau Di Stefano, Berlin
unter Verwendung mehrerer Motive von iStockphoto:
© Matthew Britton, © sx und © Joey Nelson
Satz LVD GmbH, Berlin
Druck und Binden Druckerei C. H. Beck, Nördlingen
Printed in Germany

www.aufbau-verlag.de

Für Claudia, Nina und Diemut

Leben ist das, was passiert,
während du damit beschäftigt bist,
andere Pläne zu machen.

John Lennon

Mia

Poch, poch.

Ich lag auf der Seite und gab vor, zu schlafen.

Poch, poch.

Ich rührte mich nicht. Ich versuchte, tief und gleichmäßig zu atmen. Jetzt nur nicht bewegen. Wenn ich es lange genug ignorierte, hörte es vielleicht von selbst auf.

Poch, poch.

Oles Penis klopfte an meinen Po. Jetzt fing er auch noch an, meinen Rücken zu streicheln. Der Typ hatte vielleicht Nerven. Ich versuchte, innerlich Ordnung in das Chaos der nächsten Tage zu bringen, und Ole dachte an Sex.

Die Steuererklärung mussten wir einreichen, die letzte Fristverlängerung lief am Freitag ab. Klara brauchte dringend einen neuen Badeanzug, sie hatte ihren beim Schwimmkurs liegenlassen. Mit Max mussten wir zum Kinderarzt, die Regelimpfung war überfällig, und den Antrag auf Ferienbetreuung im Kindergarten hätte ich längst abgeben sollen …

Poch, poch.

… und bis Montag musste ich mindestens zwanzig Seiten redigiert haben. Die Übersetzung war eine Katastrophe, und der Programmleiter saß mir im Nacken. Um das Projekt zu retten, musste ich das Manuskript praktisch komplett umschreiben. Nächstes Mal würde ich die Übersetzung gleich selbst machen und dafür wenigstens das Honorar einstreichen.

Wie sollte ich das alles schaffen?

Ole focht das nicht an. Sanft streichelte er meinen Nacken.

Ich öffnete die Augen und schielte auf den Wecker. Schon fast Mitternacht. Verdammt. In sechs Stunden musste ich aufstehen. Ich fühlte mich schon jetzt wie gerädert. Wann hatte ich das letzte Mal ausgeschlafen? Weihnachten? An meinem Geburtstag? Es war so lange her, dass ich mich nicht daran erinnern konnte. Ole war das egal. Er hatte andere körperliche Bedürfnisse, die befriedigt werden wollten. Ich überlegte: Wann hatten wir das letzte Mal miteinander geschlafen? Es musste schon lange her sein. Mein Atem ging flacher. Mist. Jetzt hatte Ole gemerkt, dass ich wach war. Ich war aber müde. Todmüde! Ich wollte einfach nur schlafen, ein paar Stunden am Stück, bevor Max das nächste Mal aufwachte. Am nächsten Morgen hatte ich Frühdienst, wir hatten da klare Absprachen. Eine Woche Ole, eine Woche ich. Das bedeutete, um sechs Uhr aufstehen, Frühstück machen, die Kinder wecken, Max wickeln und anziehen, Klara antreiben, Zöpfe flechten, Brotdosen bestücken, Kindergartenrucksäcke packen. Außerdem musste ich mir die Haare waschen und fönen, ich hatte um neun eine Verabredung mit unserem französischen Bestsellerautor, da musste ich einigermaßen präsentabel aussehen. Für das Haarefönen würde ich mindestens zwanzig Minuten brauchen, und dabei fiel mir ein, dass meine Bluse nicht gebügelt war, das schaffte ich auf keinen Fall mehr, dann musste ich halt den dunklen Rolli anziehen, obwohl der nicht gewaschen war …

Ole ließ nicht locker. Ich versteifte mich, hielt seine Hand fest und verdrehte innerlich die Augen. Ich wollte schlafen! Ich brauchte keinen Sex! Warum waren unsere Bedürfnisse nur so unterschiedlich? Mir reichte einmal im Quartal. Ehrlich!

»Ich steh auch morgen früh auf«, murmelte Ole in mein Ohr.

Hatte ich richtig gehört? Er bot mir einen Tausch an? Sex gegen Frühdienst? Das konnte ich nicht machen. Es war völlig unromantisch. Und nicht nur das: Es war unmoralisch. Es roch nach Prostitution. Prostitution in der Ehe! Nein, auf keinen Fall.

Ich seufzte.

Andererseits.

Jeder von uns konnte etwas geben, das der andere wollte. Uns würde es beiden besser gehen – ihm mit Sex, mir mit Schlaf. Bestand eine Ehe nicht aus einem uneigennützigen Geben und Nehmen? Aber würde Ole freiwillig aufstehen, wenn wir keinen Sex hätten? Niemals. Hätte ich Sex mit ihm, wenn ich morgen früh raus müsste? Auf keinen Fall! Konnte es verwerflich sein, für sein eigenes Wohlergehen und das seines Mannes zu sorgen? Ich glaubte nicht. Eine halbe Stunde länger schlafen. Ausgiebig duschen. In Ruhe Haare fönen. Vielleicht wäre sogar noch ein zweiter Kaffee drin. Ich konnte nicht widerstehen. Es war desillusionierend, es war unromantisch, es war Alltag mit zwei Kindern.

»Deal«, sagte ich und drehte mich zu ihm um.

Am Morgen klappte nichts, wie es sollte. Max' Stirn fühlte sich ungesund warm an, wahrscheinlich kriegte er Zähne, und in der Nacht war er drei Mal wach gewesen. Obwohl Ole zwei Mal aufgestanden war und Max beruhigt hatte, fühlte ich mich ausgelaugt und hatte schlechte Laune. Auch Klara war nölig, sie hatte meinen leichten Schlaf geerbt und war nachts durch Max' Geschrei geweckt worden.

Ich saß im Schlafanzug am Frühstückstisch und schlürfte meinen Kaffee. Max patschte mit dem Löffel in seinem Joghurt herum. Ich unterdrückte meinen Impuls, ihn zu füttern. Das ging mich nichts an, Oles Frühdienst war mein nächtlicher Lohn. Klara kam in die Küche, sie trug nur ein dünnes T-Shirt.

»Klara, zieh dir einen Pulli an, es ist kalt draußen.«

»Aber ich finde keinen!«

Ich warf ihr einen braunen Kapuzenpulli zu, der neben mir auf dem Boden lag.

»Den will ich nicht, das ist ein Jungspulli!«

»Das ist ein ganz normaler Pulli, Klara, den hast du doch sonst auch immer angezogen.«

»Ich will aber nicht!«, entgegnete sie störrisch.

Gerade wollte ich ihr sagen, dass mir das egal war, da mischte Ole sich ein, der am Küchentresen stand und den Kindern Brote schmierte.

»Dann zieh halt einen anderen an.«

Na, super.

»Wo ist mein dicker rosa Pulli?«, fragte Klara Ole.

»Weiß ich nicht. Frag mal Mia.«

»Mama, wo ist mein dicker rosa Pulli?«

Ich wusste genau, wo er war. Ich hatte ihn schließlich gestern gewaschen, in den Trockner geworfen und anschließend zusammengelegt. War ich hier eigentlich die Waschfrau? Sollte Ole ihn doch suchen.

Ich: »Keine Ahnung.«

Dabei schämte ich mich ein bisschen, aber mein Ärger auf Ole überwog. Ole und Klara liefen durchs Haus und suchten den Pulli erst im Bad, dann im Kinderzimmer. Da würden sie ihn nicht finden.

Ich hörte Ole und Klara im Flur diskutieren.

»Ach, Klara, kannst du nicht einfach einen anderen anziehen? Was ist denn so schlimm an dem braunen?«

»Ich WILL aber keinen BRAUNEN Pulli anziehen, ich will meinen ROSANEN ...«

Ole gab sich geschlagen und steckte den Kopf durch die Tür.

»Hast du keine Idee?«, fragte er mit flehendem Unterton.

»Hm«, brummte ich. »Guck mal im Waschkeller auf dem Tisch.« Ole nickte und verschwand.

»BITTE!«, brüllte ich ihm hinterher.

Klara kam glücklich mit ihrem rosa Pulli ins Zimmer.

»Papa hat ihn gefunden!«

»Und ich hab ihn gewaschen, getrocknet und zusammengelegt, Klara«, platzte es aus mir heraus. Sie schaute mich verwundert an.

In diesem Moment sah ich, wie sich draußen vor unserem Gartenzaun eine riesige Bulldogge anschickte, ihr Geschäft auf dem schmalen Rasenstreifen zu erledigen, der den Bürgersteig von der Straße trennte. Wie von der Tarantel gestochen sprang ich auf. Den wollte ich mir nicht entgehen lassen. Dauernd traten Ole, ich und die Kinder in Hundescheiße.

Im Bademantel und mit wirrem Haar riss ich die Tür auf, rannte zum Gartentor und brüllte den Besitzer an: »Wenn ich Ihren verdammten Hund noch einmal erwische, wie er vor unsere Haustür scheißt, dann …« Ich zögerte einen Augenblick, womit konnte ich schon drohen? Es musste etwas Drastisches sein, sonst lachte dieser Trainingshosenprolet mit seinem Köter doch nur über mich, also schrie ich: »… dann knalle ich ihn ab, und glauben Sie nicht, dass ich das nicht kann, ich habe einen Jagdschein!« Das war zwar glatt gelogen, aber etwas Besseres fiel mir auf die Schnelle nicht ein.

Der Typ starrte mich entgeistert an.

»Reg dich ab, Lady.«

Inzwischen hatte der Hund sich erleichtert.

»Mitnehmen!«, forderte ich den Hundebesitzer aggressiv auf, die Hände in die Hüften gestemmt. »Und zwar auf der Stelle!«

Der Typ murmelte etwas Unverständliches, holte aber tatsächlich eine Tüte aus seiner Jackentasche, stülpte sie sich über die Hand und griff sich den Haufen. Befriedigt drehte ich mich auf dem Absatz um. Beim Reingehen sah ich die alte Frau Erler aus dem Nachbarhaus, sie winkte mir zu und hielt den Daumen nach oben. Drinnen am Küchenfenster standen Ole und Klara, sie hatten das Spektakel verfolgt.

»Warum hast du den Mann so angeschrien, Mama? Was hat der gemacht?«

»War das nicht ein bisschen übertrieben?«, fragte mich Ole kritisch.

»Das war überhaupt nicht übertrieben, das war höchste Zeit! Frau Erler hat mir auch gratuliert.«

»Na, dann«, sagte Ole und drehte sich um.

Mein Triumphgefühl verpuffte im Nu.

Lena

»... ja, und mein Mann hat ganz schrecklichen Ausschlag im Genitalbereich, und ich war doch neulich bei Ihnen, und Sie haben mir diese Creme verschrieben, und bei mir ist auch alles weg, aber bei meinem Mann, also das sieht ganz komisch aus, richtig fleckig ...«

»Hm«, machte ich in den Telefonhörer und warf einen Blick auf die Uhr. Ich war gnadenlos hinterher. Eigentlich hätte ich jetzt eine halbe Stunde Mittagspause gehabt, wenigstens auf die Toilette müsste ich mal gehen, das hatte ich den ganzen Vormittag nicht geschafft. Aber im Wartezimmer saßen noch zwei Patientinnen, und zwar seit über einer Stunde. Ich konnte sie unmöglich länger warten lassen.

Die Frau am anderen Ende der Leitung war nicht zu bremsen.

»... und ich hab zu ihm gesagt, Werner, sag ich, du musst zu der Frau Doktor Leopold in die Praxis, die kann dir dann etwas verschreiben, und ...«

Ich unterbrach sie. »Frau Melcher, ich bin Frauenärztin, ich kann Ihren Mann nicht untersuchen. Schicken Sie ihn bitte in eine urologische Praxis.«

»Aber er hat doch diesen komischen Ausschlag, den ich auch hatte, und ...«

Jetzt konnte ich nicht mehr.

»Frau Melcher, der Ausschlag, den Sie hatten, ist nicht ansteckend, und was immer Ihr Mann sich da eingefangen hat, er hat es nicht von Ihnen.«

Endlich war sie ruhig. Ich verabschiedete mich von ihr und rief die nächste Patientin herein.

Frau Bruce war klein, drahtig, unglaublich aufgebrezelt und marschierte strammen Schritts auf mörderisch hohen Stilettos in mein Behandlungszimmer. Irgendetwas an ihr ließ mich stutzen, aber ich wusste nicht, was.

»Entschuldigen Sie, dass Sie so lange warten mussten.« Ich streckte ihr meine Hand entgegen und bemühte mich um ein herzliches Lächeln.

Sie winkte ab und schleuderte ihre riesige Handtasche auf meinen vormals sterilen Besteckkasten. »Ach, das ist doch *no problem*! Ich bin ja so *happy,* dass Sie die Praxis gekauft haben, ich gehe viel lieber zu einer jungen Ärztin als zu dem vertrockneten alten Knacker!«

Sie sprach mit einem starken amerikanischen Akzent, aber ich konnte nicht entscheiden, ob er echt oder gespielt war. Unaufgefordert nahm sie auf dem Behandlungsstuhl Platz und spreizte die Beine. Zerstreut begann ich mit der Untersuchung. Warum war ich so grob zu Frau Melcher gewesen? Die arme Frau hatte sich doch bloß Sorgen gemacht. Ich hatte ein schlechtes Gewissen.

Und jetzt diese Patientin. Ich konnte ihre Gebärmutter nicht finden. War ich eine so jämmerliche Ärztin? Vielleicht hätte ich doch noch ein paar Jahre in der Klinik weiterarbeiten sollen, aber die Schufterei mit den ganzen Diensten war mir einfach zu viel gewesen.

»*Sweetie*«, riss Frau Bruce mich aus meinen Gedanken, »was machen Sie da eigentlich?«

»Einen Abstrich, zur Krebsvorsorge. Keine Angst, das ist reine Routine.«

»Oh, nein, nein … das ist *great*«, kicherte sie, »einfach *great*!«

Irritiert starrte ich meine Patientin an. Noch nie hatte ich erlebt, dass eine Frau derartig euphorisch auf einen Krebs-Abstrich reagierte.

»Hat Sie die Helferin denn nicht informiert?«

Ich schüttelte den Kopf. Nein, Frau Mauer hatte mir nichts gesagt. Worauf wollte sie hinaus?

»Ich bin *transsexual*«, klärte Frau Bruce mich auf und lachte weiter.

Ich wurde knallrot. Da konnte ich ihre Gebärmutter ja noch lange suchen.

»*Don't worry, Sweetie*, alles ist wunderbar. Wirklich wunderbar, wie Sie das machen ...«

Ich rang um meine Fassung und verfluchte innerlich Frau Mauer. Warum hatte sie mich nicht informiert? Wie blöd stand ich denn jetzt bitte da! Ich bemühte mich, mir meinen Ärger nicht anmerken zu lassen. Was sie denn dann zu mir führe, fragte ich, betont professionell.

Sie erklärte, dass sie in die Wechseljahre käme und gerne Hormone von mir hätte.

Transsexuell und Wechseljahre?

Ich tat so, als müsse ich kurz etwas mit meiner Helferin besprechen, und stürzte ins Nebenzimmer. Dort riss ich meinen *Ratgeber Gynäkologie* aus dem Regal, der mir in Studienzeiten gute Dienste geleistet hatte. Ich blätterte ihn durch – kein Eintrag zu »transsexuell«. Verdammt. Dann musste ich wohl in den sauren Apfel beißen. Ich griff nach dem Telefonhörer und rief in der Klinik an. Zwei Klingelzeichen später hatte ich die Oberschwester an der Strippe.

»Ach, Frau Doktor Leopold, vermissen Sie uns schon?«

»Nein, nein«, sagte ich, »könnten Sie mich bitte mit Doktor Jobst verbinden? Es eilt ein wenig ...«

»Sie haben Glück, er ist gerade im Arztzimmer.« Sie stellte mich durch.

»Markus, du musst mir unbedingt helfen.« Ich ließ meinen ehemaligen Kollegen gar nicht erst zu Wort kommen. »Ich habe hier eine Transsexuelle im Behandlungszimmer sitzen. Sie behauptet, sie käme in die Wechseljahre, und will Hormone von mir gespritzt bekommen. Sag mir bitte schnell, kann ich ihr welche geben? Und wenn ja, welche?«

»Cool«, sagte Markus.

»Ja, ja. Was soll ich denn jetzt machen?«

Markus erwiderte, ich solle ihr ruhig Hormone geben, da könnte nichts schiefgehen, und nannte mir ein Präparat.

»Danke!«, rief ich in den Hörer, atmete einmal tief durch und ging wieder zurück ins Behandlungszimmer.

Mia

Den französischen Bestsellerautor hatte ich in einen Stadtrundfahrten-Bus verfrachtet und mich mit ihm für den späten Nachmittag verabredet. Ich musste unbedingt an dem Erotik-Krimi weiterarbeiten.

Verzweifelt starrte ich auf die Manuskriptseiten vor mir. Ich brauchte dringend ein paar Eingebungen, um die deutsche Fassung des Textes zu retten. Leider gab das Deutsche, wie ich auf der Suche nach literarischen Synonymen feststellen musste, im Vergleich zum Französischen ziemlich wenig Phantasievolles her, was Sinnenfreuden und Fleischeslust betraf. Nachdem meine Phantasie ausgeschöpft war, hatte ich das Internet befragt. Aber die Recherche hatte nichts Brauchbares zutage gefördert, und auch mein Spam-Verteiler erwies sich als wenig inspirierend. Die Wendung, »und er spaltete sie wie einen Apfel«, auf deren Entdeckung ich sehr stolz war, hatte ich in verschiedenen Variationen bereits untergebracht. Ich brauchte Inspiration!

Gerade als ich dabei war, auf einer Website ein Paket erotischer Literatur zu bestellen, unter anderem das *Tao der Liebe* (in der Kurzbeschreibung war vielversprechend vom »Jadeschaft« und dem »Tal der tiefen Kammer« die Rede gewesen), klingelte mein Handy.

Auf dem Display leuchtete die Nummer der Krippe auf. Mir schwante Böses.

Und tatsächlich: Max war krank, er hatte Fieber, ich sollte ihn sofort abholen.

»Haben Sie meinen Mann schon angerufen?«, fragte ich die Erzieherin.

Hatte sie natürlich nicht. Warum wendeten sie sich automatisch immer zuerst an die Mutter? Ich versprach, dass Max innerhalb der nächsten Stunde abgeholt werden würde, legte auf und rief Ole an.

Ich hatte Glück und erwischte ihn im Büro.

»Ole, du musst Max abholen, er ist krank.«

»Was? Das geht jetzt nicht, ich habe in einer Viertelstunde eine wichtige Besprechung mit einem Bauleiter. Danach könnte ich ihn holen. Kann er nicht so lange noch in der Krippe bleiben? Er hat doch höchstens ein bisschen Fieber.«

»Auf keinen Fall«, protestierte ich. Ich hatte ohnehin schon ein schlechtes Gewissen, weil wir den Kleinen trotz seiner warmen Stirn in die Krippe gebracht hatten. Außerdem vervollständigte sich bei den gestrengen Erzieherinnen dann endgültig das Bild von uns Rabeneltern. Max war immer der Letzte, der abgeholt wurde, die obligatorische Wechselkleidung, die jedes Kind in seinem Schränkchen vorrätig haben musste, war entweder zu klein oder nicht der Jahreszeit angemessen, und stets vergaßen wir, rechtzeitig neue Windeln und Feuchttücher mitzubringen.

Außerdem hatten Ole und ich die klare Abmachung, dass er für spontan auftretende Krankheitsfälle zuständig war, schließlich lag sein Büro direkt um die Ecke von der Krippe, während ich quer durch die ganze Stadt fahren musste. Wir hatten eine ganze Liste mit solchen Abmachungen aufgestellt. Regina, eine Freundin von mir, reagierte völlig entsetzt, als sie eines Tages den riesigen Plan an unserer Küchenpinnwand entdeckte, auf dem unsere Rechte und Pflichten bezüglich Haushalt und Kinderversorgung geregelt waren.

»Total krass, eure Regelungswut«, sagte Regina. »Das ergibt sich doch irgendwie alles von allein!«

Falsch. Von allein ergibt sich gar nichts.

Jedenfalls nicht in einem Haushalt mit zwei minderjährigen

Kindern, zwei berufstätigen Eltern, einer Katze und keiner Haushälterin.

Und ich war eine radikale Vertreterin der Gleichberechtigung. Unsere klaren Absprachen waren reine Krisenprävention. Bevor Klara auf die Welt kam, hatte ich mir geschworen, dass ich keine von diesen hochqualifizierten Müttern werden würde, die der Kinder zuliebe höchstens noch Teilzeit arbeiteten und alle Aufstiegsmöglichkeiten in den Wind schrieben, während ihre Männer Karriere machten. So wollte ich nicht werden, und unsere Absprachen zu brechen, wäre ein deutlicher Schritt Richtung Feindesland gewesen. Mutti-Feindesland.

Aber selbst wenn ich weniger regelungstreu gewesen wäre, hätte ich Ole das Max-Abholen nicht abnehmen können. In zwei Stunden musste ich den Franzosen einsammeln, danach hatten wir einen kleinen Empfang im Verlag, und anschließend wollte ich mich noch mit Lena treffen. Es war Dienstag, mein freier Abend, und ich hatte Lena schon seit Wochen nicht mehr gesehen. Das letzte Mal hatte ich sie auf dem Sektempfang gesprochen, den sie anlässlich der Eröffnung ihrer Praxis gegeben hatte.

Ole riss mich aus meinen Gedanken.

»Okay, dann bitte ich Frau Jensen, Max abzuholen.«

Eine Sekretärin, die das kranke Kind abholt! Ich biss mir auf die Lippen, als ich sagen wollte, dass das unser negatives Bild bei den Erzieherinnen nur verfestigen würde. Aber Ole war sowieso völlig egal, was die von uns dachten. Außerdem glaubte er, Max habe dadurch einen Mitleidsbonus und die Erzieherinnen behandelten ihn besonders liebevoll, um unsere Defizite auszubügeln.

Mir sollte es recht sein, obwohl ich fest davon überzeugt war, dass diese Aktion wieder nur ein schlechtes Licht auf mich werfen würde – nicht auf Ole. Bei einem Vater versteht jeder, dass er seine Arbeit nicht stehen- und liegenlassen kann, nur weil das Kind ein bisschen Fieber hat. Eine Mutter gilt automatisch als karrierefixierte Rabenmutter, wenn sie nicht umgehend alle Termine absagt und herbeieilt, um ihren kränkelnden Nachwuchs abzuholen. Mit diesen unfairen Beurteilungskriterien hatte ich schnell nach Klaras Geburt Bekanntschaft gemacht. Ständig gratulierten mir irgendwelche Frauen dazu, was für einen tollen Vater Ole abgeben würde. Wie er sich um Klara kümmerte – rührend! Dass er gar Elternzeit nehmen wollte – phantastisch! Ich müsste mich wirklich glücklich schätzen, einen solchen Mann erwischt zu haben. Und wer feierte meine Opfer? Ole beglückwünschte niemand dazu, was für eine fabelhafte Frau er da an seiner Seite hatte, die nicht nur seinem Nachwuchs zuliebe mit dem Rauchen aufgehört und neun Monate lang völlig abstinent gelebt hatte, sondern auch sein Kind ausgetragen und unter höllischen Schmerzen auf die Welt gebracht hatte. Das war natürlich völlig selbstverständlich – ich war ja die Mutter! Auch für die vier qualvollen Monate, die ich Klara an meinen schmerzenden Brüsten gesäugt hatte, die bald wie leere Milchtüten aussahen, wurde ich nicht gelobt. Stattdessen legte mir eine andere Mutter nahe, meine armen Brüste regelmäßig an eine Melkmaschine anzuschließen, um den Milchfluss anzukurbeln. Aber das ging mir zu weit. Es reichte mir, dass dieser Knirps unser ganzes Leben beherrschte, die Oberhoheit über meine Brüste wollte ich behalten. Nach vier Monaten stillte ich ab, und Klara bekam fortan nur noch die Flasche, was mir zahlreiche kritische Blicke anderer Supermamas einbrachte. Noch nicht einmal von meiner eigenen Mutter bekam ich Rückendeckung bei meinem Wunsch nach Selbstbestimmung. Als Ole und ich – beide restlos entnervt nach unserer Elternzeit – beschlossen, Klara mit acht Monaten in der Krippe anzumelden, meinte meine Mutter schockiert: »Was, du willst Klara jetzt schon weggeben?« Als ob ich sie zur Adoption freigeben wollte!

»Wir wollen beide wieder arbeiten, Mama!«, versuchte ich mich zu verteidigen.

Meine Mutter seufzte theatralisch. »Nun ja, Judith und

Elisabeth haben ihre Kinder ja auch relativ früh in die Krippe gegeben.«

»Warum sagst du ›Judith und Elisabeth‹?«

»Was meinst du?«

»Warum sagst du nicht: Judith und Dirk und Elisabeth und Clemens haben ihre Kinder früh in den Kindergarten gegeben?«, präzisierte ich empört.

Meine Mutter entgegnete, ich solle nicht jedes Wort von ihr auf die Goldwaage legen. Aber genau darum ging es! Die Väter bekamen Medaillen umgehängt, wenn sie eine vierwöchige Wickeleinheit einlegten, und die Mütter wurden als Flaschenmütter diffamiert, wenn sie ihren Busen wiederhaben wollten. Natürlich, kaum jemand würde widersprechen, auch eine Mutter hatte ein Recht auf ihre Arbeit. Aber bitte niemals auf Kosten des Kindes! Erst wenn für das maximale Wohlergehen des Nachwuchses gesorgt ist, darf die gute Mutter sich wieder ihrer Arbeit widmen. Am besten Teilzeit. Nein, danke. Mit mir nicht. Ich liebte meine Kinder, aber meine Arbeit liebte ich auch.

Lena

Als ich endlich um halb acht die Praxistür hinter mir schloss, regnete es in Strömen. Bis zu mir nach Hause waren es nur zehn Minuten zu Fuß, aber ich war erledigt. Ich wollte ein Taxi und danach nur noch in die Badewanne und ins Bett.

Ich hatte Glück, schon nach wenigen Minuten entdeckte ich ein Taxi auf der anderen Straßenseite. Ich wedelte mit beiden Armen, der Taxifahrer sah mich und wendete. Ich öffnete die Tür und ließ mich auf die Rückbank fallen.

»Einmal Kurzstrecke, bitte!«

Dem Fahrer entrang sich ein genervtes Stöhnen.

»Kurzstrecke, typisch.« Er setzte den Blinker und schob, mit Blick auf einen winkenden Mann, hinterher: »Der Nächste wäre bestimmt besser gewesen!«

Wem sagst du das, dachte ich. Dieser Spruch war das perfekte Motto für meine jüngere Vergangenheit.

Trotz seines blöden Kommentars gab ich dem Taxifahrer Trinkgeld, ich war zu erschöpft für seine bösen Blicke. Mit letzter Kraft schleppte ich mich die fünf Stockwerke in meine Dachgeschosswohnung hoch. Oben angekommen, ließ ich mir als Erstes eine Badewanne einlaufen, dann setzte ich Teewasser auf. Als ich gerade mit einem tiefen Seufzer ins Wasser sank, fiel mir siedendheiß ein, dass ich heute mit Mia verabredet war, genauer gesagt in zehn Minuten. Das hatte ich komplett vergessen! Kurz überlegte ich, ihr abzusagen, aber dann brachte ich es nicht übers Herz. Mia und ich hatten uns wochenlang nicht gesehen, und für Mia war es nicht leicht, sich einen Abend freizuschaufeln, da konnte ich sie nicht hängenlassen.

Ich raffte mich also auf und eilte in die Pizzeria. Als ich mir gerade einen Wein bestellt hatte, kam Mia hereingestürzt. Sie wirkte ein bisschen gestresst, sah aber, wie immer, tipptopp aus. Wie schaffte sie das bloß, dachte ich, mit zwei Kindern und einem enorm fordernden Job? Ich trug eine alte Jeans und einen ausgeleierten Pulli und sah so beschissen aus, wie ich mich fühlte. Ich hatte weder die Zeit noch die Kraft gehabt, mich schön anzuziehen. Vorhin war es mir egal gewesen, aber jetzt führte es dazu, dass mir noch elender zumute war. Ich fühlte mich wie eine Mülltonne neben einem Jaguar.

Mia küsste mich herzhaft auf beide Wangen, pellte sich aus ihrem Mantel und plapperte los. Sie erzählte irgendetwas von einem Franzosen, mit dem sie unterwegs gewesen war, und regte sich über ihren Programmleiter auf, der prinzipiell alle wichtigen Informationen in seinen E-Mails in Großbuchstaben setzte.

»Das liest sich, als ob er dir direkt ins Gesicht schreien würde. ›MARIA! DENKEN Sie daran, dass Sie HEUTE um FÜNF Uhr SPÄTESTENS die Texte für die Vorschau abliefern MÜSSEN!!!‹ Und dann nennt er mich auch noch konsequent Maria, so ruft mich noch nicht einmal meine eigene Großmutter ... Später hat die Kita angerufen und gesagt, dass Max krank ist. Und kaum habe ich mir ein wenig Zeit für den Porno freigeschaufelt, steht der Franzose in der Tür und will sich unterhalten. Die Stadtrundfahrt hat ihm nicht gefallen, und da hat er gedacht, er könnte mit mir ein bisschen plaudern. Klar, ich habe ja sonst nichts zu tun! Aber das ist Mister Superwichtig, ich bin vom Verleger höchstpersönlich damit betraut worden, ihn zu umhegen, damit er nicht zur Konkurrenz abwandert. Angebote genug hat er wohl, dabei schreibt er nur Schrott. Und mit dieser verdammten Übersetzung bin ich wieder kein Stück weitergekommen. Auf Französisch kam mir das Buch gar nicht so schlimm vor, aber die Übersetzung ... Du kannst es dir nicht vorstellen!«

Ich hatte Kopfschmerzen.

Mia nippte an ihrem Wein und begann, die Karte zu studieren.

»Wahnsinn«, sagte sie, »hier ist ja alles voller Rechtschreibfehler. Hoffentlich kochen sie besser, als sie schreiben. Was isst du denn?«

»Keinen Hunger.«

Mia legte mir ihre Hand auf den Arm.

»Sag mal, was ist denn los mit dir? Geht es dir nicht gut? Du siehst müde aus. Wie läuft es in der Praxis?«

Ich erzählte ihr von meiner vergeblichen Gebärmuttersuche, und Mia schüttete sich aus vor Lachen. Sie kriegte sich gar nicht wieder ein, und zum ersten Mal an diesem Tag fand ich die Geschichte selber auch ganz lustig.

Als sie aufgehört hatte zu lachen, fragte sie mich, ob ich Lorenz die Geschichte schon erzählt hätte, das wäre doch bestimmt nach seinem Geschmack.

»Nein, habe ich nicht.«

»Ist er mal wieder auf Forschungsreise?«

Bei diesen Worten kamen mir auf einmal die Tränen. Ich war selbst überrascht, wie heftig ich reagierte, und versuchte, mich zusammenzureißen. Aber als ich Mias erschrockenen Gesichtsausdruck sah, konnte ich sie nicht mehr zurückhalten. Im Angesicht aller Gäste eines mittelklassigen italienischen Restaurants heulte ich Rotz und Wasser.

Mia

Lena sah müde aus, bestimmt hatte sie Stress in der Praxis, und ich versuchte, sie ein bisschen abzulenken. Als sie plötzlich anfing zu weinen, war ich völlig überrumpelt. Ich setzte mich neben sie, gab ihr ein Taschentuch und nahm sie in den Arm. Sie schluchzte und schluchzte, versuchte, etwas zu sagen, aber konnte gar nicht richtig sprechen. Der Kellner und einige Gäste schauten neugierig zu uns herüber, aber ich warf ihnen so böse Blicke zu, dass sie sich wieder abwandten. Mehr fiel mir nicht ein, was ich für Lena tun konnte. Ratlos streichelte ich ihren Arm und wartete, dass sie sich wieder beruhigte. Schließlich wischte sie sich die Tränen ab und atmete tief durch.

»Entschuldige«, sagte sie und lächelte mich schief an.

»Dafür nicht.«

Sie trank einen Schluck Wein.

»Möchtest du vielleicht erzählen, was los ist?«, fragte ich vorsichtig.

Lena schob mit dem Finger Brotkrümel auf dem Tisch zu einem Häufchen zusammen.

»Lorenz und ich haben uns getrennt.«

»Was?«, fragte ich bestürzt. »Wann denn das?«

»Vor vier Wochen.«

Das konnte nicht ihr Ernst sein. Seit einem Monat war sie nicht mehr mit ihrem langjährigen Freund zusammen, und ich erfuhr erst jetzt davon? Warum hatte sie mich nicht angerufen? War ich nicht ihre beste Freundin? Sicher, wir hatten beide viel zu tun und uns in den letzten Monaten wenig gesprochen, geschweige denn gesehen, aber wusste Lena nicht, dass ich immer für sie da war? Wenn Ole und ich uns trennen würden, stünde ich fünf Minuten später vor ihrer Haustür, um mich auszuheulen. Aber das war im Augenblick wohl nicht das Thema.

»Was ist passiert?«

»Ich habe ihn rausgeschmissen.«

»Und warum?«

»Weil es nicht mehr ging.«

Weil es nicht mehr ging. Punkt. Ich wartete, ob Lena noch mehr erzählen wollte, aber sie schwieg. Das war typisch für sie. Lena war nicht gerade jemand, der sein Herz auf der Zunge trägt. Aber so wortkarg hatte ich sie noch nie erlebt. Ich wusste nicht, was ich sagen sollte. Was ich dachte, wusste ich genau. Ich dachte: »Endlich! Sei froh, dass du ihn los bist. Lorenz ist ein absoluter Vollidiot! Du hast etwas Besseres verdient!«

Das meinte ich nicht als billigen Trost. Ich konnte Lorenz nicht leiden. Und das war noch untertrieben. Ich hielt ihn für einen eingebildeten, arroganten, besserwisserischen Bildungsschnösel, der keinen Finger im Haushalt krumm machte und noch nicht einmal besonders gut aussah. Lena fand Lorenz jedoch über alle Maßen großartig. Was Männer anging, lagen Lenas und mein Geschmack Welten auseinander. Vielleicht waren wir deshalb so gut befreundet. Die Liebe war unserer Freundschaft noch nie in die Quere gekommen. Als Lena Lorenz kennenlernte, war sie hin und weg von ihm. Wir waren beide noch im Studium, sieben Jahre musste das ungefähr her sein, und Lena tauchte von einem Tag auf den anderen völlig ab. Es dauerte Monate, bis sie mir Lorenz endlich vorstellte. Ich hatte schon viel von dem Wunderknaben gehört und mir die tollsten Vorstellungen gemacht. Seine Fallhöhe war dadurch natürlich immens, aber auch ohne Lenas Lobeshymnen wäre ich enttäuscht gewesen. Nach ihren Erzählungen war Lorenz unglaublich witzig, klug, belesen und selbstbewusst. Ich fand ihn zynisch, dünkelhaft, angeberisch und überheblich.

Das Erste, was er zu mir sagte, kaum hatte Lena mich ihm mit den Worten vorgestellt, ich sei die aufstrebende Hoffnung am Romanistenhimmel, war: »Du weißt ja, dass ich Germanistik, Romanistik, Philosophie und Geschichte studiert habe?«

»Nein«, sagte ich, »das wusste ich nicht. Aber weißt du zufällig, was ich von solchen Angebern wie dir halte?«

Natürlich habe ich das nicht gesagt, Lena zuliebe, aber wir waren uns von der ersten Sekunde an unsympathisch. Mich hielt Lorenz, glaube ich, für eine männermordende, oberflächliche Ziege, bis ich vor fünf Jahren, hochschwanger, Ole heiratete – seitdem hält er mich nur noch für eine oberflächliche Ziege.

Es stimmt schon, dass ich mich in seiner Gegenwart nie besonders tiefgründig gegeben habe, einfach weil mir seine zur Schau getragene Belesenheit extrem auf die Nerven ging. Inzwischen war er Assistent am Lehrstuhl für Literaturwissenschaft und ließ keine Gelegenheit aus, seinem wehrlosen Publikum gelehrte Vorträge zu halten. Aber mit irgendetwas musste er seine schmächtige Statur natürlich kompensieren. Ich hatte nie begriffen, warum Lena sich nicht die tollsten Typen schnappte, die an der Uni herumliefen. Sie hätte es – im Gegensatz zu mir – ohne Probleme gekonnt. Lena ist eine Naturschönheit. Sie hat fast schwarzes, leicht gewelltes Haar, riesige braune Augen mit kilometerlangen Wimpern, einen sinnlichen Mund und eine Babyhaut. Selbst jetzt, wo sie traurig, blass und müde war und ein verwaschenes altes Sweatshirt trug, sah sie umwerfend aus. Ich glaube, Lena selbst hatte keine Ahnung von ihrer Wirkung. Aber das war auch Teil ihrer Ausstrahlung – sie war völlig uneitel. Ich schmiss der Modeindustrie Unsummen meines sauer verdienten Geldes in den Rachen und gab jeden Monat erkleckliche Summen für Friseur- und Kosmetiktermine aus, um einigermaßen passabel auszusehen. Lena brauchte das alles nicht. Sie strahlte von innen und von außen, ganz ohne Lack und Verkleidung. Für Lorenz war Lena ein Hauptgewinn im Beziehungslotto. Sein überirdisches

Glück, dass diese Frau ihn überhaupt eines Blickes würdigte, hat dieser Penner nie zu schätzen gewusst. In seiner maßlosen Verblendung hielt er sich für absolut unwiderstehlich.

Natürlich hatte ich Lena nie so deutlich gesagt, wie ich über Lorenz dachte, und es hätte ihr auch jetzt nicht geholfen. Denn Lena liebte Lorenz. Oder sie hatte ihn zumindest geliebt. Das war das Einzige, was ich ihm bisher zugutehalten konnte: Lena war eine ganze Zeit glücklich mit ihm gewesen. Was immer zwischen den beiden vorgefallen war, es musste etwas Gravierendes sein.

Aber Lena wollte nicht darüber sprechen. Ich versuchte, ihr wenigstens zu entlocken, was der Grund des Rausschmisses war, doch Lena schüttelte den Kopf.

»Nimm es mir nicht übel, aber ich möchte wirklich nicht darüber reden. Mir reicht es schon, dass ich in Tränen ausbreche, wenn du nur seinen Namen erwähnst. Der Anfall, den ich bekäme, wenn ich über den Grund unserer Trennung spräche, passt beim besten Willen nicht hierher. Erzähl mir lieber von deinem Franzosen.«

»Ich weiß nicht, Lena … Das ist doch total uninteressant.«

»Nein, überhaupt nicht. Es interessiert mich brennend, und außerdem lenkt es mich ab.«

Also fügte ich mich und erzählte von meiner Autorenbespaßung. Ich kannte Lena lange genug, um zu wissen, dass ich sie in Ruhe lassen musste, wenn sie nicht von selbst erzählen wollte.

Lena

Um 4 Uhr 57 wachte ich auf. Draußen war es noch stockdunkel. Ich warf mich auf die Seite, zog mir die Decke über den Kopf und zwang mich, die Augen zu schließen. Aber es half nichts: Mit Lorenz war auch meine Ruhe verschwunden. Wenn ich erst einmal aufgewacht war, konnte ich nicht mehr einschlafen. Ich war zwar schon immer eine Frühaufsteherin gewesen, was mir während meiner Arbeit im Krankenhaus zugutegekommen war, aber seit ich mein Leben nicht mehr mit Lorenz teilte, trieb es mich morgens geradezu aus dem Bett. Früher war ich gerne nach dem Aufwachen noch liegen geblieben, hatte Lorenz beim Schlafen zugeguckt und meinen Gedanken nachgehangen. Jetzt hielt ich es nicht mehr im Bett aus. Sobald ich wach wurde, sprang ich auf, stellte mich unter die Dusche und zog mich an, häufig schon um fünf, halb sechs. Aus diesem Grund hatte ich die Praxisöffnungszeiten drei Mal die Woche auf acht Uhr vorverlegt, weil ich nichts mehr mit mir anzufangen wusste. Früher hatte ich oft Brötchen geholt und den Frühstückstisch gedeckt, aber alleine machte mir das Frühstücken keinen Spaß. Inzwischen hatte ich extra eine dicke, überregionale Zeitung abonniert, weil ich mit dem Berliner Blatt immer schon nach zwanzig Minuten durch war.

Auf nackten Füßen tapste ich in die Küche. In der Wohnung war es eiskalt. Die Heizung funktionierte nicht richtig, sie gab merkwürdig gurgelnde Geräusche von sich. Wahrscheinlich musste sie bloß entlüftet werden, aber ich hatte keine Ahnung, wohin ich den Entlüftungsschlüssel gelegt hatte. Ich öffnete die Wohnungstür, in der Hoffnung, die Zeitung möge schon auf dem Fußabtreter liegen, doch der Zeitungsbote hatte offenbar einen besseren Schlaf als ich. Also kochte ich mir einen Tee, holte mir meine dicke Daunendecke und setzte mich mit der Tasse aufs Sofa. Frierend zog ich mir die Decke bis zur Nasenspitze. Es war gerade mal Viertel nach fünf, und ausgerechnet heute öffnete ich die Praxis erst um neun, das hieß, ich musste mindestens noch zwei Stunden totschlagen, bevor ich aufbrechen konnte. Und selbst dann hatte ich noch massig Zeit, bevor die ersten Patientinnen kamen. Ich starrte auf die Aschereste im Kamin. Seit Lorenz ausgezogen war, hatte ich den Kamin nicht mehr angemacht.

Es war immer unser Schönstes gewesen, abends gemeinsam vor dem Feuer zu sitzen und eine Flasche Rotwein zu leeren. Wir hatten uns sogar ein riesiges, gemütliches Schaffell angeschafft. Lorenz fand das zwar kitschig, aber ich wollte unbedingt ein solches Fell haben und hatte es kurz entschlossen bei eBay ersteigert. Im Winter auf einem kuscheligen Fell vor dem wärmenden Feuer zu liegen und zu quatschen: Das war für mich der Inbegriff von Romantik. Nicht besonders originell, aber darauf kam es ja nicht an. Schon als ich in dem Zeitungsinserat von der Dachgeschosswohnung mit Kamin gelesen hatte, hatte ich mir solche Abende ausgemalt. Lorenz und ich wohnten bis zu dem Zeitpunkt beide in WGs, ich in einer Dreier-Frauen-WG, Lorenz mit einem Freund zusammen. Ich konnte es kaum erwarten, eine gemeinsame Wohnung zu beziehen. Endlich ungestört sein, fröhlich und nackt durch die Räume laufen, spontan Sex auf dem Badezimmerfußboden haben. Ich nippte an meinem Tee und überlegte, ob wir jemals Sex auf dem Badezimmerfußboden gehabt hatten. Hatten wir nicht. In der Badewanne, das schon, aber auch nur einmal, und besonders bequem war das nicht gewesen. Mein Nacken schmerzte noch Tage danach. Da lobte ich mir mein Schaffell, das jetzt einsam und verlassen vor dem Kamin lag, ein paar Rußflöckchen waren darauf gefallen.

Der Tee schmeckte bitter, ich hatte ihn zu lange ziehen lassen. Gedankenverloren wickelte ich mir die Schnur des Teebeutels um einen Finger und starrte auf das rote Schildchen am Ende des Fadens: »Hoffnung ist wie der Zucker im Tee – auch in kleinen Dosen versüßt sie alles.« Ich hatte meinen Tee schon immer ohne Zucker getrunken. Vielleicht fühlte ich mich deswegen so leer.

5 Uhr 32.

Ruf mich an, komm her, sei bei mir. Rette mich, denn vor der Tür steht schon die Nacht, und die Einsamkeit erwacht. Ich hatte einen Kloß im Hals. Warum fiel mir dieses verdammte Lied gerade jetzt ein? In meiner frühen Jugend war ich der größte Nena-Fan gewesen, den man sich vorstellen kann. Ich vergötterte sie. Von meinem Taschengeld hatte ich mir eine blauweiß gestreifte Hose gekauft, ich trug riesige Kreolen und ließ mir eine Nena-Frisur schneiden. Kaum kam ich aus der Schule, sperrte ich mich in mein Zimmer ein und hörte Nena-Platten. Stundenlang.

Mir liefen die Tränen übers Gesicht. Ich schniefte und wischte mir mit der Hand, in der ich den Beutel hielt, die Nase ab. Kalter Tee rann zwischen meinen Fingern hindurch auf mein Gesicht. Das war lächerlich. Konnte ich nicht wenigstens in Würde leiden? Ich schleuderte den Teebeutel gegen die Wand. Die Tasse wollte ich am liebsten hinterherwerfen, aber die Scherben hätte letztlich doch ich aufsammeln müssen. Auch wenn es eigentlich Lorenz' Aufgabe gewesen wäre. Warum saß ich schon wieder auf dem Scherbenhaufen einer Beziehung? Wieso gelang es Männern, mich so zu verletzen? Warum konnte ich mich nicht besser schützen? Warum hatte es zwischen Lorenz und mir nicht funktioniert? Was hatte ich nicht gesehen, was war mir entgangen? Ich dachte, wir hätten eine gemeinsame Zukunft vor uns gehabt.

Mia

Als ich, noch ziemlich verschlafen, mit Max auf dem Arm die Treppe hinunterkam, saß eine schluchzende Klara am Frühstückstisch. Ich warf Ole einen fragenden Blick zu, aber er zuckte nur mit den Schultern. Ich packte Max in sein Stühlchen, setzte mich neben Klara und streichelte ihren Arm.

»Klara, was ist denn los?«

»Ich will nicht mehr in den Kindergarten gehen!«, heulte Klara.

Ich hatte noch keinen Kaffee getrunken und war überhaupt nicht in Form für ein morgendliches Drama. Aber jetzt war mütterliches Einfühlungsvermögen gefragt, damit die Situation nicht eskalierte. Wenn Klara sich erst mal warmgeheult hatte, gab es kein Halten mehr.

»Und warum willst du nicht mehr in den Kindergarten gehen?«

»Weil ich nicht mehr auf dem Teppich spielen darf und die Anna böse auf mich ist!«

Anna war Klaras Lieblingserzieherin, eine junge Frau, an der sie sehr hing.

»Und warum ist Anna böse auf dich?«

»Weil ich die Dukaten in die unterste Schublade getan habe, aber ich wusste ja gar nicht, dass ich das nicht darf, und die Anna hat gesagt, dass ich mich entschuldigen muss, aber Leo hat auch die Lisa geärgert, und sie hat mich geschubst! Und jetzt dürfen wir nie wieder auf dem Teppich spielen!« Sie schluchzte und zog die Nase hoch. Ich verstand nur Bahnhof.

»Was für Dukaten? Was für ein Teppich?«

»Na, die Dukaten von dem Spiel, und unser Spielteppich!«, rief sie mit tränenerstickter Stimme. Langsam wurde es ernst – wenn ich sie jetzt nicht stoppte, wäre der Morgen im Eimer.

»Klara, ich verstehe leider überhaupt nicht, worum es geht.«

»Uaaaaaaaaaaaaahhhhhhhhh!«, heulte sie los und ließ den Kopf auf ihre verschränkten Arme fallen. Ihre Schultern bebten.

Jetzt mischte sich Ole ein. »Wie wäre es denn, wenn du dich bei Anna entschuldigst und sagst, dass es dir leidtut?«

Klara schluchzte ein bisschen leiser.

»Genau«, stimmte ich ihm zu, »dann ist sie bestimmt nicht mehr böse auf dich.«

»Aber ich trau mich nicht.« Glücklicherweise hörte sie schon mal mit dem Heulen auf.

»Du kannst ihr ja einen Brief schreiben«, schlug Ole vor.

»Aber ich kann doch nicht schreiben!«

»Dann diktierst du uns einfach den Brief und gibst ihn Anna dann im Kindergarten. Okay?«

Klara nickte und wischte sich die Nase mit dem Ärmel ab.

»Hilfst du mir, Papa?«

»Ich muss gleich los, Klara, aber Mia hilft dir bestimmt.«

Ich hatte Frühdienst, da kannte Ole keine Gnade.

»Mama, hol Papier, dann sage ich dir, was du schreiben sollst.«

Ich warf einen Blick auf die Uhr. In einer halben Stunde mussten wir das Haus verlassen, damit ich einigermaßen pünktlich im Verlag war. Ich hatte noch keinen Kaffee getrunken, angezogen war ich auch noch nicht, Klara saß neben mir im Schlafanzug, und die Kindergartenbrote mussten geschmiert werden. Aber es half nichts. Seufzend stand ich auf, holte Zettel und Stift, und Klara diktierte.

»Liebe Anna, Entschuldigung, dass ich die Dukaten in die unterste Schublade getan habe. Bitte sei nicht mehr böse auf mich. Darf ich jetzt wieder auf dem Teppich spielen?«

Dann setzte sie ihre krakelige Unterschrift darunter, und wir tüteten den Zettel ein.

»Jetzt aber schnell«, trieb ich sie an, »wir sind schon spät dran! Zieh dich an!«

Klara stöhnte theatralisch und rutschte im Zeitlupentempo von ihrem Stuhl.

»Ich habe aber noch keinen Kakao getrunken!«

»Du kannst im Auto ein Trinkpäckchen haben, für Kakao ist es zu spät. Los jetzt!«

Als ich an Max vorbeiging, der in seinem Hochstuhl saß und sich sein Leberwurstbrot in die Haare schmierte, wehte mich ein übler Geruch an. Er hatte die Hosen voll.

»Mist«, fluchte ich und hob ihn aus seinem Stühlchen. Max fing an zu schreien, er wollte weiter sein Wurstbrot zermanschen. Mit dem brüllenden Kind auf dem Arm stapfte ich die Treppe hoch.

»Klara, zieh dich bitte an!«, mahnte ich.

»Ich bin dann weg!«, rief Ole. Die Tür fiel ins Schloss.

Ich legte Max auf den Wickeltisch und wühlte in der Schublade nach einem frischen Body – es war kein sauberes Kleidungsstück zu finden. Kein Wunder, wir hatten seit zehn Tagen nicht mehr gewaschen, weil die Waschmaschine kaputt war. Mein Stress-Adrenalinpegel stieg. Eigentlich sollte Ole sich darum kümmern, einen Monteur zu bestellen. Auf meiner inneren To-do-Liste machte ich einen Vermerk, Ole aus dem Büro eine Erinnerungsmail zu schicken. Ich fischte aus der Schmutzwäsche einen Body und eine Hose, die halbwegs sauber aussahen, und zog sie Max an. Es war zehn nach acht, als ich wieder in die Küche kam. Immer noch im Schlafanzug, spielte Klara dort in aller Seelenruhe mit ihren Kuscheltieren.

»Klara, wir müssen gleich los, zieh dich endlich an!«

»Ja, ja, ich mach ja schon«, sagte sie und schlurfte an mir vorbei.

Ich setzte den schreienden Max in sein Ställchen und sprintete die Treppe wieder hoch, um ebenfalls in irgendwelche

Kleidungsstücke zu schlüpfen. Frühstück konnte ich vergessen. Als ich kurz darauf in der Küche stand und Brote schmierte, kam Klara in einem dünnen Hemdchen über einem Sommerkleid herein.

»Fertig!«

»Klara, hast du mal aus dem Fenster geguckt? Es ist Winter, draußen sind Minusgrade, du kannst nicht im Sommerkleid in den Kindergarten gehen.«

»Wieso, ich habe doch eine Strumpfhose an!«

»Zieh dir wenigstens noch eine Strickjacke drüber.«

Sie stöhnte gepeinigt auf. »Mir ist aber total warm!«

»Klara! Auf der Stelle!«

Gleich flippte ich aus. Klara schlich aus der Küche. Wie sollte das nur in der Pubertät werden, fragte ich mich im Stillen, wenn ich schon mit einer Fünfjährigen solche Auseinandersetzungen hatte? Ich wollte es mir lieber nicht vorstellen.

Als ich endlich mit beiden Kindern das Haus verließ, war es halb neun. Vor dem Auto trat Klara in einen dicken Haufen Hundescheiße, was wir leider erst bemerkten, als sie einmal quer über die Rückbank gestiefelt war, um in ihren Kindersitz zu klettern. Auf dem Polster prangte ein dicker, übelriechender Schuhabdruck. Mir wurde schlecht. Ich zog Klara den Schuh aus und schmierte ihn, so gut es ging, an der Bordsteinkante ab. Notdürftig säuberte ich mit ein paar Feuchttüchern das Polster und schmiss sie in die Mülltonne. Dann rannte ich noch einmal ins Haus, weil ich Max' Schnuller vergessen hatte.

Als wir um Viertel vor neun losfuhren, fragte ich mich, was eigentlich Leute morgens machen, die keine Kinder haben.

Lena

Seit halb acht saß ich in der Praxis und ging die Abrechnungen durch. Eigentlich war das überflüssig, weil es in den Aufgabenbereich meiner Sprechstundenhilfe, Frau Mauer, fiel. Außerdem hatte ich nicht viel Ahnung von der Materie, was ich ihr auch einmal gestanden hatte. Dass ich mir nun hier im Morgengrauen die Listen anguckte, ging nicht auf einen übermäßigen Kontrollzwang zurück. Nein, ich war wahrhaftig nicht misstrauisch, mein Problem war eher meine Vertrauensseligkeit, weshalb ich auch immer wieder enttäuscht wurde – zumindest in Liebesdingen. Aber alles war besser, als zu Hause zu sitzen und Trübsal zu blasen. Und das Blättern in den Papieren hatte zumindest den Anschein einer nützlichen Tätigkeit.

Aber die Zeit kroch dahin wie eine Schnecke, in frühestens einer Dreiviertelstunde würde die erste Patientin kommen. Müde blätterte ich weiter in den Unterlagen. Meine Glieder schmerzten. Der Schlafmangel machte sich allmählich bemerkbar, die Zahlenkolonnen verschwammen vor meinen Augen. Doch auf einmal stutzte ich. Vor mir lag die Rechnung an Frau Bruce. Das war doch die Transsexuelle, die ich neulich behandelt hatte. Warum hatte Frau Mauer die Rechnung im Namen meines Kollegen Doktor Müller verschickt? Es kam vor, dass Frau Mauer Rechnungen im Namen von Herrn Müller schrieb, da er – mit meinem Einverständnis – an zwei Nachmittagen in der Woche weiterhin einige seiner ehemaligen Privatpatientinnen behandelte. Aber mit Frau Bruce hatte definitiv ich das Vergnügen gehabt. Da war Frau Mauer wohl ein Fehler unterlaufen, den sie korrigieren musste. Unkonzentriert sah ich den Stapel Dokumente bis zum Ende durch und blieb erst bei einer Zahl auf der letzten Seite hängen: meinem Umsatz. Er war viel niedriger, als ich angenommen hatte. Allerdings hatte ich auch nur eine grobe Überschlagsrechnung gemacht, und möglicherweise hatte mein Vater doch recht mit seiner Behauptung, ich könne nicht mit Geld umgehen. Seufzend schob ich die Unterlagen beiseite. Sollte sich Frau Mauer darum kümmern, die machte das schließlich schon seit Jahren erfolgreich. Doktor Müller zumindest hatte sie mir wärmstens empfohlen, sie sei eine Perle von Sprechstundenhilfe, die ihm über Jahre beste Dienste erwiesen habe. Was er mir jedoch nicht verraten hatte: Frau Mauer war eine absolute Schreckschraube.

Die wenigen Male, die ich sie bei Doktor Müller erlebt hatte, war sie mir ein wenig spröde erschienen, aber ich konnte nicht ahnen, dass diese herbe Art für sie schon der Gipfel der Liebenswürdigkeit war. Kaum hatte Doktor Müller sich in den Ruhestand verabschiedet, ließ sie alle Masken fallen. Vom ersten Tag an behandelte Frau Mauer mich wie einen Eindringling und weigerte sich, meinen freundlich vorgetragenen Anweisungen nachzukommen. So bat ich sie etwa, die Patientinnen nicht über die alte, knarzende Sprechanlage aufzurufen, das fand ich schrecklich, sondern sie persönlich im Wartezimmer abzuholen und in mein Sprechzimmer zu begleiten. Frau Mauer ließ mich abblitzen. Das habe sie noch nie getan, das sei völlig überflüssig und damit werde sie sicherlich auch jetzt nicht anfangen. Sie führte die Patientinnenkartei schludrig, dauernd musste ich ihre Einträge korrigieren, und sie hielt es auch nicht für ihre Aufgabe, einen zusätzlichen Finger in der Praxis krumm zu machen, beispielsweise am Abend die verstreuten Zeitschriften oder die Spielsachen im Wartezimmer zusammenzuräumen. Die Kinderspielecke, die ich eingerichtet hatte, weil häufig Mütter mit ihren kleinen Kindern in die Praxis kamen, hielt Frau Mauer für Firlefanz. Das Bobbycar, das ich dazugestellt hatte und das großen Anklang fand, hatte sie letzte Woche einfach in die Putzkammer geschlossen, weil es ihr zu viel Lärm verursachte. Mit mir sprach sie generell in einem Ton, als ob ich ihr unfähiges Dienstmädchen sei. Das Schlimmste aber war, dass sie unfreundlich mit den Patientinnen umging. Neulich hörte ich zufällig, wie sie am Telefon eine Frau zusammenstauchte, die offenbar darum gebeten hatte, zu mir durchgestellt zu werden. Da könne ja jeder kommen, keifte sie, dann könnten wir die Praxis gleich schließen und einen Telefondienst einrichten. Als sie aufgelegt hatte, klärte ich sie darüber auf, dass ich meine Patientinnen bei kleineren Nachfragen gerne am Telefon beriet. Daraufhin fuhr sie mich an: Wie ich das denn abrechnen wolle, das hätte es bei Doktor Müller auch nicht gegeben. Kurzum – Frau Mauer war ein Besen. Aber sie nahm mir notwendige Dinge ab, von denen ich nicht viel verstand. Langsam war das Maß allerdings voll. Sie vergrätzte mir die Patientinnen, und meinen Alltag versüßte sie auch nicht gerade. Bisher fehlte mir bloß der Elan, ein ernstes Wörtchen mit ihr zu reden, und ich hielt es halbherzig mit der Weisheit: Das Lächeln, das du aussendest, kehrt zu dir zurück. Ich war ausnehmend höflich zu Frau Mauer und hoffte inständig, meine ausgestreuten Freundlichkeitssamen mögen irgendwann lächelnde Früchte tragen.

Um halb neun hatte sich das Wartezimmer im Nu gefüllt. Gleich die zweite Patientin, eine junge, blonde Studentin, kam mit Tränen in den Augen in mein Sprechzimmer und flehte mich an, sie gründlich zu durchsuchen, ihr sei letzte Nacht ein Kondom abhandengekommen. Die ganze Welt hatte ein aufregenderes Leben als ich. Gefühlte zehn Minuten suchte und suchte ich, konnte jedoch nicht die Spur eines Kondoms entdecken.

»Nichts zu sehen!«, verkündete ich schließlich und warf einen verstohlenen Blick auf die Uhr. Ich war bereits jetzt im Verzug, denn Frau Mauer hatte mir die Patientinnen dicht hintereinander bestellt. Das tat sie garantiert mit Absicht, weil sie mir beweisen wollte, dass ich keine Ausdauer und Routine hatte. Ich nahm mir fest vor, noch heute das überfällige Krisengespräch mit ihr zu führen. So ging es definitiv nicht weiter.

Die Blondine jammerte: »Bitte schauen Sie noch einmal nach, es muss da irgendwo sein!«

»Nein, da ist wirklich nichts. Wahrscheinlich ist das Kondom in der Bettritze gelandet. Machen Sie sich bitte keine Sorgen und schauen Sie noch einmal überall zu Hause nach, wenn es Sie beruhigt.«

Die nächste Patientin war eine resolute Berlinerin, die ihre enorme Oberweite in eine hautenge Bluse mit Leopardenmuster gezwängt hatte. Sie warf sich in meinen Stuhl und orderte einen Hormoncheck, als bestellte sie ein Bier in der Kneipe.

»Wofür brauchen Sie denn einen Hormoncheck?«

»Mit mir ist was nicht in Ordnung! Seit Wochen bin ich spitz wie Nachbars Lumpi, und das mit Mitte vierzig. Das ist doch nicht normal! Bestimmt bin ich in den Wechseljahren und muss mit Medikamenten reguliert werden.«

»Bekommen Sie denn noch regelmäßig Ihre Tage? Das wäre ein ziemlich sicherer Indikator dafür, dass Sie noch nicht in den Wechseljahren sind.«

»Ja, schon, aber ich möchte trotzdem so einen Check, damit Sie meine Hormone wieder richtig einstellen können. Das ist kein Zustand so. Mein Mann ist mit der ganzen Sache völlig überfordert, und ich habe auch noch andere Dinge zu erledigen.«

»Also gut, von mir aus können wir einen Test durchführen. Allerdings müssten Sie ihn selbst bezahlen, die Kasse übernimmt das nicht.«

Nachdem wir den Test gemacht hatten, schickte ich sie ins Wartezimmer zurück; ich würde sie wieder hereinbitten, sobald das Ergebnis vorliege.

In der Zwischenzeit nahm ich die nächste Patientin dran, eine junge Frau, die zur Routineuntersuchung kam.

Zunächst lief alles glatt. Das Mädchen sah aus wie mindestens vierundzwanzig, war dick geschminkt und hatte die Haare zu einer komplizierten Hochsteckfrisur aufgetürmt. Umso erstaunter war ich, als sie ihre Bluse nicht ausziehen wollte, damit ich ihre Brust abtasten konnte.

»Kann ich sie nicht anbehalten?«, fragte sie mit rotem Kopf.

»Nein, dann kann ich nicht richtig tasten.«

Sie drehte mir den Rücken zu und schälte sich aus ihrer Bluse. Kaum hatte ich sie auch nur mit einer Fingerspitze berührt, fing sie hysterisch an zu lachen.

»Nein, Frau Doktor, bitte nicht anfassen, das kitzelt so!«, kreischte sie und schlug die Arme vor dem Oberkörper zusammen.

In diesem Moment riss Frau Mauer die Tür auf, feuerte einen Zettel auf meinen Schreibtisch und raunzte: »Na, Sie haben ja Spaß. Testergebnis ist da.«

Ich lächelte sie freundlich an. Frau Mauer musterte mich grantig und knallte dann die Tür hinter sich zu.

»Nächstes Mal klopfen Sie gefälligst an, bevor Sie hereinkommen, und schließen die Tür leise hinter sich!«, brüllte ich ihr hinterher.

Leider nur in Gedanken.

»Könnte ich jetzt weitermachen, bitte?«, bat ich das Mädchen in einem Anflug von Verzweiflung.

Schon wieder flog die Tür auf. Es war die Leoparden-Lady.

»Ich will ja nicht stören, aber Ihre Sprechstundenhilfe hat gesagt, mein Testergebnis wäre da, und ich habe nicht den ganzen Tag Zeit.«

Mein Adrenalinspiegel stieg abrupt an. Strahlte ich so wenig Autorität aus, dass jeder meinte, hier einfach hereinplatzen zu können?

»Würden Sie bitte warten, bis ich Sie hereinrufe? Ich bin mitten in einer Untersuchung.«

Sie zog die Augenbrauen hoch und schloss wortlos die Tür. Immerhin.

Nachdem ich Fräulein Hysteria versorgt hatte, griff ich mir den Zettel mit dem Testergebnis. Er hatte nichts ergeben, alle Werte waren normal. Ich bat die Leoparden-Lady zu mir und versicherte ihr, hormonell gesehen sei bei ihr alles im Lot, es gebe nichts, was ich unternehmen könnte. Missmutig verließ sie mein Behandlungszimmer.

Obwohl mein Magen knurrte, arbeitete ich die Mittagspause durch, um meinen zeitlichen Rückstand aufzuholen. Am frühen Nachmittag büßte ich die gewonnene Zeit jedoch wieder ein, als ich einer älteren Dame helfen musste, sich aus fünf Schichten Strumpfhosen und Nierenwärmern zu pellen.

Um kurz nach sieben, als ich die letzte Patientin verabschiedet hatte, hörte ich Frau Mauer ungeduldig mit den Schlüsseln klimpern. Sie stand im Vorzimmer und zog sich ihren Mantel über.

»Frau Mauer, haben Sie noch einen Augenblick Zeit? Ich würde gerne etwas mit Ihnen besprechen.«

»Ja, ich muss auch noch etwas mit Ihnen besprechen«, erwiderte sie grantig. »So geht das nicht weiter. Ich habe einen Arbeitsvertrag über achtunddreißig Stunden, und heute habe ich schon wieder eine Überstunde gemacht. Ich wollte Ihnen mitteilen, das ich ab morgen pünktlich gehen werde.«

Ich starrte sie an und schluckte.

»Genau darüber wollte ich auch mit Ihnen sprechen«, sagte ich mit gezwungener Freundlichkeit. »Ich möchte natürlich nicht, dass Sie Überstunden machen, aber wenn die Patientinnen so dicht hintereinander bestellt sind, dann komme ich nicht hinterher.«

»Also, Frau Leopold, das sehe ich nun wirklich nicht ein, dass ich länger arbeiten muss, weil Sie Ihre Arbeit nicht schaffen. Zu Doktor Müllers Zeiten haben wir die Praxis auch immer pünktlich geschlossen. Bei Doktor Müller habe ich keine einzige Überstunde machen müssen, Frau Leopold.«

Frau Leopold. Doktor Müller. Das war eine der subtilen Unverschämtheiten, die sich Frau Mauer für mich ausgedacht hatte. Nicht, dass ich gesteigerten Wert darauf legte, mit meinem Doktortitel angesprochen zu werden, aber bei Frau Mauer hatte der Titelentzug Methode. Von meinem Vorgänger, dem göttlichen Arzt, sprach sie nur als »Doktor Müller«, ich hingegen war für sie »Frau Leopold«, ein dahergelaufener Störenfried, dem sie jegliche medizinische Kompetenz absprach.

Eine Mischung aus Bequemlichkeit und Feigheit ließ mich meinen Ärger hinunterschlucken, ich versuchte es erneut auf die freundliche Art.

»Wissen Sie, Frau Mauer, es geht mir hier in erster Linie um die Patientinnen. Eigentlich ist es mein Ziel, dass keine von ihnen länger als fünfzehn Minuten warten muss. Es wäre nett, wenn Sie darauf achten könnten, dass mir genügend Zeit für die Behandlung bleibt, damit keine langen Wartezeiten entstehen.«

»Das ist doch hier kein Wunschkonzert!«, blaffte sie mich an. »Wer was will, der muss auch warten können. Sie müssen noch eine Menge lernen, Frau Leopold. Das habe ich von Anfang an gewusst. Aber das ist nicht meine Angelegenheit. Ich gehe jetzt.« Sie warf mir einen vernichtenden Blick zu, griff sich ihre Tasche und ließ mich einfach stehen.

Was für ein traumhafter Feierabend.

Zum Trost stellte ich mir vor, meine Praxis sei das Seattle Grace Hospital und ich Meredith Grey aus *Grey's Anatomy*. Diesen Trick hatte mir Mia beigebracht. »Wenn es dir so richtig mies geht, dann stell dir vor, du seist die Hauptfigur in einem Film. Natürlich gibt es ein Happy End, aber vorher muss die Protagonistin erst mal richtig leiden. Am Ende rettet sie dann der Prinz. Übrigens, und das ist das Beste: Sie sieht in jeder Lebenslage toll aus.«

Ein bisschen half diese Methode tatsächlich. »Alles wird gut!«, flüsterte ich mir und meinen imaginären Zuschauern zu, während ich in meine Regenjacke schlüpfte. Leider betonte diese Jacke meine Meredith-Persönlichkeit nicht besonders.

Sie stammte aus den achtziger Jahren und war von der Sorte, die man zusammenknüllen, in sich selbst verstauen und mit einem integrierten Gummiband um die Hüften schnallen konnte – ich hätte mich ebenso gut in eine Plastiktüte wickeln können.

Draußen war es eiskalt, der Wind pfiff mir um die Ohren.

»Ich bin Meredith, Meredith, Meredith«, wisperte ich, mit gesenktem Kopf und im Gleichklang meiner Schritte. Es half nichts. Die Feuchtigkeit drang unbarmherzig in meine schmerzenden Glieder. Mit klappernden Zähnen schleppte ich mich die fünf Stockwerke in meine Wohnung hinauf. Das Schloss klemmte, ich musste unbedingt einen Schlosser anrufen.

Auf dem Flurtischchen blinkte mir der Anrufbeantworter entgegen. Zwei Anrufe. Der erste war von meiner Mutter. Ich zog die nasse Plastikjacke aus und warf sie über den Garderobenständer. Meine Mutter ratterte ohne längere Einführung los.

»Lenchen, meine Süße, du musst mich unbedingt sofort anrufen, wenn du nach Hause kommst, an dein Handy gehst du ja nicht, ich verstehe nicht, wozu du das Ding überhaupt hast. Ich habe eine ganz tolle Überraschung für dich, du wirst dich riesig freuen, also bitte gleich anrufen, ansonsten versuche ich es später noch mal, es ist wirklich eine ganz, ganz tolle Überraschung ...«

Mitten im Redeschwall meiner Mutter drückte ich auf die »Löschen«-Taste. Ich kannte meine Mutter. Es war unwahrscheinlich, dass ihr Anruf eine wichtige Information enthielt, und wenn doch, würde sie garantiert in ein paar Minuten wieder anrufen und mir vorwerfen, dass ich mich nicht bei ihr gemeldet hatte.

Der nächste Anruf war von Lorenz' Mutter.

»Ja, Lena, Mathilde hier, Lorenz' Mutter ...« (Als ob ich innerhalb von so kurzer Zeit vergessen könnte, wer sie war.) »... also, ich wollte mich mal erkundigen, wie es dir geht, wir haben ja länger nichts mehr voneinander gehört ...«

Ich fing gerade an, gerührt zu sein, dass Lorenz' Mutter sich für mein Befinden interessierte, da fuhr sie fort: »... und bevor ich es vergesse, bitte schick mir in den nächsten Tagen doch die Meißner Vase zurück, sie ist ja ein Familienerbstück, wie du weißt. Lorenz hat wohl vergessen, sie bei seinem Auszug mitzunehmen. Es besteht keine Eile, aber es wäre gut, wenn ich sie bis zum Wochenende hätte. Pass bei der Verpackung unbedingt auf, das Stück ist sehr wertvoll.«

Klack. Aufgelegt.

Mir fehlten die Worte. Die Vase war ein Geschenk zu meinem Dreißigsten gewesen, keine Leihgabe. Das wusste ich genau! Lorenz und ich haben beide im Mai Geburtstag, und nicht nur das – wir sind außerdem derselbe Jahrgang. Unseren Sechzigsten hatten wir damals mit einem riesigen Fest gefeiert. Mathilde war plötzlich auf mich zugekommen, um mir mit großer Geste jene Meißner Vase zu überreichen, die ich zwar potthässlich fand, über die ich mich aber trotzdem freute. Augenzwinkernd meinte sie zu mir, sie habe überlegt, das gute Stück Lorenz zu schenken, aber das seien ja »Perlen vor die Säue«. Ich mit meiner Blumenliebe (haha, ich und Blumenliebe, sie kannte mich wirklich schlecht!) würde die Vase sicherlich in Ehren halten. Lorenz bekam stattdessen eine Bohrmaschine, die besser zu mir gepasst hätte, denn er hatte zwei linke Hände.

Ich konnte nicht fassen, dass Mathilde jetzt die Dreistigkeit besaß, dieses Geschenk zurückzufordern.

Das Telefon klingelte.

»Ja?«

»Warum hast du mich nicht zurückgerufen?«, fragte meine Mutter vorwurfsvoll, ohne Begrüßung.

»Wer ist denn da?«, fragte ich zurück, nur um sie zu ärgern.

»Ach, Lena, tu doch nicht so, ich bin es, deine Mutter! Ich habe eine ganz tolle Überraschung für dich!«

»Ja, das erwähntest du bereits.«

»Und, willst du nicht wissen, was es ist?«

Ich wusste es ohnehin schon. Ein Mann.

»Mama, ich bin ziemlich müde, ich hatte einen anstrengenden Tag.«

»Na, dann werde ich dich jetzt aufheitern. Ich habe nämlich einen ganz tollen Mann an der Hand. Du kennst doch Elke? Elke arbeitet ja bei einem Steuerberater. Und stell dir vor, dort hat vor einem Jahr ein neuer Kollege angefangen. Ein unglaublicher Mann, sagt Elke, gutaussehend, witzig, charmant. Er war verheiratet, oder jedenfalls fast, und dann hat sich seine Verlobte von ihm getrennt, weil ...«

Ich hielt den Hörer vom Ohr weg und setzte mich auf einen Stuhl. Meine Mutter fehlte mir an diesem Abend gerade noch.

Schnatter, schnatter, schnatter.

Ich bin Meredith, Meredith, Meredith.

Die Identifikation fiel mir dieses Mal entschieden leichter als draußen im Regen. Meredith hatte schließlich auch eine schwierige Mutter.

Das Rollenspiel gab mir neue Kraft. Mit einer eleganten Geste für meine Zuschauer nahm ich den Hörer wieder ans Ohr.

Meine Mutter plapperte immer noch: »... und natürlich hat er sehr gelitten, das muss wirklich eine furchtbare Erfahrung sein. Stell dir das mal vor! Aber er ist ein ganz, ganz Netter, und die Elke hat sofort an dich gedacht, ›das wäre doch der ideale Mann für die Lena‹, sagte sie zu mir. Und er macht Internet-Dating!! Elke hat mir gleich Bescheid gesagt, damit ich etwas zwischen euch beiden arrangieren kann. Du könntest ihm doch mal schreiben, oder wenn du willst, kann ich dir auch seine Telefonnummer geben. Na, was sagst du?«

Was ich sagte? Nein, danke! Was denn sonst? Warum glaubte meine Mutter, sie müsste mich auf Teufel komm raus verkuppeln? Lorenz' Leiche war noch keine zwei Monate alt, und meine Mutter suchte schon den nächsten Mann für mich. Konnte ich nicht wenigstens in Ruhe trauern?

»Mama, ich brauche keinen neuen Mann, mir geht es gut.«

»Ach, papperlapapp. Du arbeitest nur, und wenn ich dir nicht ein bisschen unter die Arme greife, wirst du nie einen neuen Mann finden.«

»Vielleicht will ich ja gar keinen.«

»Jede Frau will einen Mann, alles andere ist glatt gelogen.«

Willkommen in der wunderbaren Welt meiner Mutter. Sie konnte sich nicht vorstellen, dass man auch als Single ein erfülltes Leben führen könnte.

»Und wenn ich in der Zwischenzeit selber einen neuen Mann gefunden hätte?«, schleuderte ich ihr entgegen.

»Hast du nicht.«

»Hab ich doch.«

»Hast du nicht!«

»Hab ich doch!«

»Nein!«

»Doch!«

»Nein!«

»Doch!«

Diesen albernen Dialog hätten wir noch eine Weile fortsetzen können, doch meine Mutter gab ihm plötzlich eine unerwartete Wendung.

»Wo denn?«

»Wie, wo denn?«, fragte ich, um Zeit zu gewinnen.

»Wo du ihn kennengelernt hast!«

»In der Telefonzelle«, log ich. Auf die Schnelle fiel mir nichts Besseres ein.

Einen Moment war sie ruhig. Jetzt hatte ich sie. Die Telefonzelle als Ort des Kennenlernens war so absurd, dass es schon wieder wahr sein konnte. Ich hörte meine Mutter durch den Hörer denken und lehnte mich siegesgewiss auf meinem Stuhl zurück.

»Wieso gehst du in eine Telefonzelle?«

»Wieso nicht?«

»Du hast doch ein Handy!«

»Das benutze ich nicht so gerne, wie du weißt.«

Kurzes Schweigen.
»Welche Farbe hatte die Telefonzelle?«
»Gelb«, erwiderte ich, leicht verunsichert.
»Erwischt!«, rief meine Mutter. »Die Telefonzellen sind heute alle rosa und grau!«
Tatsächlich? Ich war zu kraftlos, um mich weiter zur Wehr zu setzen. Ich kapitulierte.
»Okay, dann gib mir halt seine Telefonnummer, vielleicht rufe ich ihn mal an.«
Hochzufrieden diktierte mir meine Mutter eine Handynummer. Danach durfte ich endlich ins Bett, und zum ersten Mal seit langer Zeit war es mir egal, dass niemand darin auf mich wartete. Ich wollte einfach nur schlafen und alles vergessen.

Mia

Am Abend kam ich um kurz nach sechs abgehetzt zu Hause an. Ich hatte es tatsächlich geschafft, um fünf Uhr den Verlag zu verlassen. Dann war ich in den Supermarkt gerannt, weil wir kaum noch etwas zu essen im Haus hatten, und mit der überfüllten S-Bahn nach Hause gefahren. Ich lehnte die schweren Einkaufstüten gegen die Haustür, um den Briefkasten zu leeren. Eine der Tüten fiel um, und ein Kilo Äpfel kullerte die Stufen hinunter. Ein Becher Schlagsahne platzte auf, sein Inhalt ergoss sich über meine Stiefel. Mist. Ich sammelte die Äpfel wieder ein, säuberte die Schuhe notdürftig am Rasen und blätterte die Post durch. Nichts als Werbung und Rechnungen. Und ein Brief von einem Wellness-Hotel im Spreewald. Ich öffnete ihn und schaute mir sehnsuchtsvoll das Angebot an. Ein »Romantik-Wochenende für zwei Personen: drei wundervolle Nächte für den Preis von zweien«. Ole und ich waren dort nach unserer Hochzeit für ein paar Tage gewesen, ein Geschenk unserer Familien – eine herrliche Zeit. Ich war damals hochschwanger, und wir lagen drei Tage in der Sauna, am Pool und im Bett herum. Es schien mir eine Ewigkeit her.

Ich seufzte und kramte nach meinem Schlüssel. Ole und die Kinder waren offensichtlich noch nicht da, das Auto stand nicht vor der Tür. Sie würden aber sicher innerhalb der nächsten Stunde kommen, denn Ole und ich hatten heute Abend frei. Ole hatte seine Mutter überredet, auf die Kinder aufzupassen, damit wir gemütlich essen gehen könnten. Eigentlich war ich völlig erledigt, aber man konnte ja in jeder Frauenzeitschrift nachlesen, wie wichtig es für die Beziehung war, mit seinem Partner dann und wann gemeinsam etwas zu unternehmen. Ich hätte, ehrlich gesagt, auch nichts gegen ein bisschen Freizeit ganz für mich allein gehabt. Aber wenn wir schon einmal einen Babysitter hatten, wollte ich mich nicht beschweren. Als ich endlich meinen Schlüssel gefunden hatte, schoss mir ein kühner Gedanke durch den Kopf: Vielleicht konnte ich mich für eine halbe Stunde in die Badewanne legen, bis Ole mit den Kindern kam! Ich liebte es, zu baden, fand aber nur selten Zeit dafür. Entweder war ich nicht zu Hause, weil ich arbeitete, einkaufte oder die Kinder abholte, oder ich war zu Hause und damit beschäftigt, die Kinder zu versorgen, aufzuräumen, Essen zu machen, abzuspülen, Max zu wickeln, Wäsche zu waschen, und so weiter. Nicht, dass der ganze Haushaltskram an mir hängenblieb, Ole und ich teilten uns das alles. Trotzdem herrschte bei uns ständig Land unter. Wenn ich es dennoch einmal schaffte, mir eine Wanne einlaufen zu lassen, kamen innerhalb weniger Minuten ein bis zwei kreischende Kinder ins Badezimmer gerannt und greinten so lange, bis ich ihnen Einlass gewährte. Dann warfen sie erst drei Kilo schwimmendes Plastikgetier und schließlich sich selbst in die Wanne, verfärbten mein zartlila Lavendelölbadewasser mit ihren schmutzigen Patschehändchen und turnten auf mir herum, als sei ich ein Kletterfelsen. Wie verlockend erschien da der Gedanke an eine Badewanne, nur für mich allein!

Voller Vorfreude öffnete ich die Haustür, betrat die Küche und kam augenblicklich in der Realität an. Meinen Badewannen-Plan konnte ich vergessen. Küche und Esszimmer sahen genau so aus, wie wir sie heute Morgen verlassen hatten. Ein abgegraster Frühstückstisch glotzte mir vorwurfsvoll entgegen, verziert mit trockenen Brötchen, einer angebrochenen Tüte Milch und einem halbleeren Joghurt. Lenas Brotdose mit meinen liebevoll geschmierten Stullen lag unter dem Tisch. Max' Stühlchen stand inmitten eines dekorativen Kreises aus Krümeln, Käsestückchen und angebissenen Gurkenscheiben. In der Spüle türmte sich dreckiges Geschirr. Am liebsten hätte ich alles stehen- und liegenlassen, aber dieses Chaos konnte ich Oles Mutter auf keinen Fall hinterlassen. Sie hätte sich verpflichtet gefühlt, es zu beseitigen, was mir unangenehm gewesen wäre, und, noch viel schlimmer, sich in ihrer Theorie bestätigt gefühlt, dass Ole und ich überfordert waren. Beziehungsweise, aus ihrer Perspektive: dass ich überfordert war. Sie fand, dass ich zu viel arbeitete und zu wenig Zeit für die Kinder hatte. Ole hingegen opferte sich in ihrer Wahrnehmung auf, weil er zusätzlich zu seinem Job auch noch die Hälfte des Haushalts und der Kinderbetreuung übernahm. Das hatte sie zwar nie so direkt formuliert, aber ich war ganz gut darin, ihre Bemerkungen zu dechiffrieren.

Zu Ole sagte sie etwa: »Du Armer, du hast ja so schrecklich viel zu tun, und dann auch noch die Arbeit mit den Kindern!«

Hieß gleich: Seine Arbeit war da und musste erledigt werden, da blieb dem armen Mann ja nichts anderes übrig, als so viel zu arbeiten, und dann konnte der Goldjunge noch nicht einmal seinen wohlverdienten Feierabend genießen!

Über mich sagte sie (selten äußerte sie mir gegenüber dergleichen direkt, ich denke, weil sie meine kratzbürstige Reaktion fürchtete): »Ach, es ist so schade, dass Mia immer so viel arbeitet und so wenig Zeit für die Kinder hat!«

Übersetzt: Es wäre ja kein Problem, die Manuskripte einfach liegen zu lassen, auf Teilzeit zu reduzieren oder am besten gleich zu kündigen, aber ich pflichtvergessene Rabenmutter arbeitete ja lieber, als mich um meinen Nachwuchs zu kümmern und damit das zu tun, was jeder Mutter ein natürliches Herzensanliegen ist.

Insofern blieben mir exakt fünfundvierzig Minuten, um Klarschiff zu machen. Ich sammelte das Geschirr vom Tisch ein und riss die Spülmaschine auf. Hier lauerte die nächste böse Überraschung. Ole hatte die Maschine unten mit großen, dreckigen Töpfen beladen. Die obere Etage war von einer verkrusteten Lasagneform und einer Teflon-Pfanne besetzt. Glaubte

Ole im Ernst, dass unsere Maschine diese Sauerei sauber bekäme? Und seit wann gehörten Teflon-Pfannen in die Spülmaschine? Platz für das schmutzige Frühstücksgeschirr war natürlich auch keiner mehr. Fluchend räumte ich Töpfe, Pfanne und Auflaufform aus der Maschine und stellte das Frühstücksgeschirr hinein, ließ heißes Wasser ins Spülbecken einlaufen und fing an zu schrubben. Die verkrusteten Lasagnenudeln, die am Rand der Auflaufform klebten, wollte ich in die Mülltonne werfen. Sie war voll. Mit nassen Fingern knotete ich die Tüte zusammen und stellte sie vor die Haustür. Innerlich hielt ich Ole einen Vortrag. War das so schwer zu kapieren, dass man große Töpfe mit der Hand abwaschen muss?

Mit jedem Handgriff wurde ich wütender. War ich hier eigentlich der Seppel für jedermann? Der französische Bestsellerautor behandelte mich auch schon wie seine persönliche Assistentin. Wütend schrubbte ich am Topfboden herum. Dieser Idiot hatte neulich spontan beschlossen, für drei Monate in Berlin zu bleiben. Er brauche Inspiration und er glaube, sie in dieser Stadt finden zu können. Ha, Inspiration – dass ich nicht lache! Dennoch hatte ich mich brav um eine Wohnung für ihn bemüht und ihm von der Anmeldung beim Bürgeramt bis hin zum BVG-Monatsabo jeglichen organisatorischen Kram abgenommen. War ich seine Lektorin oder seine Sekretärin? Bitte oder danke sagte der Herr aus Prinzip nicht. Der Typ hatte eindeutig die Bodenhaftung verloren. Dauernd rief er mich an oder stand in meinem Büro und beklagte sich. Die Wohnung sei ihm zu laut, das Gebimmel der Straßenbahn halte ihn vom Schlafen ab. Er wollte doch Großstadtflair haben – warum beschwerte er sich also?

Heute dann die Krönung. Unsere Pressefrau Melanie hatte fünf Interviewtermine mit großen Magazinen und Zeitungen arrangiert. Das musste man erst einmal hinbekommen. Bedankte er sich, freute er sich über die Öffentlichkeit? Natürlich nicht. Im Gegenteil. Er lehnte es ab, mit den Journalisten einzeln zu sprechen, und wollte ein Gruppeninterview. Er brauche seine Zeit schließlich zum Schreiben. Daraufhin hatten zwei Zeitungen abgesagt, was ich ihnen nicht verübeln konnte. Das hat ihm natürlich auch nicht geschmeckt. Nach dem Interview machte er mir Vorwürfe, ich hätte unverschämte Fragen abblocken müssen. Fast wäre mir der Kragen geplatzt – mussten wir uns alles gefallen lassen, nur weil seine Bücher sich gut verkauften?

Missmutig kratzte ich mit einem Messer am Topfboden herum. Er wollte einfach nicht sauber werden. Um zehn vor sieben gab ich es auf. In zehn Minuten würde Oles Mutter kommen.

Ich flitzte nach oben, um wenigstens noch unter die Dusche zu springen, dabei stolperte ich im Flur über unseren riesigen Wäschekorb, der von mir mit ordentlich zusammengelegter Wäsche gefüllt worden war. Ärgerlich gab ich dem Korb einen Tritt. Leider fiel er etwas heftiger aus als beabsichtigt, der Korb kippte um, und die Kleidungsstücke purzelten heraus. Ich stopfte sie wieder zurück. In diesem Moment hörte ich den Schlüssel in der Tür. Max plärrte.

Schnell sprang ich ins Badezimmer und schloss die Tür hinter mir ab. Wenn Ole und die Kinder mich jetzt entdeckten, hätte ich auch das Duschen abhaken können. Als ich unter der Dusche nach meiner Shampoo-Flasche griff, war sie leer. Garantiert hatte Klara sie wieder benutzt, um ihren Kuscheltieren das Fell zu waschen. Also nahm ich das rosafarbene Glitzershampoo von Klara. Danach rochen meine Haare wie ein Veilchenwald. Um eine Minute vor sieben stand ich mit tropfnassen Haaren und in Unterwäsche in unserem Schlafzimmer, als es klingelte. Pünktlichkeit war der zweite Vorname von Oles Mutter.

»Ole, machst du mal auf!«, rief ich durch die geschlossene Tür.

»Ich wickle gerade Max!«, brüllte er zurück.

Es klingelte wieder, jetzt gleich drei Mal hintereinander. Ding, ding, ding.

»Klara, machst du mal auf!«

Keine Reaktion.

»Das ist Oma!«

»Nein!!!«, schrie sie aus ihrem Zimmer.

Ich stieß einen Fluch aus, wickelte mich in Oles Bademantel, rannte die Treppe hinunter und riss die Tür auf. Dabei trat ich mit meinem nackten Fuß auf einen herumliegenden Legostein. Aua!

»Hallo, Mia!«

»Hallo, Marianne.« Ich bemühte mich um ein freundliches Lächeln, was mir etwas schwerfiel, weil mein Fuß von dem blöden Legostein tierisch weh tat.

Oles Mutter pellte sich aus ihrem dicken Mantel und musterte mich kritisch.

»Wie geht es dir? Du siehst müde aus!«

»Super«, log ich und bemühte mich, total entspannt zu wirken. »Ich habe gerade in Ruhe geduscht und muss mich nur kurz anziehen. Und dir?«

»Gut, danke. Wo sind die Kinder?«

»Oben.«

Schnurstracks stapfte sie die Treppe hoch und rief: »Wo sind meine süßen Mäuse? Die Oma ist da!!!«

Ich ging hinter ihr die Treppe hoch und sah, wie sie den verwüsteten Wäschekorb musterte. Ihre Gedanken konnte ich an ihrem Hinterkopf ablesen.

Ole kam mit Max auf dem Arm aus dem Kinderzimmer und überreichte ihn seiner Mutter. »Hier, frisch gewickelt!« Zu mir sagte er: »Na, wollen wir gehen?«

»Klar«, wollte ich sagen, »ich liebe es, mit nassen Haaren und in deinem Bademantel auszugehen.« Aber in Gegenwart seiner Mutter beließ ich es bei: »Ich würde mich gerne noch anziehen.«

»Haben die Kinder schon etwas gegessen?«, fragte Oles Mutter mich.

»Nein«, antwortete Ole.

Ich verschwand ins Schlafzimmer. Ole kam hinter mir her und zog sich sein Hemd aus.

»Willst du den Kindern nicht noch Abendbrot machen?«, raunte ich ihm zu.

»Nö. Kann Marianne doch machen.« Er knöpfte sich sein frisches Hemd zu.

Ich hörte, wie Oles Mutter mit Max sprach. »So, Maxilein, jetzt nehmen wir mal den ollen Schnulli aus dem Mund, den brauchst du doch gar nicht mehr …«

Max schrie.

»Lass uns schnell gehen«, wisperte Ole.

Jetzt hörte ich Klara: »Oma, ich habe solchen Hunger!!!«

Ole verließ das Zimmer.

Max schrie wie am Spieß.

Oles Mutter redete beruhigend auf Max ein, aber er brüllte weiter. Dazwischen quengelte Klara: »Ooooooma, ich hab Hungäääääärrrr!!!«

Ich zog mir einen Pulli über, steckte meine nassen Haare hoch und sprang die Stufen hinunter. Ole stand ausgehfertig an der Tür. Er machte mich manchmal wahnsinnig. Ich konnte meiner Schwiegermutter nicht zwei hungrige, schreiende Kinder überlassen.

»Ole, ich mache den Kindern noch etwas zu essen …«

Ich schnitt Brot ab, riss Butter und Leberwurst aus dem Kühlschrank und fing an, Stullen zu schmieren. Das Geschrei verebbte. Ole kam mit Max auf dem Arm in die Küche. Zufrieden nuckelte Max an seinem Schnuller. Hinter ihm erschien Klara.

»Ich mag aber keine Leberwurst!«

»Hier wird gegessen, was auf den Tisch kommt!« Aus welchem Jahrhundert bezog ich eigentlich meine Sprüche? Fehlte nur noch: »Andere Kinder wären froh, wenn sie Leberwurstbrote zu essen hätten.« Aber seitdem ich selber Kinder hatte, fand ich, dass alle diese Sprüche einen unheimlich wahren Kern hatten. Marianne erschien in der Tür.

»Ooooooooooma, ich will ein Honigbrot.«

»Ja, meine Süße, das mache ich dir gleich.«

Ich kapitulierte.

Draußen war es bitterkalt, meine Haare waren noch feucht. Ole ging vor zum Auto, während ich die Abfalltüte zur Restmülltonne trug. Als ich den Deckel öffnete, sah ich, dass sie randvoll war. Obenauf lagen alte Zeitungen und Bananenschalen.

Ich riss die Autotür auf und warf mich auf den Beifahrersitz. Ole fuhr los.

»Ist was?«, fragte er mit einem Seitenblick auf mich.

Ich biss mir auf die Zunge.

Zehn Sekunden hielt ich durch. Ich atmete durch und betete drei Mal mantraartig vor mich hin: Ich-Botschaften senden! Ich-Botschaften senden! Ich-Botschaften senden! Ich hatte mal an einem Seminar zur gewaltfreien Kommunikation teilgenommen. Die Grundthese lautete, dass man viel mehr erreicht, wenn man seinen Gesprächspartner nicht beschuldigt, sondern ihm freundlich darlegt, wie man selbst das Fehlverhalten empfindet. Man sollte nicht sagen: Immer lässt *du* deine Klamotten überall herumfliegen, *du* bist total schlampig, sondern beschreiben, wie es einem damit ging.

»Sprich darüber, was es mit dir macht!«, forderte der nette Kommunikationstrainer uns in den Übungen stets auf. »Ich-Botschaften senden«, hieß das in der Trainersprache, also in etwa: »Es stört *mich* furchtbar, wenn hier überall deine Kleidung herumliegt, weil *ich* mich dann nicht entspannen kann.« Am besten, erklärte er uns, schließe man mit einer freundlichen Bitte ab: »Sage mir bitte, ob du in Zukunft deine Kleidung wegräumen wirst oder wir gemeinsam nach einer Lösung suchen können, die unser beider Bedürfnisse erfüllt.«

Ich dachte also an die GFK, wie wir Insider die Gewaltfreie Kommunikation nennen, und verbiss mir heldenhaft den Anraunzer: »Sag mal, hast du schon mal etwas von Mülltrennung gehört?« Stattdessen rief ich mir das GFK-Schema in Erinnerung: Beobachtung, Gefühl, Bedürfnis, Bitte.

»Ole, ich sehe, dass unsere Mülltonne schon wieder bis oben hin voll ist mit Biomüll und Papier«, formulierte ich vorbildlich.

Das war die Beobachtung. So weit, so gut.

Jetzt mein Gefühl: »Es nervt mich tierisch, dass du nie den Müll trennst!«

Lief doch super. Meinen gereizten Tonfall bekam ich auf diese Weise leider nicht in den Griff, aber niemand ist schließlich perfekt.

Jetzt das Bedürfnis: »Ich habe das Bedürfnis, in einem Haushalt ohne überquellende Mülltonnen zu leben.«

Und zum Abschluss die Bitte: »Könntest du endlich mal anfangen, den Müll in die richtigen Tonnen zu werfen?«

Ich fand, dass ich meinen Ärger ganz gut kanalisiert hatte, und hielt den Zeitpunkt für günstig, auch noch die Wäsche zu thematisieren.

»Außerdem fände ich es nett, wenn du die von mir säuberlich zusammengelegte Wäsche, die seit drei Tagen im Wäschekorb vor sich hin gammelt, ausnahmsweise mal zeitnah einsortieren könntest. Immer lässt du den Wäschekorb so lange herumstehen, bis sich jeder seine Sachen selbst rausgeholt hat. Das muss doch nicht sein, oder?«

Ole schwieg.

Das machte mich rasend.

»Ole?«

»Müssen wir uns jetzt über den Haushalt streiten? Ich dachte, wir gehen in Ruhe essen.«

»Können wir ja, aber ich möchte das vorher klären, weil es mich ärgert.«

»Ja. Okay.«

»Was, okay? Okay, wir klären das, oder okay, ich räume die Wäsche ein?«

»Letzteres. Können wir jetzt über etwas anderes sprechen?«

»Gerne.«

Wir schwiegen beide.

Als wir uns gerade in der Pizzeria hingesetzt und unser Essen bestellt hatten, klingelte mein Handy. Eigentlich telefonierte ich grundsätzlich nicht, wenn ich mit anderen Leuten zusammensaß, auch nicht, wenn es sich um meinen eigenen Mann handelte, aber auf dem Display leuchtete Lenas Nummer auf.

»Das ist Lena. Kann ich kurz rangehen?« Ole nickte, und ich ging zum Telefonieren vor die Tür.

»Hey, Lena.«

»Störe ich?«

»Nein, nein, überhaupt nicht, es ist schön, dass du anrufst. Wie geht es dir?«

»Hm«, machte Lena. »Und selbst?«

»Geht so.«

»Irgendwas Spezielles?«

»Nein. Nur dass Ole das Prinzip der Mülltrennung nicht kapiert und ich das Prinzip der gewaltfreien Kommunikation nicht beherrsche.«

»Was ist denn das?«

»Ach, vergiss es. Funktioniert sowieso nicht. Und du?«

»Ich hänge total durch. Mein Leben nervt mich. In der Praxis tobt das Chaos. Und meine Lieblingsjeans ist kaputtgegangen.«

»Oh, nein! Wollen wir zusammen shoppen gehen?«

»Ach, ich weiß nicht. Ich habe irgendwie zu nichts Lust. Ich hatte gedacht, wir beide könnten spontan etwas trinken gehen. Aber du hast wahrscheinlich keine Zeit, oder?«

»Ach, Lena, das tut mir total leid, aber gerade heute geht es nicht. Ole hat seine Mutter als Babysitterin eingespannt, und wir sind eben hier in der Pizzeria angekommen. Hast du nicht Lust herzukommen? Wir könnten gemeinsam essen, Ole würde sich auch freuen, dich mal wieder zu sehen.«

»Das ist lieb, Mia, aber macht ihr euch mal einen schönen Abend. So oft habt ihr ja nicht die Gelegenheit, alleine zu sein.«

Ich versicherte ihr, dass wir uns beide sehr freuen würden,

sie zu sehen, aber sie wollte partout nicht. Sie sagte, sie würde sich einfach einen Tee kochen und ins Bett gehen, sie leide sowieso unter Schlafmangel und habe Nachholbedarf. Lena bemühte sich nach Kräften, munter zu klingen, aber sie hörte sich so traurig an, dass es mir weh tat. Wir verabredeten, in den nächsten Tagen zu telefonieren und uns bald zu treffen.

Als ich zu Ole an den Tisch zurückkehrte, war mein Haushaltsärger verflogen. Warum regte ich mich über Kleinigkeiten immer so auf? Eigentlich lief es bei uns doch ganz gut! Ich war einfach ein sehr ordnungsliebender Mensch, aber wenn man mit einem Chaoten und zwei kleinen Kindern zusammenlebte, musste man seinen Toleranzlevel wohl etwas anheben.

Das Telefonat mit Lena hatte mich so milde gestimmt, dass es mir gelang, mich bei Ole zu entschuldigen. Das gehört nicht gerade zu meinen Stärken.

»Ole, es tut mir leid, ich wollte dich nicht so anfahren. Ich hatte einen schlechten Tag.«

»Schon gut.« Er lächelte mich an.

Das war eine von Oles wirklich großartigen Eigenschaften: Er war überhaupt nicht nachtragend. Er hatte eine emotionale Großzügigkeit, die mir völlig abging.

Wir stießen auf unseren freien Abend an und machten uns über den Brotkorb her, den der Kellner vor uns auf den Tisch stellte. Wir hatten beide den ganzen Tag noch nichts Richtiges gegessen.

»Wie geht es denn Lena?«, erkundigte sich Ole.

»Ziemlich schlecht. Die Trennung von Lorenz hat sie ganz schön umgehauen. Und sie arbeitet zu viel und schläft zu wenig. Ich habe ein schlechtes Gewissen, weil wir uns so selten sehen … Irgendwie haben wir uns ein bisschen voneinander entfernt. Sie hat mir immer noch nicht erzählt, warum sie sich eigentlich von Lorenz getrennt hat. Klar, sie hatten in der letzten Zeit Schwierigkeiten, aber von Trennung war nie die Rede gewesen.«

»Lena hat sowieso jemand Besseren verdient als Lorenz. Der hat sie doch überhaupt nicht zu schätzen gewusst.«

»Ach, was du nicht sagst. Meine Rede! Du sagtest doch immer, du fändest ihn ganz okay.«

»Ja, weil sie glücklich mit ihm zu sein schien. Aber die letzten Male, die wir die beiden getroffen haben, ist er mir ziemlich auf den Wecker gegangen mit seiner ständigen Angeberei. Erinnerst du dich, wie er uns einen Vortrag über die Vagina von irgendeiner Frau von Goethe gehalten hat?«

Ich kicherte. »Du meinst nicht Goethe, sondern Kleist, und das war nicht irgendeine Frau, sondern die *Marquise von O...* Das ist der Titel einer Novelle von Kleist, in der es darum geht, dass eine Frau, nämlich die Marquise von O..., vergewaltigt wird, während sie ohnmächtig ist.«

Lorenz hatte uns an jenem Abend ein halbstündiges Referat über seine neueste wissenschaftliche Erkenntnis gehalten: Das »O« in der *Marquise von O...* stehe für die geöffnete Vaginapforte der Frau und sei damit Sinnbild der sich ankündigenden sexuellen Überwältigung, wie Lorenz es meisterhaft formuliert hatte. Ich fand ihn mal wieder unglaublich bescheuert.

Am selben Abend hatte er Lena vor uns zusammengestaucht, weil sie die Wendung »ich erinnere das« gebraucht hatte. Ob sie sich nicht merken könne, dass »sich erinnern« ein reflexives Verb sei, man erinnere *sich* grammatikalisch korrekt *an* etwas; man könne nicht *etwas* erinnern, dieser Unsinn sei aus dem Englischen *to remember something* fälschlicherweise ins Deutsche übernommen worden.

»Es ist einfach grauenvoll«, jammerte Lorenz, »wie schludrig überall mit der deutschen Sprache umgegangen wird, wenigstens zu Hause würde ich gerne korrektes Deutsch hören.«

Ole und ich warfen einander einen vielsagenden Blick zu, und Ole sagte, er halte die Reinheit der deutschen Sprache für überschätzt.

»Nun ja«, erwiderte Lorenz herablassend, »du bist ja auch Bauingenieur.«

Ich hätte ihn fast mit den Resten meiner Lasagne beworfen, aber Lena sagte versöhnlich, sie gelobe feierlich, nie wieder »ich erinnere das« zu sagen, höchstens auf Englisch. Dann stand sie auf, um eine Runde Espresso für alle zu kochen, während Lorenz den ganzen Abend noch keinen Finger krumm gemacht, sondern nur klugscheißerisch herumgeschwätzt hatte.

Endlich kam unser Essen. Ole hatte sein Steak in null Komma nichts verschlungen, trank in einem Zug sein Bier aus und lehnte sich entspannt zurück. Essen und Trinken vollbrachten bei ihm immer Wunder. Plötzlich sagte er:

»Warum fährst du nicht mal ein paar Tage mit Lena weg? Das würde sie bestimmt aufheitern.«

Wie bitte? Hatte ich mich verhört? Hatte Ole tatsächlich gesagt, was ich verstanden hatte? Das Steak und das Bier mussten seinen Verstand vernebelt haben. Für einen Moment war ich sprachlos.

»Wie soll das gehen?«, fragte ich dann.

»Wieso sollte das nicht gehen? Glaubst du, wir kommen nicht ohne dich zurecht?«

»Nein, das glaube ich überhaupt nicht«, erwiderte ich aus vollem Herzen. »Ist das ein ernsthaftes Angebot?«

»Klar. Du kannst dich ja bei Gelegenheit revanchieren.«

Er beugte sich zu mir über den Tisch und flüsterte: »Wir könnten zum Beispiel mal wieder Sex haben!«

»Ole!«

Er grinste. Ich war entrüstet. Aber auch gerührt. Ich musste das eintüten, bevor er es sich wieder anders überlegte. Familienfreie Zeit ohne schlechtes Gewissen gibt es für kein Geld der Welt zu kaufen.

»An wie viele Tage hast du denn gedacht?«

»Wie wäre es mit einem Wochenende? Im April ginge es zum Beispiel ganz gut, da könnte ich mir einen Tag frei nehmen.«

Ich überlegte kurz, ob ich versuchen sollte, eine ganze Woche herauszuschlagen, aber dann wäre ich für den Rest meines Lebens Oles Sexsklavin.

»Drei Tage sind super. Du bist ein Schatz, Ole. Und ich weiß auch schon, wo ich mit Lena hinfahre. Ich rufe sie kurz an, okay?«

Bei der Vorstellung, ein Wochenende ohne meine Familie zu verbringen, wurde ich aufgekratzt wie ein Schulmädchen. Ich schnappte mein Handy und rannte vor die Tür. Lena ging gleich ans Telefon.

»Leni«, rief ich in den Hörer, »hast du am letzten Aprilwochenende schon was vor?«

»Ich glaube nicht. Wieso?«

»Halt dich fest: Wir fahren ins Spreewald-Hotel zum Romantik-Wochenende. Für drei Tage! Wie findest du das?«

»Hört sich toll an. Viel Spaß!«

»Lena, du Tröte, doch nicht Ole und ich. Du und ich!«

»Romantik-Wochenende? Ist das irgendetwas mit Single-Dating?«

»Nein, Quatsch, ich will dich nicht verkuppeln. Das ist ein Angebot für verliebte Paare. Aber da können wir beide genauso gut hinfahren. Ole hat mir drei Tage frei gegeben. Was meinst du?«

»Hab ich eine Wahl?« Sie lachte.

»Du kommst also mit?«

»Natürlich.«

Beschwingt kehrte ich zu Ole an den Tisch zurück. Ich freute mich auf das Wochenende wie ein Kleinkind auf seinen Geburtstag. Wie lange war es her, dass ich alleine mit einer Freundin unterwegs gewesen war? Die Aussicht darauf ließ mein Herz höher schlagen, und eine Welle von Zuneigung zu meinem Ehemann überflutete mich. Noch nicht einmal die Bemerkung von Oles Mutter, die Kinder brauchten dringend neue Klamotten, ob sie mal mit ihnen einkaufen gehen sollte, wenn wir es nicht schafften, konnte mir meine blendende Laune an diesem Abend verderben.

Lena

Als Mia am letzten April-Freitag um acht Uhr bei mir klingelte, um mich zu unserem »Romantik-Wochenende« abzuholen, war ich schon seit zwei Stunden wach. Ich hatte meine große Sporttasche gepackt, eine riesige Kanne Tee getrunken und war unruhig durch die Wohnung getigert. Mia wartete im Auto auf mich und winkte mir zu. Sie war, wie immer, von Kopf bis Fuß tipptopp durchgestylt. Die Sonnenbrille hatte sie sich ins Haar geschoben, und sie trug ein schönes Oberteil aus irgendeinem edlen Material. Nicht zum ersten Mal überlegte ich, ob ich nicht ein wenig mehr Zeit und Geld in meine Garderobe investieren sollte.

»Willkommen in unserer fahrenden Mülltonne«, begrüßte mich Mia, als ich mich auf den Beifahrersitz fallen ließ.

Das Auto sah tatsächlich ziemlich wild aus. Die Rückbank war total verkrümelt, ich entdeckte einen angebissenen Apfel, ein zerknautschtes Trinkpäckchen, Kaugummipapier, Handschuhe und mehrere zusammengeknüllte Bilder. Auf der Mittelkonsole türmten sich Benjamin-Blümchen-CDs.

»Man kann sich kaum vorstellen, dass dieses Auto einer bekennenden Ordnungsfanatikerin gehört«, bemerkte ich.

»Da kannst du mal sehen, wie lernfähig ich bin. Ich blende das Chaos einfach aus meinem Wahrnehmungsfeld aus. Das ist aktive Stressreduzierung, besser als Yoga. Sag mal, gibt es hier irgendwo einen Kaffee zum Mitnehmen? Ich brauche dringend Koffein! Ich habe vor lauter Vorfreude fluchtartig das Haus verlassen und nur einen Saft getrunken.«

Ich dirigierte Mia um zwei Ecken zu meinem Lieblingscafé. Sie parkte in der zweiten Reihe, und ich sprang heraus, um uns zwei große Caffè Latte und Croissants zu holen.

»Mhm, göttlich!«, sagte Mia, als sie einen Schluck getrunken und von ihrem Croissant abgebissen hatte. Sie startete das Auto und fuhr los.

Schweigend tranken wir unseren Kaffee, bis wir die Autobahn erreichten.

»Hörst du das?«, fragte Mia auf einmal.

»Was denn?«

»Diese Ruhe! Diese himmlische, vollkommene Ruhe!«

»So schlimm?«

»Ich sag dir, schaff dir nie solche Blagen an. Der pure Stress!«

»Ach, Mia, du übertreibst.« Das war typisch für sie. Mia liebte ihre Kinder und Ole über alles, aber ich glaube, sie malte das Familienleben in meiner Gegenwart immer besonders schwarz, damit sich bei mir keine Reue wegen meiner Kinderlosigkeit einstellte. Aber wahrscheinlich war sie im Augenblick auch einfach ein bisschen angestrengt.

Mia knuffte mich in die Seite. »Du kannst dir gar nicht vorstellen, wie großartig ich es finde, dass wir beide jetzt ein romantisches Wochenende miteinander verbringen. Drei Tage Ruhe vor Kindern und Ehemann! Ich kann eine Familienpause dringend gebrauchen!«

»Wieso, habt ihr Stress?«

»Immer«, sagte Mia und schaltete den Scheibenwischer ein. Es nieselte.

»Was ist denn los?«

»Ach, das erzähle ich dir später. Ich bin ein giftiges Weib, und Ole ist ein sturer Bock. Das ist in etwa die Kurzfassung. Ist nicht besonders erquicklich, unser Ehegezänk.«

Ich blickte auf die vorüberziehende Landschaft. Allmählich entspannte ich mich.

»Und, wie läuft es im Verlag?«

»Viel zu viel zu tun. Und ich habe immer noch diese blöde Übersetzung an der Backe. Sag mal, fällt dir spontan ein gutes Synonym für Penis ein, das nicht ordinär klingt?«

»Lümmel«, sagte ich nach kurzer Bedenkzeit.

»Nein, geht gar nicht«, antwortete Mia, »ebenso wenig wie Piephahn, Schniedel, Pullermann, Kolben oder Schwengel. Es sollte in Richtung Lustzapfen gehen, aber nicht so sehr an eine Tanne erinnern. Wie findest du Jadeschaft?«

»Geht so.«

»Ist ja auch egal. Ich brauche ein bisschen Abstand davon. Verbiete mir bitte sofort den Mund, wenn ich in den nächsten Tagen noch einmal von diesem Thema anfange, okay?«

»Mach ich.«

Als wir nach zwei Stunden auf den Parkplatz des Hotels einbogen, hatte es aufgehört zu regnen, die Wolkendecke riss auf, und die Sonne lugte hindurch.

»So«, sagte Mia, als sie geparkt hatte, »ich schlage vor, wir checken ein, und dann begeben wir uns schnurstracks in den Wellness-Bereich, oder?«

»Unbedingt«, stimmte ich zu.

Das Hotel war ein ehemaliger Bauernhof, mit einem roten Ziegeldach, einer Fachwerkfassade und mehreren kleineren Nebengebäuden. In der Eingangshalle prasselte in einem riesigen Kamin ein Feuer, vor dem breite Sofas standen, es duftete nach Äpfeln und Holz.

Mia stiefelte auf den Anmeldungstresen zu. Ich ließ mich auf eines der Sofas vor dem Feuer fallen und schloss die Augen. Das war die beste Idee seit langem, mal für ein paar Tage aus Berlin herauszukommen. Vielleicht würde ich hier das Gedankenkarussell, das sich seit Lorenz' Rausschmiss in meinem Kopf drehte, zum Stillstand bringen können. Ich brauchte einfach Abstand zu meinem grauen Alltag.

Mia riss mich aus meinen Gedanken. Sie stand vor mir und klimperte mit einem Schlüssel.

»Auf, auf! Wir können in unser Zimmer!«

»Von mir aus können wir gleich vor dem Kamin sitzenbleiben. Das ist großartig!«

»Wart's ab«, meinte Mia und zog mich hoch. »Da hinten wird es noch viel besser.«

Wir stellten die Taschen in unserem kleinen, aber feinen Zimmer ab. Mia ließ sich rücklings auf das riesige Doppelbett mit den Federdecken plumpsen und schloss die Augen.

»Oder wollen wir erst mal ein Nickerchen machen?«, fragte sie gähnend. »Ich glaube, ich könnte die nächsten zwei Tage im Bett liegenbleiben und schlafen.«

»Nix da! Du musst mir jetzt den sensationellen Wellness-Bereich zeigen.«

Sie gab sich geschlagen, und in dicke Bademäntel gehüllt, schlurften wir in Richtung Therme. Am Eingang saß eine junge Frau und fragte uns, ob wir »Anwendungen« wünschten.

Ich schüttelte den Kopf, Mia nickte.

»Wir nehmen einmal das komplette Programm«, verkündete sie. »Massage, Maniküre, Pediküre, irgendeine Ganzkörper-Schlammpackung und etwas fürs Gesicht.«

»Sehr gern! Fangen wir mit der Massage an. Wir haben die klassische Ganzkörpermassage, die Kräuter-Aromamassage, eine Hot-Stone-Massage, die Fußreflexzonenmassage und eine Thai-Massage.«

Mia sah mich fragend an. Ich war völlig überfordert. »Such du aus!«

»Dann hätten wir gerne die Hot-Stone-Massage, das klingt warm.«

»Und welche Körperbehandlungen darf ich anmelden? Vielleicht die Quarkpackung mit Zitronenöl und Honig?«

»Hört sich lecker an«, sagte ich. Langsam kam ich auf den Geschmack. »Ich denke, die nehmen wir.«

Nachdem wir uns außerdem für die »große Frischebehandlung« für das Gesicht entschieden hatten, erkundigte sich die nette junge Frau, ob wir übers Wochenende blieben und ob sie die Termine auf zwei Tage verteilen dürfe. Sie durfte. Wir bekamen einen Zettel ausgehändigt, auf dem sie die Zeiten notiert hatte, und begaben uns in den Wellness-Tempel. Mia hatte recht, er war wirklich umwerfend. Jeder Raum war ein Erlebnis für sich. In jedem Zimmer knisterte ein Feuerchen in einem Kamin oder einem gusseisernen Ofen, überall luden stoffbezogene Liegen und große Sofas zum Entspannen ein. Das Licht war gedämpft, passend zu den flüsternden Stimmen der wenigen Gäste. Mia und ich entschieden uns für ein grünes Zimmer, das eine beruhigende Ausstrahlung hatte und in dessen Mitte sanft ein Springbrunnen vor sich hin plätscherte. Wir platzierten uns direkt vor dem Kamin, und nach einem ersten Saunagang kuschelten wir uns in unsere Handtücher und breiteten die dafür vorgesehenen Decken über uns aus.

Ich seufzte und genoss das Gefühl der Wärme, das meinen ganzen Körper erfüllte. Gleichzeitig überkam mich eine bleierne Müdigkeit. Wenn man mitten im Trubel steckt, bemerkt man gar nicht, wie erschöpft man eigentlich ist, dachte ich schläfrig. Als ich mich zu Mia umdrehte, um sie über meine weltbewegende Erkenntnis zu informieren, war sie eingeschlafen. Die Zeitschrift, in der sie eben noch gelesen hatte, ruhte auf ihrer Brust, ihr Arm hing entspannt über der Lehne. Sie sah so friedlich aus, dass ich beschloss, es ihr gleichzutun.

Nach zwei Stunden Schlaf und einem weiteren Saunagang erwartete uns die Kosmetikerin. Wir legten uns auf zwei bequeme Liegen und ließen uns die Gesichter mit einer warmen Paste beschmieren.

Mia grinste mich unter ihrer Schlammpackung an. Sie sah zum Fürchten aus. »Das nenne ich ausgleichende Gerechtigkeit. Wir sind zwar nicht mehr so schön wie mit zwanzig, aber dafür haben wir jetzt das Geld, uns schön machen zu lassen.«

Ich war schon fast wieder eingenickt, als die Kosmetikerin auf leisen Sohlen hereingeschlichen kam und sanft meine Hände in Schüsselchen mit einer duftenden, warmen Flüssigkeit legte.

»Entspannen Sie sich«, flüsterte sie mir zu. Ich schaffte es gerade noch, ein Nicken anzudeuten, bevor ich wieder einschlummerte.

Abends dinierten wir in einem festlich eingedeckten Speisesaal. Die kleine Wellness-Gemeinde, die sich hier versammelt hatte – lauter verliebte Paare in den mittleren bis besten Jahren –, hatte sich mächtig in Schale geworfen. Der Kellner führte Mia und mich an einen Zweiertisch. Wir bekamen einen Aperitif und einen essbaren »Gruß aus der Küche«, auf den fünf wohlproportionierte, köstliche Menügänge folgten. Nach dem abschließenden Espresso setzten wir uns mit unseren Weingläsern an die Bar.

»Okay«, sagte ich. »Jetzt fühle ich mich gewappnet, es dir zu erzählen.«

Mia wusste sofort, wovon ich sprach.

An diesem wunderschönen Ort, fernab von Berlin und von allem, was mich an Lorenz erinnerte, hatte ich zum ersten Mal das Gefühl, über das, was passiert war, sprechen zu können, ohne die riesengroße Wunde gleich wieder aufzureißen.

»Erwarte nichts Aufregendes. Es ist viel banaler, als ich es mir je hätte vorstellen können.«

»Fang an.«

Ich schluckte. »Lorenz und ich waren zusammen auf einer Feier seines Instituts. Semestereröffnung, Begrüßung eines neuen Professors, keine Ahnung, ich kann mich schon nicht mehr an den Anlass erinnern. Ich habe mich mit Lorenz' Chef unterhalten, wobei der Begriff ›unterhalten‹ etwas irreführend ist, denn tatsächlich redete er die ganze Zeit ohne Punkt und Komma. Der Typ ist ein echtes Phänomen. Er interessiert sich überhaupt nicht für sein Gegenüber, er braucht einfach nur einen Statisten, der vor ihm steht, damit es nicht so aussieht, als ob er Selbstgespräche führt. Lorenz hat mir mal erzählt, sein Chef würde mich wahnsinnig schätzen, weil er so intensiv mit mir diskutieren könne. Dabei sage ich nie etwas, außer ab und zu mal ›aha‹ und ›ach, wirklich‹. Jedenfalls textete mich Lorenz' Chef zu, und ich schaute mich ein wenig um. Dann habe ich sie entdeckt, Lorenz und diese hübsche Dunkelhaarige. Sie standen zusammen in einer Ecke und unterhielten sich angeregt miteinander. Wahrscheinlich eine Doktorandin, habe ich gedacht und die beiden beobachtet. Irgendetwas an ihrem Verhalten kam mir merkwürdig vor.«

»Was denn?«

»Das Mädchen lachte ständig aufgekratzt und berührte Lorenz am Arm, an der Schulter, nur ganz leicht, aber irgendwie vertraut. Lorenz blickte sich suchend um, entdeckte mich schließlich bei seinem Chef und nickte mir zu. Zu diesem Zeitpunkt habe ich mir noch nichts Konkretes gedacht. Mir waren nur ihre Vertrautheit und seine Nervosität aufgefallen. Dann, auf dem Nachhauseweg, habe ich ihn gefragt. Ganz spontan, es war wie eine Eingebung.«

»Was hast du ihn gefragt?«

»Ob er etwas mit dieser Studentin hat. Wie ich darauf käme, erwiderte er aufgebracht. Aber da wusste ich schon, dass ich richtiglag. Er hat es dann auch zugegeben. Es sei nichts Ernstes, hat er beteuert. Zwischen uns sei es schon länger schlecht gelaufen, ich hätte mich nur noch mit meiner Arbeit beschäftigt, da habe er einen Fehler gemacht. Es tue ihm schrecklich leid, er würde die Sache sofort beenden.«

»Und daraufhin hast du ihn rausgeschmissen?«

»Nein. Ich habe ihm verziehen. Zumindest habe ich es versucht. Man kann doch nicht alles hinschmeißen, nur weil der eine einen Fehler gemacht hat.«

»Hm. Und dann?«

»Dann kam die Rechnung.«

»Du meinst, die Quittung?«

»Nein, die Rechnung. Vom Hotel. Erinnerst du dich an das Wochenende, als du bei mir übernachtet hast? Als mein Opa gestorben war und ich nicht alleine sein wollte?«

Mia nickte. »Wir haben zusammen gekocht und dann irgendeinen langweiligen Film gesehen, bei dem ich eingeschlafen bin.«

»*Im Rausch der Tiefe*. Mia, das ist ein Superfilm! Ich verstehe gar nicht, wie du dabei einschlafen konntest.«

»Fünfjähriger Schlafentzug. Leg mich irgendwohin, und ich schlafe ein. Was war denn an diesem Wochenende?«

»Lorenz hatte diese extrem wichtige Konferenz, auf der er einen Vortrag halten musste. Wenigstens hatte er das behauptet. Den Vortrag konnte er natürlich nicht absagen, das habe ich verstanden.«

»Und dann?«

»Zwei Wochen nachdem er mir seine Affäre gestanden hatte, kam ein Brief vom Hotel Reichenow. Weißt du, dieses kleine Schlosshotel in Brandenburg?«

»Da, wo du heiraten wolltest?«

»Genau. Lorenz und ich haben dort vor ein paar Jahren mal ein wunderschönes Wochenende verbracht. Und wir hatten uns geschworen, sollten wir jemals heiraten, dann würden wir es in diesem Schlösschen tun.«

»Und was war nun mit dieser Rechnung?«

»Es war ein Brief vom Hotel, adressiert an Lorenz, und ich habe ihn geöffnet. Ich dachte, es wäre vielleicht ein besonderes Angebot und Lorenz und ich könnten ein Wochenende hinfahren. Tatsächlich war es die Rechnung über einen offenen Restbetrag. Lorenz war dort gewesen, an dem Wochenende, an dem mein Opa gestorben ist.«

Mia starrte mich an. Sie war offensichtlich genauso fassungslos, wie ich es damals gewesen war. Ich nippte an meinem Wein. Das Erzählen fiel mir leichter, als ich gedacht hatte. Mit leichtem Erstaunen stellte ich fest, dass ich nicht mehr mit den Tränen kämpfen musste. Traurig war ich immer noch, das schon, aber nicht mehr so abgrundtief.

»Am Abend habe ich Lorenz zur Rede gestellt. Er hat noch nicht einmal versucht, es abzustreiten. Ja, er sei damals übers Wochenende in dieses Hotel gefahren, ja, er sei dort mit dieser Doktorandin gewesen. Aber die Sache sei beendet und ich hätte doch gesagt, ich würde ihm verzeihen.«

»Was für ein Vollidiot!«

»Er hat überhaupt nicht begriffen, was mein Problem war. Dass er mich damit doppelt betrogen hatte. Eigentlich sogar dreifach: Er hat mich angelogen, als es mir schlechtging, er ist mit dieser Tussi weggefahren, während ich heulend auf dem Sofa lag, und dann war er mit ihr auch noch in unserem Hotel. An dem Abend habe ich ihn rausgeschmissen.«

Mia schüttelte den Kopf.

»Ich fasse es nicht. Das hätte ich ihm nicht zugetraut.«

»Frag mich mal. Klar, wir hatten Probleme, natürlich, ich bin daran nicht unbeteiligt gewesen, aber worüber ich einfach nicht hinwegkomme, ist seine Kaltschnäuzigkeit. Weißt du, es ist nicht so, dass mir der Gedanke an einen Seitensprung vollkommen fremd wäre. Aber den eigenen Partner derart belügen? Es fühlt sich an, als hätte er unsere gemeinsame Geschichte einfach die Toilette hinuntergespült.«

Ich starrte in mein Glas. Jetzt war mir doch ein bisschen zum Weinen zumute.

»Lorenz hat noch ein paar Mal versucht, mit mir zu reden. Er sagte, er würde alles bereuen, ob wir nicht noch einmal von vorn anfangen könnten.«

»Aber du willst nicht?«

»Nein. Das kann man nicht mehr reparieren. Ich frage mich, mit was für einem Menschen ich die letzten Jahre zusammen gewesen bin.«

Mia nickte. »Kann ich verstehen.«

Mehr nicht. Ich rechnete es ihr hoch an, dass sie nicht sagte, ich solle froh sein, Lorenz los zu sein, wir hätten ohnehin nicht zusammengepasst, obwohl ich mir sicher war, dass sie etwas in dieser Richtung dachte. Mia und Lorenz waren nicht so richtig warm miteinander geworden. Mia hatte mir gegenüber nie schlecht über Lorenz geredet, aber es war offensichtlich gewesen, dass sie nicht viel mit ihm hatte anfangen können. Mich hatte das nie sonderlich gestört. Ich hatte Mia ohnehin lieber für mich allein. Mich nervten diese Freundinnen, die man nur noch im Doppelpack mit ihren Männern bekam. Das schätzte ich an meiner Freundschaft mit Mia: dass es uns gelungen war, sie nicht zu einer Paarbekanntschaft verkommen zu lassen. Ich verstand mich auch gut mit Ole, und ab und zu hatten wir uns auch zu viert getroffen, aber Mia und ich hüteten unsere Freundschaft vor dem Zugriff unserer Männer, ohne dass wir je darüber gesprochen hätten.

In letzter Zeit hatten wir uns allerdings selten gesehen, wir waren beide absorbiert von unserer Arbeit gewesen. Zumindest war es mir so ergangen. Stillschweigend hatte ich vermutet, dass es bei Mia ähnlich aussah. Wieso war ich mir da eigentlich so sicher?

Mia schien unzufrieden und sah müde aus. Und ich hatte wenig Ahnung, wie es um ihren momentanen Gefühlshaushalt bestellt war. In mir meldete sich ein schlechtes Gewissen: Hatte ich vor lauter Jammerei über mein eigenes Schicksal meine beste Freundin vergessen?

Mia riss mich aus meinen Gedanken. »Auf den Schreck brauche ich etwas zu trinken. Für dich auch?«

»Ja, noch einen Wein.«

Mia bestellte, und nur zwei Minuten später standen zwei neue Weingläser und eine Schale mit Erdnüssen vor uns, dazu eine Kerze und eine schwimmende Rosenblüte. Sehr romantisch.

»Jetzt erzähl du mal. Was ist bei euch los?«

Mia verdrehte die Augen. »Willst du das wirklich hören?«

Ich nickte.

»Bei uns ist momentan der Wurm drin. Gestern ist das Fass dann übergelaufen. Morgens war ich alleine mit den Kindern. Ole musste früh weg, auf eine Baustelle. Um sieben, ich stand noch unter der Dusche, klingelte es. Der Heizungsmonteur stand vor der Tür. Eigentlich ja gut, denn die Heizung funktioniert schon seit Monaten nicht richtig, aber ich hatte Ole vor ein paar Tagen extra gebeten, den Termin zu verschieben, weil ich gestern pünktlich im Verlag sein musste. Der Monteur hat dann ewig an dem Heizkessel herumgeschraubt, und ich kam natürlich viel zu spät. Vom Verlag aus habe ich Ole eine E-Mail geschickt – warum er den Termin nicht verschoben habe? Keine Antwort. Auch auf meine zweite E-Mail reagierte er nicht. Am Abend habe ich ihn gefragt, warum er auf meine Nachrichten nicht antwortet. Da erklärte er mir, meine E-Mails würden immer von seinem Spam-Filter abgefangen, und die Nachrichten in seinem Spam-Filter würde er nur einmal die Woche checken, nämlich freitags. Ich dachte, ich spinne! Ich habe ihn gefragt, ob er freundlicherweise dafür sorgen könnte, dass die E-Mails seiner Ehefrau nicht als Spam gekennzeichnet werden. Darauf er: Wo ist das Problem, ich lese sie doch am Ende der Woche.«

Ich unterdrückte ein Grinsen. »Das ist wirklich empörend!«

»Ja, spotte nur. Du bist ja nicht mit so einem Siebhirn von Mann verheiratet. Ich finde das echt unverschämt! Okay, ich bin der Organisationstrottel in unserer Beziehung, ich denke an tausend Sachen, die Ole einfach vergisst. Oder verdrängt, je nachdem. Nach sechs gemeinsamen Jahren mit Ole habe ich mich damit abgefunden, dass er an bestimmte Sachen einfach nicht denkt. Termine, Rechnungen, Geburtstage, du weißt schon. Irgendwann hatten wir uns mal darauf geeinigt, dass ich ihm Erinnerungsmails schicke, er die Sachen erledigt und ich ihn dafür in Ruhe lasse. Bei unserem Abkommen war allerdings nicht die Rede davon, dass meine Aufträge ungelesen im Spam-Filter landen!«

Mia stopfte sich ein paar Erdnüsse in den Mund. Sie hatte sich in Rage geredet.

»Das ist aber noch nicht das Ende vom Lied. Nach dem Abendessen eröffnete mir Ole gestern freudestrahlend, er habe Karten für das Pokalfinale Ende Mai. Leider musste ich ihn daran erinnern, dass wir an diesem Tag zur Hochzeit von Silke und Martin eingeladen sind, und zwar den ganzen Nachmittag und den ganzen Abend. Ich dachte, damit wäre das Thema Pokalfinale erledigt. Doch Ole verkündete ungerührt, das habe er sich schon überlegt. Er könnte bei der kirchlichen Trauung ja dabei sein, würde dann in ein Taxi springen und ins Olympiastadion fahren, sich das Pokalfinale anschauen, und gegen zehn Uhr abends wäre er zurück bei der Feier.«

»Ist nicht dein Ernst.«

»Unglaublich, oder? Ich habe ihn gefragt, wie er das Silke und Martin beibringen will. Er schlug vor, ihnen einfach nichts zu sagen, in dem ganzen Trubel würde ihn ohnehin niemand vermissen und er wäre ja im Handumdrehen wieder da.«

Mia war so empört, dass ich lachen musste. Sie lächelte schief.

»Das hört sich vielleicht lustig an, aber ich dachte wirklich, Ole spinnt total! Stell dir das mal vor: Du schließt den Bund fürs Leben, und deine Freunde gehen Fußball gucken! Und was soll ich überhaupt sagen, wenn mich jemand beim Essen fragt, wo Ole ist?«

»Durchfall?«

»Es kommt überhaupt nicht in die Tüte, dass ich diese Aktion auch noch decke! Na ja, jedenfalls haben wir uns deswegen ziemlich in die Haare gekriegt. Ole will nicht einsehen, dass eine Hochzeit wichtiger ist als ein Pokalfinale. Und mit Klara ist es momentan auch ziemlich anstrengend. Sie ist in der Prä-Pubertät oder so etwas in der Art.«

»Wie drückt sich das denn aus?«

»Sie rollt genervt die Augen, wenn ich mit ihr spreche, sie antwortet mir nicht, wenn ich sie etwas frage, und außerdem ist sie rotzfrech. Wenn ich sie bitte, irgendetwas zu tun oder zu lassen, dann schleudert sie mir entgegen: ›Du bestimmst nicht über mich!‹«

»Und was antwortest du darauf?«

»Tja, unrühmlicherweise muss ich zugeben, dass mich meine dialektischen Fähigkeiten im Umgang mit meiner fünfjährigen Tochter meistens verlassen. Mir fällt nichts Besseres ein als: ›Doch, Klara, genauso ist es, ich bestimme über dich, weil ich deine Mutter bin und du meine Tochter bist, und ich will jetzt verflixt noch mal, dass du genau das machst, was ich dir sage!‹ Funktioniert natürlich super, kannst du dir ja vorstellen. Neulich erwiderte sie einfach: ›Halt die Klappe.‹ Da fiel mir dann nichts mehr ein.«

»Und Max?«

»Mit dem klappt es ganz gut, bis auf die Tatsache, dass er halt noch ein Kleinkind ist und wo er geht und, steht, Chaos verursacht. Vor ein paar Tagen hat er in die Badewanne gekackt, als er mit Klara drin saß. Du kannst dir Klaras Geschrei vorstellen. Ich fand es auch nicht besonders appetitlich, ich musste die Würstchen ja schließlich herausfischen.«

In meinen Ohren hörte sich das eigentlich nach einem ganz lustigen Familienleben an, aber Mia schien total gestresst davon.

»Weißt du«, fuhr sie fort, »manchmal sehe ich mir selber zu und denke: Wer ist das? Wer ist diese angestrengte, unzufriedene, nörgelige Frau? Bin ich schon zu einer dieser schrecklichen Weiber geworden, die den ganzen Tag herumkeifen und an allem und jedem etwas auszusetzen haben?«

»Quatsch, Mia, du bist einfach überarbeitet. Ist ja auch kein Wunder. Du arbeitest voll, hast zwei kleine Kinder, ihr seid umgezogen, plant einen Umbau ... Da wäre ich auch gestresst, das schwöre ich dir.«

»Ja, vielleicht hast du recht. Aber ich habe manchmal Angst, dass sich das nicht wieder ändert, verstehst du? Dass ich irgendwann aufwache und eine verbiesterte Endvierzigerin bin, mit zwei bitteren Falten um den Mund.«

»Das erinnert mich an Frau Mauer, meine Sprechstundenhilfe, und ich garantiere dir, Mia, so wirst du nie werden. Sie ist das fleischgewordene Grauen.«

Ich erzählte Mia von Frau Mauers letztem Auftritt und ihrer Weigerung, meinen Anweisungen nachzukommen.

»Schmeiß sie raus!«, kommentierte Mia ungerührt.

»Ach, Mia, das kann ich doch nicht machen. Die Frau ist Ende fünfzig. Die findet doch keinen neuen Job mehr.«

»Selber schuld, wenn sie so blöd ist.«

»Ja, stimmt. Aber ich weiß auch gar nicht, wer den ganzen Laden organisieren sollte, wenn Frau Mauer weg wäre. Ich habe momentan keine Zeit, jemand Neues zu suchen. Mir fehlt im Augenblick die Energie für große Veränderungen. Das klingt jetzt ein bisschen selbstmitleidig, aber seit Lorenz ausgezogen ist, bin ich froh, wenn ich die Tage einigermaßen überstehe. »

»Arschloch.«

»Ach, Mia ...«

»Nein, wirklich. Was für ein Riesenarschloch!«

»Ich weiß nicht. Ihm ging es auch nicht gut. Ich glaube, wir haben uns seit längerer Zeit auseinandergelebt, und ich habe es nicht gemerkt. Vielleicht wollte ich es auch nicht sehen.«

»Spinnst du? Verteidigst du ihn etwa?«

»Nein, aber irgendwie, im hintersten Winkel meines Herzens, weiß ich, dass er die Verantwortung nicht alleine trägt. Wir sind gemeinsam gescheitert.«

»Lena, das ist nicht dein Ernst. Der Typ hat dich von A bis Z belogen und betrogen, du solltest ihn verfluchen, diesen Penner, und nicht auch noch Verständnis für ihn haben. Du bist zu gut für diese Welt, wirklich. Ein Grund mehr, warum Lorenz dich einfach nicht verdient hat. Er hat dich überhaupt nicht erkannt!«

»Was meinst du damit?«

»Dass er nicht gesehen hat, was für eine Superfrau du bist! So geblendet, wie er von seiner eigenen Großartigkeit war, hat er dich gar nicht wahrgenommen.«

»Findest du, ich bin eine Superfrau?«

Ich lechzte nach Anerkennung. Seit dem Lorenz-Desaster fühlte ich mich eher wie eine Supermaus.

»Du bist die großartigste Frau, die ich kenne. Du bist klug und intelligent, du bist witzig und großzügig. Du versuchst, immer das Beste in den Menschen zu sehen. Du kannst gut zuhören, bist eine tolle Ärztin und außerdem die beste Freundin, die man sich vorstellen kann. Und du bist bildhübsch. Nicht, dass das wichtig wäre, aber ich sage dir das jetzt, weil es wahr ist und weil es hilft.«

»Mia, du bist umwerfend. Danke. Und toll bist du sowieso auch.«

»Na ja. Nicht so toll wie du.«

»Doch, sogar noch viel toller.«

Mia lächelte. »Wollen wir nicht einfach lesbisch werden? Ich glaube, mit dir könnte ich es aushalten.«

»Super Idee. Ich bin dabei.«

»Na, dann prost, meine Liebe.«

»Prost, Mia. Auf unser gemeinsames Leben.«

Wir kicherten und wankten Richtung Sofalandschaft im hinteren Teil der Bar. Das Entspannungsprogramm zeigte Wirkung. Wir sanken tief in die weichen Kissen und hingen eine Weile jede unseren Gedanken nach. Ich starrte in das Kaminfeuer und überlegte, ob Mia mit ihrer Bemerkung, Lorenz habe mich nicht erkannt, recht hatte. Konnte man das überhaupt in einer Beziehung: einander erkennen? Und wenn ja, hatte ich Lorenz erkannt? Zumindest hatte ich mir eingebildet, ihn nach der langen Zeit sehr gut zu kennen. Aber ich hatte mich offensichtlich getäuscht. Einen Seitensprung hätte ich ihm zugetraut, das schon. Wenn sich eine günstige Gelegenheit bietet, können auch die stärksten Charaktere schwach werden, aber daran muss eine Beziehung nicht unbedingt scheitern. Selbst wenn ich im Fall von Lorenz nicht damit gerechnet hatte, brachte dieser Gedanke mein Weltbild nicht ins Wanken.

Ich hatte mich für Lorenz entschieden, ich wollte mein Leben mit ihm teilen und war davon ausgegangen, dass es bei ihm genauso war. Deshalb hatte ich ihm seinen Seitensprung verzeihen wollen. Außerdem fühlte ich mich ein bisschen mitschuldig, denn ich hatte nicht erkannt, wie schlecht es um unsere Beziehung stand. Insofern, fand ich, lag ein Teil der Verantwortung auch bei mir. Ich dachte, wir könnten Lorenz'

Ausrutscher als Warnschuss sehen, den wir zum Anlass nehmen sollten, besser auf unsere Liebe aufzupassen. Das Ausmaß seines »Seitensprungs« hatte mir dann allerdings den Boden unter den Füßen weggezogen. Niemals hätte ich mir träumen lassen, dass Lorenz mich, meine Gefühle und unsere gemeinsame Geschichte so wenig respektieren könnte. Dass er dieser Frau Einlass in unsere heiligsten Bereiche gewährt hatte, indem er mit ihr in das Hotel fuhr, in dem wir heiraten wollten. Und dass er mit ihr verreiste, während ich ihn gebraucht hätte, zu Hause auf dem Sofa lag und um meinen Großvater weinte.

Aber das Schlimmste war, dass er nicht einmal verstand, was er mir damit angetan hatte. Ich hätte doch gesagt, ich wolle keine Details wissen, fauchte er mich an, als ich ihm seinen Koffer vor die Füße warf. Stimmt, aber ich hatte ja auch geglaubt, dass es sich um eine kurze Bettgeschichte gehandelt hatte. Warum war ich nur so blind gewesen?

Ich wischte mir eine Träne aus dem Augenwinkel. Ich wollte nicht schon wieder heulen, aber mir saß ein dicker Kloß im Hals. Das Nachdenken über Lorenz war ein sicheres Instrument, um alle Schleusen zu öffnen. Ich beschloss, damit aufzuhören. Ein für alle Mal. Es führte ohnehin zu nichts als Selbstmitleid.

In diesem Moment kam der Kellner zu unserem Sofa und fragte mich, ob wir noch etwas trinken wollten. Ich hoffte, dass er meine Tränen nicht gesehen hatte, und drehte mich zu Mia. Sie lag hingegossen auf dem Sofa und hatte die Augen geschlossen. Ich stupste sie an.

»He, du Schlafmütze, möchtest du noch etwas trinken?«

Mia schrak zusammen, rieb sich die Augen und schüttelte den Kopf.

»Oh, Mann, bin ich etwa schon wieder eingeschlafen? Unfassbar. Nein, danke, ich möchte nichts mehr trinken. Ich glaube, ich muss ins Bett.«

Ich wandte mich an den Kellner.

»Für mich auch nichts mehr, vielen Dank.«

Er lächelte mich sanft an und kehrte hinter den Tresen zurück. Er hatte schöne braune Augen, das war mir vorher gar nicht aufgefallen.

»Tut mir leid, Lena«, entschuldigte sich Mia, »mit mir ist nicht mehr viel los, ich bin total müde. Morgen halte ich aber länger durch, versprochen.«

»Kein Problem. Lass uns einfach schlafen gehen.«

Wir stemmten uns aus dem Kissenparadies hoch und schlurften durch die mit dicken Teppichen ausgelegten Gänge in unser Zimmer. Ich putzte mir die Zähne und wusch mir schnell das Gesicht, während Mia noch in ihren Sachen kramte. Als sie schließlich im Badezimmer verschwand, hatte ich mich schon unter meiner Decke zusammengerollt und musterte interessiert Mias riesige Kosmetiktasche, die sie auf das Bett geworfen hatte. Sie war so groß wie ein Kindersarg. Ich überlegte, welche Zaubermittel sie wohl enthalten könnte, und nahm mir vor, Mia um eine kleine Präsentation zu bitten. In dieser Beziehung war ich ziemlich unbedarft, Mia dagegen ein Vollprofi. Ich besaß ein absolutes Mindestmaß an Kosmetika und bewunderte Frauen, die professionell mit verschiedensten Tuben, Tiegeln und Pinseln zu hantieren vermochten. Mir erschien das als ein Zeichen von Weiblichkeit, das ich an mir selbst vermisste. Mein eigener Kulturbeutel war winzig und enthielt genau fünf Dinge: eine kleine Flasche Shampoo, Zahnpasta, Zahnbürste, Feuchtigkeitscreme und Wimperntusche. Insofern hätte ich etwas Nachhilfeunterricht durchaus vertragen können, ich wurde ja auch nicht jünger. Leider konnte ich Mia aber nicht mehr über die kosmetischen Geheimnisse des Kindersargs ausfragen, denn über dem Warten auf ihre Rückkehr schlief ich ein.

Mia

Ich erwachte davon, dass mir die Sonne ins Gesicht schien. Ein kurzer Schreck durchzuckte mich – hatte ich verschlafen? Warum hatte Ole mich nicht geweckt? Erst als mein Blick auf die schlafende Lena neben mir fiel, realisierte ich, wo ich war. Erleichtert seufzte ich auf. Mein Freigang dauerte an! Ich war immer noch im Hotel, mit Lena, dafür ohne Mann, ohne Pflichten, ohne krähenden Nachwuchs, der seine Versorgungsrechte einklagte. Herrlich! Ich nahm mir fest vor, mindestens noch zwei Stunden weiterzuschlafen, schließlich war es gerade mal acht Uhr, und rollte mich auf die Seite. Leider versetzte mich meine ungewohnte Freiheit in derartige Unruhe, dass an Schlaf nicht mehr zu denken war. Vor meinem inneren Auge erschienen eine Tasse mit dampfendem Kaffee, eine frische Zeitung, die noch nicht von einem rücksichtslosen Ehemann auseinandergenommen worden war, dazu frisches Obst, Rührei und Toast. Und alles umhüllt von einer himmlischen Ruhe, die höchstens vom leisen Murmeln einiger weniger Hotelgäste untermalt wurde. Und selbst wenn es Kinder in diesem Hotel geben sollte, plärrende gar – ich war nicht zuständig. Sollten sie lärmen, so viel sie wollten, ich würde in Ruhe frühstücken. Meine Vision euphorisierte mich derart, dass ich es nicht mehr im Bett aushielt. Leise stand ich auf und schlich ins Badezimmer. Ich wollte Lena auf keinen Fall aufwecken, sie schlief noch tief und fest.

Ein Blick in den Spiegel verriet mir, dass leider auch ausreichend Schlaf nicht unbedingt dafür sorgte, dass ich morgens taufrisch aussah.

Nachdem ich mein Minimalprogramm an Schönheitspflege absolviert hatte und mich unter die Leute wagen konnte, verließ ich auf Zehenspitzen das Zimmer und ging in den Frühstückssaal. Entweder schliefen die meisten anderen Gäste noch, oder sie hatten schon gefrühstückt, jedenfalls hatte ich das monumentale Frühstücksbüfett fast für mich allein. Der junge Kellner von gestern, der Jakob hieß (zumindest stand das auf seinem Namensschild) und der im Übrigen ziemlich gut aussah, stand hinter dem Büfett und fragte mich, ob ich Rühreier wünschte.

Ich wünschte.

»Mit Tomaten, Speck und Zwiebeln, Champignons oder nature?«

Ich überlegte kurz, was mir in meiner frühmorgendlichen Vision erschienen war, und entschied mich für die Naturvariante. Jakob versprach, mir das Rührei gleich an den Tisch zu bringen.

Ich hatte mir gerade einen Kaffee eingeschenkt und die bereitliegende Zeitung aufgeblättert, als Jakob mit meinem Rührei an den Tisch trat.

»Vielen Dank! Das sieht ja toll aus. Stellen Sie es einfach hier an die Seite.«

»Gerne.« Er stellte das Rührei ab.

Ich begann, in der Zeitung zu blättern. Jakob blieb neben meinem Tisch stehen.

Ich blickte von der Zeitung auf.

Er lächelte mich an. »Kann ich Ihnen sonst noch etwas bringen? Einen frischen Orangensaft vielleicht?«

»Nein, danke, ich hole mir gleich selber einen.«

Er rührte sich immer noch nicht vom Fleck. Sehr dienstbeflissen, der gute Junge, aber jetzt wollte ich doch gern in Ruhe gelassen werden. Ich tat so, als ob mich seine Anwesenheit nicht weiter bekümmerte, und starrte in das Lokalblatt.

Er räusperte sich.

»Ja?«, sagte ich gedehnt.

»Dürfte ich Sie etwas fragen?« Er wurde rot.

Und ich mit einem Mal neugierig. Wollte er mich etwa anbaggern? Er, der Kellner, mich, seinen Gast, hier, im Hotel? Vielleicht sah ich doch besser aus, als ich dachte, wenn ich auf dieses junge Bürschlein so einen Eindruck machte. Meine Laune hob sich immens. Ich strahlte ihn an. Hach, so ein bisschen Wellness zeigte doch schnell seine Wirkung.

Er krächzte: »Ihre Freundin ... hat sie einen Freund?«

Erde an Mia, Erde an Mia: Willkommen auf dem Boden der Tatsachen.

Wenigstens hielt er mich für ihre Freundin und nicht für ihre Mutter.

»Fragen Sie sie doch selbst, ich bin schließlich nicht ihre Pressesprecherin«, erwiderte ich schnippisch.

»Ja, natürlich, entschuldigen Sie bitte.« Knallrot im Gesicht, wandte er sich zum Gehen.

Plötzlich tat er mir leid. Gegen Lenas Ausstrahlung kam ich nicht an, damit hatte ich mich schon vor längerer Zeit abgefunden. Und das Bürschlein konnte ja nicht ahnen, was er mit seinem Auftritt bei mir auslösen würde. Ich lenkte also ein.

»Warten Sie doch mal. Nein, sie hat keinen Freund. Allerdings glaube ich nicht, dass ihr momentan der Sinn danach steht, jemanden kennenzulernen. Aber lassen Sie sich davon nicht abhalten.«

Er nickte glücklich und verschwand.

Um Viertel nach zehn, als ich die Zeitung komplett durchgelesen und selbst den Sportteil nicht ausgelassen hatte, betrat Lena den Speisesaal. Die Natur ist nicht gerecht. Sie sah aus wie das blühende Leben, dabei ist sie sogar ein halbes Jahr älter als ich.

»He«, sagte ich und unterdrückte energisch die leise Stimme des Neids, die sich in mir meldete. »Gut geschlafen?«

Sie strahlte und ließ sich auf einen Stuhl fallen.

»Ich habe geschlafen wie ein Stein. Das ist mir schon seit Ewigkeiten nicht mehr passiert. Und du? Bist du schon lange wach?«

Ich erzählte ihr von meiner euphorisierenden Frühstücksvision und dass ich es nicht länger im Bett ausgehalten hatte.

Lena lachte und verkündete dann, sie habe einen Riesenhunger. Sie belud sich zwei große Teller mit nahezu allem, was das Frühstücksbüfett hergab. Beim Anblick dieses Berges entschied ich, sie bei der Vertilgung alleine zu lassen und schon einmal die Therme aufzusuchen. Nachher stand eine Massage auf dem Programm, und ich wollte vorher noch in die Sauna gehen. Wir verabredeten, uns in einer Stunde im Schwimmbad zu treffen.

Am späten Nachmittag beschlossen wir, einen kleinen Spaziergang zu machen. Die Luft war überraschend mild, allmählich erwachte die Natur aus ihrem Winterschlaf. Wir schlenderten an einem kleinen Bach entlang und gelangten schließlich in das nahe gelegene Örtchen. Als wir über den Marktplatz liefen, passierten wir eine Kleinfamilie. Vater und Mutter standen um ihre etwa vierjährige Tochter herum, die sich auf den Boden geworfen hatte und wütend mit den Beinen strampelte.

»Ich will nicht mehr laufen!«, schrie sie aus vollem Halse und trommelte mit den Fäusten auf den Boden.

»Steh jetzt bitte auf, Lisa«, mahnte der Vater mit gereiztem Unterton in der Stimme.

»Nein!«, brüllte Klein Lisa und donnerte ihrem Vater eine Faust gegen das Bein. »Ich will-will-will aber nicht.«

Ich hörte noch, wie die Mutter explodierte und zu einer ausufernden Schimpfpredigt ansetzte, und hakte mich entspannt bei Lena unter.

»Ist es nicht herrlich hier? Ich könnte das jedes Wochenende machen.«

»Vermisst du deine Kinder nicht?«

»Nach zwei Tagen? Nö. Das reicht gerade aus, ihr Geplärre in meinen Ohren verhallen zu lassen. Gib mir einen Monat, und dann schauen wir mal.«

Lena lachte mich aus. »Schon klar, Mia. Darf ich dich daran

erinnern, wie du die beiden vermisst hast, als du letztes Jahr eine Woche mit deinem französischen Autor auf Lesereise warst?«

»Ja, okay, aber wie du schon richtig bemerkt hast: Da war ich mit diesem Trottel unterwegs und nicht mit meiner besten Freundin!«

»Sehr schmeichelhaft, vielen Dank.«

»Gerne, gerne. Sag mal, hat sich eigentlich Jakob ein Herz gefasst und dich angesprochen?«

»Wer?«

»Jakob, der hübsche Kellner von gestern Abend. Du hast nachhaltigen Eindruck auf ihn gemacht. Er kam vorhin beim Frühstück zu mir und fragte mich, ob du schon vergeben seist.«

»Echt? Nein, hat er nicht. Ist das der mit den schönen Augen?«

Ich nickte.

»Gesagt hat er nichts, aber er scharwenzelte während des Frühstücks die ganze Zeit um meinen Tisch herum. Ich dachte, das gehört hier zum Service. Der ist doch noch total jung, oder?«

Ich zuckte mit den Schultern. »Jugend schützt vor Liebe nicht.«

Hungrig kehrten wir ins Hotel zurück. Nach einem üppigen Abendessen lud das Hotel alle Gäste zu einem kleinen Empfang an die Bar ein. Lena und ich gesellten uns zu den anderen Paaren und ließen uns schließlich mit einem Glas Prosecco auf einem Sofa nieder.

Jakob mit den braunen Augen schaute dann und wann bei uns vorbei, schenkte uns ausgiebig Prosecco nach und bedachte Lena mit sehnsuchtsvollen Blicken.

»Komm, Lena, gib deinem Herzen einen Stoß und schenk ihm ein freundliches Wort«, meinte ich schließlich zu ihr, als Jakob das vierte Mal bei uns vorbeigekommen war und uns eine Schale mit chinesischen Kräckern auf den Tisch gestellt hatte. »Er verzehrt sich ja förmlich nach dir. Und er sieht wirklich gut aus!«

»Mia, der ist höchstens fünfundzwanzig.«

»Na und? Ein bisschen männliche Aufmerksamkeit würde dir guttun. Ich schwöre dir, wenn ich nicht verheiratet wäre, würde ich nicht lange fackeln.«

»Im Ernst?«

»Natürlich. Genieß deine Freiheit! Ich weiß, so eine Trennung ist schwer, aber versuch doch mal, die positiven Seiten zu sehen. Du bist frei! Ungebunden! Du kannst machen, was du willst. Du kannst flirten bis zum Abwinken und einfach Spaß haben! Wenn du Lust hättest, könntest du morgen nach Australien auswandern.«

»Was soll ich in Australien?«

»Keine Ahnung. Ich will ja nur sagen, dass ein Single-Leben auch seine Vorteile hat. Alleine die Tatsache, dass die Wohnung am Abend genauso aussieht, wie man sie am Morgen verlassen hat, scheint mir einiges an Kummer aufzuwiegen.«

Lena lächelte. »Da ist sie ja wieder, die unverbesserliche Ordnungs-Mia.«

Ich fuhr unbeirrt fort: »Mir würden auf Anhieb zehn Dinge an Ole einfallen, die zu missen einen rapiden Anstieg meiner Lebensqualität bedeuteten.«

Ich übertrieb natürlich ein wenig, um Lena ihren neuen Status schmackhaft zu machen, aber ich konnte so einem Single-Leben tatsächlich positive Seiten abgewinnen.

»Was nervt dich denn so an Ole?«

»Ach, eigentlich nichts Großes, aber es gibt diese tausend Kleinigkeiten, auf die ich gut verzichten könnte.«

»Zum Beispiel?«

Ich musste nur kurz überlegen. »Zum Beispiel bestellt sich Ole im Restaurant grundsätzlich das Teuerste, was auf der Karte zu finden ist. Während ich immer auf die Preise schiele, an unsere horrende Verschuldung denke und Spaghetti Bolognese ordere, nimmt Ole, ohne mit der Wimper zu zucken, mindestens das argentinische Rinderfilet.

Zweitens: Ole hat so einen Tick, an der roten Ampel immer ein bisschen vorzufahren, zu bremsen, vorzufahren, wieder zu bremsen. Das macht mich wahnsinnig! Ich habe mir mal von ihm zum Geburtstag gewünscht, dass er das nie wieder macht, wenn ich mit ihm im Auto sitze, aber er hat mir stattdessen ein Parfum geschenkt. Drittens: Ole zieht nie Parktickets. Du kannst dir nicht vorstellen, wie viele Strafzettel wir jeden Monat bekommen. Ole behauptet, es sei viel günstiger, ab und zu einen Strafzettel zu bezahlen, aber ich glaube, für unsere jährlichen Strafzettelgebühren hätten wir inzwischen einen Dauerparkplatz in der City mieten können.«

»Aber isch 'abe gar kein Auto.«

»Es sind ja nur Beispiele. Hier kommt noch eines. Ole vergisst permanent, dass ich keine Schokolade mit irgendwelchem Zeug drin mag. Ich esse nur Alpenvollmilch- und Zartbitterschokolade. Aber Ole kauft ständig hundert verschiedene Sorten ein, nur nicht Alpenvollmilch oder Zartbitter. Dann futtert er die ganze Schokolade alleine auf und sagt erstaunt: ›Was, du magst keine Marzipan-Schokolade? Was, du magst keine Rum-Traube-Nuss-Schokolade? Was, du magst keine Schokolade mit künstlichem Erdbeer-Geschmack? Wusste ich gar nicht.‹ In der Not esse ich dann ein bisschen von seiner Schokolade mit, und wenn ich mich das nächste Mal bei ihm beschwere, sagt er garantiert: ›Wieso, vor einer Woche hast du die doch noch gegessen!‹ Fünftens: Ole trägt am liebsten seine hundert Jahre alten ausgelatschten Turnschuhe, selbst wenn wir zusammen ausgehen, was selten genug vorkommt.«

Lena unterbrach mich. »Also, bei den Turnschuhen hat er mein volles Verständnis. Die sind einfach am bequemsten. Ich habe auch vor ein paar Wochen beschlossen, nie wieder hochhackige Schuhe anzuziehen. Was soll der Schwachsinn? Warum soll ich in Schuhen herumlaufen, in denen ich nicht dem Bus hinterherrennen kann? Ich habe neulich in einer Frauenzeitschrift gelesen, es sei ein Zeichen gelebter Weiblichkeit, in High Heels herumzustöckeln. Haben die noch alle Tassen im Schrank? Seit wann ist es ein Zeichen von Weiblichkeit, wenn man dauernd seinen Bus verpasst?«

»Du hast ja recht, aber ich verlange von Ole auch nicht, dass er in Stöckelschuhen herumrennt. Ein Paar Schuhe, das keine drei Streifen an der Seite haben, täte es auch schon.«

Lena lachte. »Mia, du lebst wirklich in der Ehe-Hölle.«

»Findest du das albern?«

»Nein, ich weiß schon, was du meinst. Aber das sind doch genau die Sachen, die den anderen liebenswert machen, oder nicht?«

»Einerseits schon, andererseits habe ich manchmal das Gefühl, ich lebe in einer Bauspar-Werbung. Ole und ich sind jetzt schon so lange zusammen, wir kennen uns in- und auswendig, wir haben geheiratet, zwei Kinder bekommen und ein Haus gekauft. Irgendwie weiß ich manchmal gar nicht, wie ich so schnell an diesen Punkt meines Lebens gelangt bin. Ich war doch gerade noch Studentin, das ganze Leben lag vor mir, ich hatte alle Perspektiven dieser Welt, und zack, sitze ich auf einmal da mit Mann, Kindern und Eigenheim, und ich fühle mich so verdammt festgelegt darauf.«

»Was würdest du denn gern ändern?«

»Ich weiß nicht. Gar nichts Bestimmtes. Es ist einfach nur dieses Gefühl, dass sich bei mir nicht mehr viel ändern wird. Ich wollte zum Beispiel immer mal im Ausland leben, am liebsten in Italien. Aber die Chance ist vorbei. Ich habe bestimmte Entscheidungen getroffen, hinter die ich nicht mehr zurück kann. So sehr ich unser Haus liebe, die Vorstellung, den Rest meines Lebens dort zu verbringen, erschüttert mich. Und ich werde mich nicht mehr unbeschwert verlieben können.«

»Theoretisch schon.«

»Nein, das wird immer ein Riesenproblem. Okay, Ole und ich könnten uns scheiden lassen. Aber die Kinder binden uns für immer und ewig aneinander. Ich bin kein unbeschriebenes

Blatt mehr! Manchmal träume ich davon, dass ich mich in einen anderen Typen verliebe, und es ist ein großartiges Gefühl. Aber jedes Mal, wenn es am schönsten ist und wir miteinander ins Bett gehen wollen, kommt der Gedanke: Nein, das kannst du nicht machen, das kannst du Ole und den Kindern nicht antun. Nicht einmal im Traum bin ich frei!«

»Kriselt es denn bei euch?«

»Nein, eigentlich nicht. Wir haben halt einen stressigen Alltag, aber oft finde ich ihn auch schön. Ich liebe meinen Job, ich liebe Ole, und die Kinder sind das Wunderbarste, was mir in meinem Leben widerfahren ist. Aber manchmal meldet sich auch eine andere Stimme, eine, die nach Freiheit schreit, nach Spontaneität, nach Ungebundenheit. Ich werde die Unbeschwertheit, die ich während meines Studium hatte und die ich damals so wenig geschätzt habe, nicht wiederbekommen. Und ich kann förmlich spüren, wie mir meine Jugend zwischen den Fingern zerrinnt. Auch körperlich. Ich bin keine zwanzig mehr, ich habe zwei Kinder auf die Welt gebracht. Das hinterlässt Spuren.«

»Mia, du siehst klasse aus.«

»Ich weiß nicht. Ich fühle mich manchmal viel älter, als ich eigentlich sein möchte.«

Lena drehte ihr leeres Prosecco-Glas in den Händen.

»Unterschätzt du nicht, was du hast?«

»Was meinst du?«

»Ehrlich gesagt, Mia, hast du ziemlich viele Dinge in deinem Leben, um die dich andere Frauen beneiden würden. Überleg doch mal, wie es auch sein könnte. Stell dir zum Beispiel vor, du hättest keine Kinder bekommen können.«

Ich schwieg. Lena hatte einen leicht gereizten Unterton in der Stimme. War sie wütend auf mich? Fand sie mich egozentrisch? Oder undankbar? Klar, sie hatte eine schwierige Zeit hinter sich, aber nahm es mir das Recht, auch ein bisschen unzufrieden zu sein?

»Sicherlich, ich bin jetzt frei, und keine meiner Verpflichtungen ist so bindend wie ein Kind«, fuhr Lena fort. »Und, ja, natürlich könnte ich morgen alles hinschmeißen. Aber ich will das überhaupt nicht. Ich sehne mich nach einer Familie und habe Angst, dass ich meine Chance verpasst habe, auch wenn ich diesen Gedanken so weit wie möglich von mir schiebe.« Lena starrte in die Ferne.

»Ich dachte, du hättest dich bewusst gegen Kinder entschieden!«

Als ich mit Klara schwanger war, hatte Lena eine kurze Phase, in der sie überlegte, die Pille abzusetzen und es darauf ankommen zu lassen. Dann aber hatte sie sich doch gegen Kinder entschieden. Dachte ich.

Lena seufzte. »Das ging eher von Lorenz aus. Ich wollte damals unbedingt ein Baby. Aber nicht um jeden Preis. Lorenz hatte das für sich kategorisch ausgeschlossen. Er hing zu sehr an seiner Unabhängigkeit, an seinen Freiheiten, die er nicht für ein Kind aufgeben wollte. Ich habe das akzeptiert. Mir war mein Leben mit ihm wichtiger, als ein Kind in die Welt zu setzen, das er sich nicht wünschte.«

»Das wusste ich nicht.«

»Ich wollte auch nicht darüber sprechen und hatte mir eingeredet, dass das in Ordnung sei. Außerdem dachte ich, dass wir noch Zeit hätten. Wir waren ja nicht mal dreißig. Ich dachte, vielleicht ändert Lorenz seine Meinung noch. Aber er hat daran festgehalten. Vor einem Jahr habe ich noch einmal versucht, ihn umzustimmen – ohne Erfolg. Er meinte, er sei einfach nicht der Papa-Typ und habe für sich beschlossen, niemals Kinder zu bekommen.«

Ich hatte ein schlechtes Gewissen, weil ich Lena so vollgejammert hatte. Mir war nicht bewusst gewesen, wie sehr das Thema Kinder an ihr nagte. Ich hatte den Eindruck gehabt, dass sie für sich die richtige Entscheidung getroffen hatte. Das sagte ich ihr auch.

»Tja, solange ich mit Lorenz zusammen war, habe ich es auch tatsächlich geschafft, an meinem Wunsch vorbei zu leben. Inzwischen denke ich, es war ein Fehler, nicht auf meine innere Stimme gehört zu haben.«

»Was hat die denn gesagt?«

»Dass ein Partner, wenn er einen wirklich liebt, sich einem Kinderwunsch nicht verweigern würde.«

»Ach, Lena, das tut mir leid, das war mir überhaupt nicht klar. Für mich seid ihr immer das perfekte Beispiel gewesen, dass Kinder nicht unbedingt dazugehören.«

Zum Glück kam in diesem Moment der schöne Jakob und schenkte uns Prosecco nach. Ich war geknickt, weil ich mir undankbar vorkam. Gleichzeitig regte sich Trotz in mir. Durfte ich nicht ein bisschen unzufrieden sein, auch wenn ich zwei Kinder und einen Mann hatte?

»He.« Lena stupste mich an. »Jetzt nimm dir das nicht so zu Herzen. So dramatisch ist es auch wieder nicht. Du erzählst mir ja oft genug, wie anstrengend deine beiden Schreihälse sind. Weißt du was? Zur Aufmunterung erzähle ich dir jetzt, welche unerträglichen Eigenschaften Lorenz hat, auf die ich liebend gerne verzichte. Ich muss mich nur kurz sammeln.«

Sie trank einen Schluck Prosecco, dann lachte sie.

»Okay. Bist du bereit?«

Ich nickte.

»Also, das Schlimmste war sein unglaublich eitles Bücherordnungssystem.«

»Das ist mir ja ganz neu. Wie hatte er sie denn sortiert?«

»Weißt du das etwa nicht? Das war seine Lieblingsfrage an Akademiker-Gäste: ›Rate mal, nach welchem Prinzip ich meine Bücher geordnet habe.‹ Auf die Lösung kam natürlich niemand. Er sortierte sie nämlich nach dem Geburtsdatum der Autoren. Am Anfang hat mich sein Wissen noch beeindruckt, aber eigentlich war dieses System nur angeberisch. Als wir zusammenzogen, weigerte sich Lorenz, unsere Bücher in ein gemeinsames Regal zu stellen. Wahrscheinlich deswegen, weil seine Freunde möglicherweise denken könnten, er lese Krimis oder ähnlich minderwertigen Mädchenkram. Man stelle sich vor: Fontanes *Effi Briest* neben *Anne auf Green Gables*, und das nur, weil die Autoren zeitnah das Licht der Welt erblickt hatten! Deswegen hatten wir zwei getrennte Bücherregale. Wahrscheinlich hätte mir das schon eine Warnung sein können, dass unsere Beziehung langfristig auf eine Trennung hinauslaufen würde. Wer in einer gemeinsamen Wohnung lebt, aber auf getrennten Büchersammlungen besteht, ist für eine echte Partnerschaft nicht bereit.«

»Du sagst es, Lena.«

»Leider war ich damals noch nicht so schlau wie heute. Ich habe mich brav gefügt und meine Bücher in meinem eigenen Regal nach meinem eigenen Prinzip sortiert, nämlich nach emotionaler Bindung. Das konnte Lorenz überhaupt nicht begreifen. Er glaubte nicht, dass ich in meinem Regal auch nur ein Buch wiederfinden würde. Ha! Da irrte er sich aber gewaltig. Ich weiß exakt, wo alle meine Bücher stehen, denn mein Gefühl trügt mich nie: In der mittleren Regalreihe zum Beispiel, auf Herzhöhe, stehen meine Lieblingsbücher, und zwar alle, egal, ob Schund oder Hochwertiges. Die Qualität des Buches macht keinen Unterschied, wenn man es liebt, finde ich. Das ist der Unterschied zwischen einem Buch und einem Mann. Bücher, egal, wie schlecht sie sind, verletzen einen nie.«

»Das ist doch mal eine Lebensweisheit, die man auf Einkaufstüten drucken sollte.«

Sinnierend betrachtete Lena ihr Prosecco-Glas, das der aufmerksame Jakob inzwischen wieder aufgefüllt hatte. »Außerdem stopfe ich meine Bücher gerne übereinander und zweireihig in die Regale. Das kommt für Lorenz überhaupt nicht in Frage. Er achtet penibel darauf, dass seine Bücher wie die Soldaten nebeneinander aufgereiht und exakt an der Kante des Bücherregals stehen. Aus Spaß habe ich am Anfang unserer Beziehung manchmal einige seiner Bücher einen Tick nach innen gestupst, da wurde er richtig wütend. Kannst du dir das vorstellen? Ich meine, passt das zusammen? So penibel einerseits und so schlampig andererseits. Ich sehe noch die Kaffeetassen mit dem verschimmelten Milchfilm und die Papierberge nach langen Nachtschichten vor mir. Ich hätte mir schon früher denken können, dass der Typ zweigleisig fahren würde!«

Lena leerte ihr Glas in einem Zug und knallte es dann auf den Tisch.

»Und weißt du, worauf ich mich so richtig freue? Dass ich jetzt endlich wieder Zeit habe für meine alten Freunde Justus, Peter und Bob.«

»Wer ist das? Die kenne ich gar nicht.«

»Mia? Hallo? In welchem Jahrzehnt bist du denn bitte aufgewachsen? Erster Detektiv: Justus Jonas. Zweiter Detektiv: Peter Shaw. Recherchen und Archiv: Bob Andrews.«

»Ach so, du meinst *Die drei Fragezeichen*.«

»Genau, du Blitzmerker. Lorenz hatte keinerlei Verständnis für meine Leidenschaft, weswegen meine armen Freunde die letzten Jahre im Schrank zubringen mussten. Dabei liebe ich es, abends zum Einschlafen oder beim Autofahren eine *Drei Fragezeichen*-Kassette zu hören. Lorenz fand das infantil. Nächstes Indiz, warum ich schon früher darauf hätte kommen können, dass wir nicht zusammenpassen. Aber auf mich hat er bei seinen Vorlieben keine Rücksicht genommen. Weißt du, was er auf längeren Autofahrten hören wollte? *Ulysses* von James Joyce. Lorenz war der Meinung, dass jeder bessere Mensch *Ulysses* gelesen haben musste, war aber zu faul, den ganzen Schinken selbst durchzuackern, weswegen er mich im Auto damit gequält hat.«

»Das sind jetzt schon mindestens zwei gute Gründe, warum dein Leben garantiert ein bisschen besser ist, seit Lorenz ausgezogen ist.«

»Ich weiß sogar noch einen dritten. Seine nervtötende Mutter. Sie vergöttert Lorenz und hält ihn für allwissend. Die Tatsache, dass er an der Universität unterrichtet, qualifiziert ihn in ihren Augen dazu, zu jedem x-beliebigen Thema eine universal gültige Meinung zu haben. Dauernd rief sie bei uns an, um ihn um Rat zu fragen. Welche Partei sie wählen sollte, welche Bücher sie lesen sollte, welche Waschmaschine sie kaufen sollte, welche Tageszeitung Lorenz für die beste hielt. Gott, die Frau hat mich vielleicht genervt ...«

»Siehst du, du kannst froh sein, den Waschlappen endlich los zu sein.«

»Ja, du hast recht. Aber er hatte auch seine guten Seiten.«

»Aber die sind jetzt total irrelevant!«

»Für mich nicht. Was wirft es denn für ein Licht auf mich, wenn ich mit so einem Idioten zusammen war?«

»Das war pures Mitleid. Oder vorübergehende Verblendung.«

»Ja, so könnte man es auch sehen ... He, Jakob!«, rief Lena aufgekratzt und winkte mit ihrem leeren Prosecco-Glas dem vorbeieilenden Jakob zu.

»Möchten Sie noch etwas trinken?«

»Möchten Sie noch etwas trinken?«, fragte Lena mich und kicherte. Sie hatte einen ziemlichen Schwips, aber offensichtlich auch ihre gute Laune wiedergefunden, was mich erleichterte.

»Danke, ich bin noch versorgt«, lehnte ich ab.

»Na gut«, meinte Lena, »dann setze ich auch eine Runde aus.«

Jakob schaute sie bedauernd aus seinen schönen Augen an und ließ uns wieder allein.

»Ganz schön athletisch«, murmelte Lena vor sich hin, während sie Jakob hinterherblickte. »Davon hätte sich Lorenz eine Scheibe abschneiden können.«

Ich stimmte ihr zu und musste herzhaft gähnen. Es war weit nach Mitternacht. Für meine Verhältnisse tiefste Nacht. Aber Lena drehte gerade erst auf.

»Nicht schlappmachen«, ermahnte sie mich und kniff mich in die Wange. »Wollen wir noch eine Runde schwimmen gehen? In dem großen Kamin vor dem Schwimmbad lassen sie die ganze Nacht ein Feuer brennen, für die wahren Romantiker unter den Gästen.«

Gegen Lenas Aktionismus kam ich nicht an. Und wann würde sich wohl das nächste Mal die Gelegenheit bieten, nachts schwimmen zu gehen?

Das Schwimmbad war schwach beleuchtet, im Kamin brannte ein großes Feuer. Die anderen wahren Romantiker waren wohl schon ins Bett gegangen, denn wir hatten das Becken ganz für uns allein. Wir planschten eine Weile im Wasser herum, das Badewannentemperatur hatte. Lena holte ein paar Styropor-Schlangen, die wir uns unter Arme und Beine klemmten, um uns auf dem Wasser treiben zu lassen. Als ich schließlich drohte, auf meiner Schlange einzuschlafen, raffte ich mich auf.

»Leni, nimm es mir nicht übel, aber ich muss ins Bett. Kommst du mit?«

Lena stieg ebenfalls aus dem Wasser und hüllte sich in ihren riesigen weißen Hotel-Bademantel.

»Nein, ich bleibe noch ein bisschen hier am Feuer sitzen. Geh schon mal vor, ich komme gleich nach.«

Auf dem Weg in unser Zimmer begegnete ich Jakob, der mit einem leeren Tablett unterwegs war. Ich zögerte nur einen kurzen Moment, dann sprach ich ihn an.

»Hallo, Jakob. Schon Feierabend?«

»Ja, in ein paar Minuten.«

»Könnten Sie meiner Freundin vielleicht noch ein Glas Wein bringen? Sie sitzt im Schwimmbad vor dem Kamin.«

Jakob, der Schelm, errötete.

»Natürlich, gerne.«

»Das ist nett, vielen Dank.«

Ich grinste ihn an und schlappte in mein Zimmer. Mit letzter Kraft putzte ich mir die Zähne. Dann fiel ich ins Bett und war innerhalb weniger Minuten tief und fest eingeschlafen.

Lena

Beschwingt kehrte ich nach unserem Romantik-Wochenende nach Berlin zurück. Während unserer Abwesenheit war der Frühling ausgebrochen, und die ganze Stadt stand in voller Blüte. Alles duftete, wuchs und gedieh. Und wenn ich mich auch nicht wie neu geboren fühlte, so doch zumindest voller Lebenslust. Das Wellness-Programm hatte seine Wirkung getan, ebenso wie die Gespräche mit Mia. Wir hatten uns hoch und heilig geschworen, uns nicht mehr die Laune von chaotischen Ehemännern, untreuen Ex-Freunden oder biestigen Sprechstundenhilfen vermiesen zu lassen. Und wir hatten uns bei unserem Abschied versprochen, uns in Zukunft wieder häufiger zu treffen.

Tatsächlich schaffte ich es, einen Teil meiner Vorhaben in die Tat umzusetzen. Der Vorschlag von Mia, Frau Mauer einfach rauszuwerfen, erschien mir allerdings zu radikal. Irgendwo musste sich unter ihrer rauen Schale doch ein guter Kern verbergen, und ich brachte es nicht übers Herz, sie in die Arbeitslosigkeit zu entlassen. Aber meinen Alltag wollte ich trotzdem umgestalten. Also nahm ich mir einen gelben und einen grünen Marker und malte mein Sprechstundenheft an. Immer abwechselnd markierte ich die Zeitleisten erst mit einem dicken grünen, dann mit einem dicken gelben Strich. Das farbenfrohe Ergebnis präsentierte ich Frau Mauer und erklärte ihr, dies sei mein künftiger Behandlungstakt. Die Striche entsprächen den Zwanzig-Minuten-Einheiten, in denen ich die Patientinnen zu behandeln gedachte. Für meine Mittagspause hatte ich in Rot anderthalb

Stunden geblockt. Das schien mir selber zwar sehr großzügig, aber es würde mir genug Luft lassen, um Notfälle einzuschieben. Frau Mauer war von meiner unvorhergesehenen Tatkraft offensichtlich überrumpelt, denn sie nahm widerspruchslos den Terminplaner entgegen und trug in den folgenden Tagen tatsächlich die Patientinnen in meine Zwanzig-Minuten-Felder ein.

Meine wiedergewonnene Lebensfreude drohte schlagartig zu verpuffen, als sich Frau Mauer zwei Wochen nach meiner Rückkehr krankmeldete. Sie hatte etwas mit der Bandscheibe und sagte unbestimmt, dass sie die nächsten Tage auf keinen Fall würde arbeiten können. Für derartige Notsituationen hatte ich nicht vorgesorgt. Doktor Müller hatte mir damals versichert, Frau Mauer habe eine Gesundheit wie ein Elefant und sei in den zwei Jahrzehnten ihrer Zusammenarbeit nie ausgefallen. Blauäugigerweise hatte ich mich darauf verlassen. Vielleicht machte meine neue Autorität Frau Mauer krank?

Die Woche startete im Chaos. Am Montag, kurz bevor die erste Patientin kam, erhielt ich die Krankmeldung. Mit Mühe und Not rettete ich mich über den Tag. Dauernd musste ich aus dem Untersuchungszimmer rennen, weil es an der Tür klingelte. Zumindest dieses Problem behob ich am Dienstag, indem ich die Praxistür einfach offen ließ. Es würden schon keine Diebe kommen. Dafür stellte ich ein Schild auf dem Tresen auf, mit der Aufschrift: »Meine Sprechstundenhilfe ist leider krank. Bitte nehmen Sie im Wartezimmer Platz, bis ich Sie aufrufe.«

Allerdings hatte ich vergessen, dass ich von den Patientinnen ja auch teilweise die Praxisgebühr kassieren und ihre Karten einlesen musste. Das Krankenkassen-Lesegerät machte mich wahnsinnig, es war uralt und ich zu hektisch, mich in Ruhe damit auseinanderzusetzen. Zudem klingelte permanent das Telefon, und ich musste rangehen, weil ich nicht wusste, wie ich die Ansage auf dem Anrufbeantworter ändern konnte. Im Gegensatz zu dem Kartenlesegerät handelte es sich hierbei um ein High-Tech-Telefon, das meine Eltern mir zur Praxiseröffnung geschenkt hatten, nachdem sie gesehen hatten, was für eine alte Gurke ich von Doktor Müller übernommen hatte – dessen Telefon war dunkelgrün gewesen und hatte noch eine Wählscheibe! Das neue Telefon war silberfarben und besaß zahlreiche Wunderfunktionen, die ich nur dem Hörensagen nach kannte. Nun saß ich ahnungslos vor einem blinkenden Monstrum. Vorsichtig drückte ich auf ein paar Tasten herum, erreichte jedoch bloß, dass das Telefon fortan mit einer ohrenbetäubenden Bonanza-Melodie läutete. Bevor es noch anfing zu wiehern, ließ ich es lieber in Ruhe.

Am Mittwochabend war meine gerade frisch aufgetankte Energiebatterie nahezu leer. Es waren sieben Patientinnen unangemeldet am Nachmittag aufgetaucht, die ich nicht wieder wegschicken konnte. Da half mir auch meine Zwanzig-Minuten-Taktung nichts mehr. Um halb acht hatte ich die letzte Patientin behandelt, erschöpft ließ ich mich auf den Untersuchungsstuhl fallen und legte meine schmerzenden Beine hoch. Ich überlegte, was Mia wohl getan hätte, wenn sie an meiner Stelle gewesen wäre. Mia war perfekt organisiert, schon während des Studiums hatte mir das imponiert. Aber dadurch, dass sie immer alles im Griff zu haben schien, überforderte sie sich ständig. Wenn bei Mia alles glattlief, hatte sie das Gefühl, dass sie noch weitere Kapazitäten hatte, und packte sich das nächste Projekt obendrauf. Das führte dazu, dass sie ständig im Stress war. Aber irgendwie schien sie das auch zu brauchen. Mia liebte es, sich Herausforderungen zu stellen. Ich dagegen war froh, wenn ich die Herausforderungen gemeistert hatte und auf sie zurückblicken konnte. Eigentlich bin ich ein konservativer Mensch, wenn konservativ bedeutet, dass man gerne am Alten und Gewohnten festhält und Neuerungen eher misstrauisch gegenübersteht. Darum hatte ich wohl auch so lange an der Beziehung zu Lorenz festgehalten. Ich hatte mich für ihn entschieden und alle Warnsignale ignoriert. Oder war das Geschichtsfälschung? Rückwärtsgewandter Fatalismus? Nur, weil es schlecht geendet hatte, bedeutete es doch nicht, dass wir keine Chance gehabt hatten? Ich dachte lange Zeit, Lorenz sei der Mann meines Lebens. Mir kam meine Liste vom Romantik-Wochenende mit Lorenz' unleugbar schlechten Eigenschaften in den Sinn. Aber ist eine gute Beziehung nicht das Resultat einer endlosen Reihe von Kompromissen? Mia hatte mir mal vorgeworfen, ich sei inkonsistent. Sie meinte, einerseits würde ich an die große Liebe und den Traumprinzen glauben, andererseits würde ich zu viele Kompromisse eingehen. Aber bedingte sich das nicht? Eben WEIL ich an die große Liebe glaubte, wollte ich sie mir nicht von ein paar läppischen Marotten kaputtmachen lassen. Allerdings musste ich zugeben, dass Mia mit ihrer Bemerkung zumindest hinsichtlich meiner damaligen Liaison recht gehabt hatte. Ich war an einen Typen geraten, David, der für ein Stadtmagazin schrieb und sich für einen Schriftsteller hielt. Er hatte neben unserer Affäre diverse Frauengeschichten, was er freimütig zugab, denn er behauptete, er brauche seine Freiheit, um kreativ zu sein. Nebenbei bemerkt, er schrieb Filmkritiken. Ich weiß auch nicht mehr, was mich bei David geritten hatte.

Mias Theorie war, dass Frauen tendenziell masochistisch veranlagt sind. Sie konnte da aus eigener Erfahrung sprechen, denn sie hatte zeitgleich zu meiner David-Affäre etwas am Laufen mit einem Typen (seinen Namen werde ich nie vergessen: Er hieß Reginald), der ab und an spurlos verschwand. Nach einer rauschenden romantischen Woche tauchte er einfach ab und meldete sich wochenlang nicht mehr bei Mia. Sie machte sich fürchterliche Sorgen um ihn, bis sie über drei Ecken erfuhr, dass er spontan zum Partymachen nach Mallorca aufgebrochen war. Sie schwor Stein und Bein, dass sie ihn hochkant rauswerfen würde, sollte er es wagen, noch einmal bei ihr aufzukreuzen, aber einige Monate später fand sie sich im Bett mit ihm wieder. Das Spielchen wiederholte sich in einigen Variationen, und es hatte Mia viel Zeit und Kraft gekostet, ihn dorthin zu schicken, wo er hingehörte, nämlich in die Wüste. In der

Folge entwickelte sie ihre Masochismus-Theorie. Aber ich glaubte eigentlich nicht daran. Ziemlich bald nach David trat Lorenz in mein Leben. Vielleicht hatte ich zu diesem Zeitpunkt meine Maßstäbe zu weit heruntergeschraubt, dass mir Lorenz wie der Traumprinz erschien.

Das Telefon klingelte. Erschrocken fuhr ich hoch und warf einen Blick auf die Uhr. Halb neun. Wer rief mich um diese Zeit in der Praxis an? Ich schwang mich vom Untersuchungsstuhl, ging zum Telefon und hob den Hörer ab.

»Hallo?«

Eine männliche Stimme mit bayerischer Färbung und rollendem »R« meldete sich.

»Ja, grüß Gott, hier ist Daritschie, ist die Frau Doktor Leopold zu sprechen?«

»Wer spricht da bitte?«

»Daritschie.«

Daritschie. Vielleicht »Da Ricci«? Der Name eines italienischen Restaurants?

»Um was geht es denn?«

»Das würde ich mit der Frau Doktor gerne selber besprechen.«

»Am Apparat.«

Er lachte verlegen. »Ja, grüß Gott noch einmal, dass ich Sie jetzt direkt erwisch, damit hätt i net gerechnet.«

»Wer ist denn da?«

»Daritschie. Wissen's net, wer ich bin?«

»Ehrlich gesagt, nein.«

»Hat Ihnen Ihre Mutter denn nichts gesagt? Ich dachte, sie hätte Sie vorgewarnt. Dann kommt hier die formelle Vorstellung: Mein Name ist Richard Ederlein, auch Richie genannt ...«

Ach, »der Richie« ...!

»... und ich arbeite mit der Freundin Ihrer Mutter in einem Büro, und Ihre Mutter hat mir Ihre Telefonnummer gegeben und gesagt, Sie würden sich sehr freuen, wenn ich Sie mal anrufe, und sie hat so von Ihnen geschwärmt, dass ich nicht widerstehen konnte ...«

Er räusperte sich nervös. Da dämmerte es mir: Das war der attraktive Steuerberater, von dem mir meine Mutter am Telefon vorgeschwärmt hatte. Ich war fassungslos. Hatte ich meiner Mutter nicht gesagt, sie könnte mir *seine* Nummer geben, dann würde *ich* ihn gegebenenfalls anrufen? Ging meine Mutter jetzt mit meiner Telefonnummer bei wildfremden Männern hausieren und pries ihre ledige Tochter an? Hatte sie womöglich Bikinifotos dabei und schwor, ich sei ganz pflegeleicht?

»Daritschie« fuhr fort, er habe es schon ein paar Mal unter meiner Privatnummer versucht, aber immer nur den Anrufbeantworter erreicht, und da habe meine Mutter ihm meine Praxisnummer gegeben. Er störe mich hoffentlich nicht bei der Arbeit?

»Nein, nein«, beruhigte ich ihn. »Ich habe schon Feierabend gemacht. Was hat Ihnen denn meine Mutter noch so über mich erzählt?«

»Ach, wissen's, was Mütter halt so erzählen«, wich er aus.

»Sie erwähnte nicht zufällig, dass ich eine schreckliche Trennung durchgemacht habe und unbedingt einen neuen Mann kennenlernen möchte?«

»Na, Sie scheinen Ihre Frau Mama ja recht gut zu kennen«, erwiderte er lachend.

Eigentlich klang er ganz nett. Trotzdem konnte ich es nicht lassen.

»Möchten Sie vielleicht wissen, was meine Mutter mir über Sie erzählt hat?«

Das war ein bisschen gemein von mir, aber ich fühlte mich so bloßgestellt, dass ich eine ebenbürtige Ausgangsbasis schaffen wollte.

»Ach, lieber nicht, ich kann es mir in etwa vorstellen. Aber wahrscheinlich liegt sie mit dem meisten richtig. Ich habe die Trennung von meiner Verlobten hinter mir, die mir das Herz gebrochen hat. Ich habe lange gebraucht, um darüber einigermaßen hinwegzukommen, und nun bin ich allein und auf der Suche. Tja, das ist die traurige Realität«, schloss er und seufzte.

Wenigstens war er entwaffnend ehrlich.

»Warum hat sich Ihre Verlobte denn von Ihnen getrennt?«

Wenn man sich so wenig kennt, dachte ich, dann kann man sich auch so intime Fragen stellen.

»Sie war schwanger von ihrem Ex-Freund.«

»Nein!«

»Doch.«

Und dann erzählte er mir seine ganze traurige Geschichte. Die Kurzfassung war: Sie lernten sich kennen auf einem Flug München-Paris. Liebe auf den ersten Blick. Schmetterlinge im Bauch, das große Glück. Ein Jahr später Heiratsantrag auf dem Eiffelturm, inklusive Riesenklunker. Großes Hochzeitsfest geplant, mit allem Drum und Dran: Kirche, Kutsche, maßangefertigtes Brautkleid. Zwei Wochen vor der Hochzeit sagt sie ihm, dass sie schwanger ist. Er freut sich. Hat sich immer Kinder gewünscht. Dann beichtet sie ihm: Das Baby ist von ihrem Ex. Er ist tödlich getroffen. Fängt sich wieder, denn er liebt sie so schrecklich. Bietet an, ihr zu verzeihen, das Kuckuckskind großzuziehen. Aber sie will ihn nicht heiraten, will zu ihrem Ex. Den liebt sie immer noch. Er ist am Boden zerstört, trauert, leidet. Zieht schließlich in eine andere Stadt, weg von ihr, weg von der Erinnerung, sucht einen Neuanfang.

Bei seinen Worten kamen mir beinahe die Tränen. Das war ja furchtbar! Ich litt mit ihm. Dem armen Kerl brach beim Erzählen seiner Elendsgeschichte immer wieder die Stimme. Um ihn ein bisschen aufzumuntern, berichtete ich ihm meine Trennungsgeschichte. Er war sehr mitfühlend und schimpfte aus vollem Herzen über den treulosen Lorenz, dass ich ihn fast schon in Schutz nehmen wollte.

»Unsere Beziehung lief nicht mehr so toll. Letztlich war diese Affäre wohl nur ein Sprungbrett für uns beide«, schloss ich weise. Ich war selbst etwas überrascht über meinen Kommentar, aber als ein derart bedauernswertes Opfer wie Richie wollte ich nicht dastehen. Obwohl ich immer noch ein bisschen wütend auf meine Mutter war, war das Gespräch mit Richie eigentlich ganz nett gewesen, und so verabredeten wir, in den nächsten Tagen mal wieder zu telefonieren.

Mia

Der Einstieg in den Alltag nach Lenas und meiner Auszeit war kein Zuckerschlecken. Ole war extrem angespannt und reizbar, wenn er zu Hause war. Auch meine Stimmung war nicht die beste, ich sah vor lauter Arbeit kein Land mehr. Direkt am Tag meiner Rückkehr hatte mir der Programmleiter eröffnet, dass die Veröffentlichung unseres »erotischen Kriminalromans«, wie er den Porno beharrlich nannte, vorgezogen werden sollte, weil ein anderer Titel nicht rechtzeitig fertig werden würde. Das bedeutete für mich, dass ich die nächsten Tage, Nächte und Wochenenden mit Redigieren verbringen würde. Das Buch war im Original schon schlecht, die Handlung dünn, die erotischen Szenen billig, aber die Übersetzung war eine Katastrophe. Der Übersetzer hatte sich keine Mühe gegeben, zu retten, was zu retten war. Deswegen musste ich nun ran und Schadensbegrenzung betreiben. Unser Programmleiter hatte sich den Roman vom Originalverlag aufschwatzen lassen, ohne ihn selbst gelesen zu haben. Ich hatte mich mit Händen und Füßen gegen die Betreuung des Projekts gewehrt. Jedoch sprach keiner meiner Kollegen ausreichend Französisch, um sich der missratenen Übersetzung dieser elenden Schwarte anzunehmen, und so hatte ich das Ding an der Backe. In meinen Händen lag es nun, den Schaden zu minimieren und dafür zu sorgen, dass wir uns nicht zum Gespött der Rezensenten machten. Wir waren ein kleiner, aber angesehener Verlag und publizierten in der Regel Literatur, die diesen Namen verdiente. Wir hatten uns einen Namen mit der Entdeckung unbekannter Autoren gemacht, die uns später oft von größeren Verlagen weggekauft wurden, aber wir blieben am Ball. Der Porno war der Versuch, eine breitere Leserschicht zu erschließen. Mir sollte es recht sein – aber warum musste ausgerechnet ich dieses Projekt betreuen? Doch alles Lamentieren half nichts: Ich musste das Beste aus diesem Buch herausholen und hoffen, dass wir mit einem blauen Auge davonkamen.

Tapfer ackerte ich mich durch das Manuskript. Wenn ich schnell war, schaffte ich fünfzehn Seiten täglich. Leider rechnete mir Ole am vierten Tag vor, dass ich mindestens das doppelte Pensum schaffen musste, wenn ich rechtzeitig fertig werden wollte. Also erhöhte ich mein Tempo und redigierte beim Frühstück, in der S-Bahn, auf der Toilette und beim Mittagessen, ich nahm mir die Übersetzung sogar abends mit ins Bett, bis ich über den Seiten einschlief. Nachts warf ich mich unruhig hin und her, während erotische Synonyme durch meinen Kopf schwirrten. Mein eigenes Sexleben kam dabei völlig zum Erliegen.

Doch schließlich hatte ich es geschafft. Die letzte Seite war um drei Uhr morgens in der Nacht vor Beginn unserer halbjährlichen Vertreterkonferenz redigiert. Mit tiefen Ringen unter den Augen und dem Manuskript in der Tasche fuhr ich in den Verlag. Die einwöchige Vertretertagung war unsere wichtigste hausinterne Konferenz. Wir Lektoren präsentierten den Vertretern unser neues Programm; die Vertreter wiederum klapperten dann die Buchhandlungen ab und stellten die Titel vor. Anhand der Vertreterempfehlungen bestellten die Buchhändler die Bücher – oder eben nicht. Insofern war die Vertreterkonferenz enorm wichtig, und ich bereitete die Vorstellung der von mir betreuten Bücher stets sorgfältig vor. Diesmal jedoch hatte mir die Zeit dafür gefehlt. Um 14 Uhr fing die Konferenz an, ich hatte also nur noch den Vormittag, um mir darüber Gedanken zu machen. Mir graute davor. Ich konnte mich nämlich nicht gut verstellen. Wenn ich Feuer und Flamme für einen Roman war, stellte ich ihn gern vor. Aus vollem Herzen konnte ich von dem Buch schwärmen und vermochte die Vertreter mit meiner Begeisterung anzustecken. Den Porno aber hatte ich nicht gewollt, das war höhere Gewalt gewesen, und trotzdem musste ich ihn anpreisen.

Was konnte ich Positives über dieses Buch sagen? Ich kaute an meinem Bleistift. Eine erfahrene Lektorin, bei der ich mein Volontariat absolviert hatte, hatte mir geraten, mir bei schwierigen Fällen die guten Seiten des Projektes noch einmal vor Augen zu führen. Die gebe es doch immer! Die Handlung war unglaubwürdig? Aber der Autor hatte originelle Einfälle und großen Wortwitz. Der Roman war sprachlich schwach? Aber er erzählte die schönste Liebesgeschichte, die man sich vorstellen konnte. Die Kurzgeschichten waren krude, bedeutungshuberisch und schlecht geschrieben? Aber die Autorin war eine gefeierte Sängerin aus dem Prenzlauer Berg, und das Marketing würde sie lieben. Was konnte ich dem Porno abgewinnen? Nach einer halben Stunde notierte ich schließlich das Wort »ungewöhnlich« auf meinem weißen Blatt und malte zahlreiche Girlanden darum. Als ich meine Liste um »die Geschmäcker sind verschieden« und zahlreiche Blümchen erweitert hatte, klingelte das Telefon. Der Programmleiter bat mich, kurz in sein Büro zu kommen. Er klang betont munter, was mich Böses ahnen ließ. Und richtig. Kaum hatte ich seine Bürotür hinter mir geschlossen, eröffnete er das Feuer. Er kam hinter seinem Schreibtisch hervor, fasste mich strahlend an den Schultern und schüttelte mich herzlich.

»Gut sehen Sie aus! Phantastisch!«

War er erblindet? Nach den letzten beiden Wochen Pornoredaktion und kaum drei Stunden Schlaf in der vergangenen Nacht sah ich aus wie ein Schluck Wasser in der Nordkurve. Sein Kompliment war Strategie.

»Maria, der Kollege Steiner ist leider erkrankt, und daher kann er seine Bücher heute auf der Konferenz nicht vorstellen …«

Er sah mich erwartungsvoll an. Prompt tappte ich in seine Falle.

»Soll ich das übernehmen?«

Das war eine vorwurfsvolle Frage und kein Angebot, aber der Programmleiter hörte den feinen Unterschied nicht.

»Großartig, Maria, ich habe gewusst, dass Sie einspringen würden. Sie haben ja auch noch den ganzen Vormittag Zeit, sich einzulesen. Außerdem machen Sie solche Präsentationen mit links, Sie sind ja ein Vollprofi!«

»Riemt den Göüch, so tüet er Euch«, murmelte ich.

»Wie bitte?«

»Ach, nichts.«

Der Spruch stammte von meiner schweizerdeutschen Großmutter und bedeutete so viel, wie: Wenn du einen Trottel dazu bringen willst, etwas für dich zu tun, dann lobe ihn. Diese Methode beherrschte unser Programmleiter perfekt.

Ich nahm den Manuskriptstapel, den er mir überreichte, und wollte sein Büro verlassen.

»Ach, eine gute Nachricht habe ich noch«, hielt er mich zurück. »Wir haben beschlossen, den erotischen Kriminalroman zum Spitzentitel zu machen.«

»Das ist nicht Ihr Ernst«, sagte ich schockiert. Ein Spitzentitel ist das Zugpferd eines Programms, das Vielversprechendste, was der Verlag zu bieten hat. Dem Spitzentitel wird extra viel Platz in den Vorschauen eingeräumt, und er wird besonders beworben. Normalerweise freut sich jeder Lektor, wenn sein Buch zum Spitzentitel erkoren wird, garantiert es doch erhöhte Aufmerksamkeit – aber der Porno musste, so gut es ging, versteckt werden! Ich hatte gehofft, ihn möglichst unbemerkt an der Presse vorbeischleusen zu können, auf dass er bald dem Vergessen anheimfallen möge. Und jetzt sollte er ins Scheinwerferlicht gerückt werden!

»Haben Sie denn nicht die Übersetzung gelesen? Dieses Buch ist grauenvoll!«

»Nun seien Sie mal ein bisschen risikofreudiger. Ich finde das Buch sehr, äh, faszinierend. Es ist mal etwas Neues!«

Er hatte es definitiv nicht gelesen. Aber meine Widerstandskräfte waren erloschen. Mit dem Manuskriptstapel unterm Arm ging ich in mein Büro. Ich war so fürchterlich müde, dass ich im Stehen hätte einschlafen können. Aber die nächsten Stunden würde ich damit verbringen müssen, mir einen Überblick über die Titel meines Kollegen zu verschaffen.

Um kurz vor zwei, als ich gerade zur Konferenz aufbrechen wollte, klingelte das Telefon erneut.

»Mia, ein Glück, dass ich dich erwische. Kannst du heute die Kinder abholen?«, fragte Ole.

»Aber heute ist Dienstag!« Dienstag war Oles Abholtag.

»Ich weiß, aber ich schaffe es beim besten Willen nicht.«

Er klang so gehetzt, dass ich es ihm nicht abschlagen konnte, zumal er an den letzten Wochenenden ständig die Kinder übernommen hatte, damit ich an der Übersetzung feilen konnte. Ich überlegte kurz. Der Tagesordnung zufolge sollte ich als Zweite meine Titel vorstellen, ich müsste also problemlos um Viertel nach vier die Konferenz verlassen können. Wenn ich mich dann einfach hinausschlich, würde es sicher nicht weiter auffallen. Ole klang erleichtert, als ich zustimmte, und sagte noch, wir sollten nicht mit dem Abendessen auf ihn warten, er wäre erst gegen zehn Uhr wieder zu Hause.

Die Vertreterkonferenz fand in unserem großen Besprechungsraum statt. Als ich die Tür öffnete, waren fast alle Stühle um den großen Tisch schon besetzt. Kaum saß ich, legten wir los. Irgendjemand hatte die Tagesordnung geändert, so dass ich nicht mehr als Zweite, sondern als Letzte vorgesehen war. Warum hatte mir niemand Bescheid gesagt? Nervös rutschte ich auf meinem Stuhl hin und her. Um Viertel nach vier, allerspätestens um halb fünf musste ich den Verlag verlassen, um noch einigermaßen pünktlich in den Kindergarten zu kommen. Endlich, um zehn nach vier, war ich an der Reihe. Das würde knapp werden. Eilig begann ich mit den Büchern meines kranken Kollegen Michael. Mit Spitzengeschwindigkeit ratterte ich die Präsentation seiner Bücher herunter. Um 16 Uhr 25, als ich eigentlich in die S-Bahn hätte steigen müssen, kam ich zu meinem Spitzentitel. Dem Porno. Vor mir lag ein nahezu weißes Blatt. Dreißig Augenpaare starrten mich erwartungsvoll an. Ich musste mich beeilen, ich musste mich konzentrieren.

»Nun möchte ich Ihnen ein ganz besonders interessantes Buch vorstellen. Einen erotischen Kriminalroman, den unser stets umtriebiger Herr Schlegel eingekauft hat und den ich betreuen darf.«

Diesen Kommentar hatte ich mir nicht verkneifen können. Er war eine jedermann verständliche Umschreibung für: Ich kann nichts dafür! Dieses Projekt wurde mir aufgezwungen!

»Dieser Roman ist in jeder Hinsicht ein …«, ich warf einen Blick auf meinen fast jungfräulichen Zettel, »… ungewöhnliches Buch, und wie Sie ja wissen, sind die Geschmäcker verschieden. Der Verlag hat entschieden, dieses Buch zu unserem Spitzentitel im Herbstprogramm zu machen, was auf jeden Fall eine mutige Entscheidung ist.«

Damit war ich mit meinem diplomatischen Geschick am Ende.

»Ich habe mir gedacht, ich lasse das Buch einfach für sich selbst sprechen und gebe Ihnen eine kleine Kostprobe.«

Ich hatte mich für die relativ harmlose Passage entschieden, in der die Hauptverdächtige ihren erotischen Phantasien während des Verhörs durch den attraktiven Kommissar nachhängt. Beim Lesen färbten sich meine Wangen zartrosa. Nicht, weil ich so prüde, sondern weil dieser Text so unglaublich peinlich war. Ich endete meine Lesung mit den Worten: »… und mit jeder Faser ihres Körpers sehnte Clementine sich danach, dass der Kommissar sie mit seinem Zauberschwert spalten möge wie einen reifen Apfel.«

Ich blickte auf und schaute in die Runde. Alle machten große Augen, der Programmleiter kratzte sich verlegen am Kinn. Es war 16 Uhr 37.

»Spitzentitel?«, fragte jemand.

»›Ungewöhnlich‹, so kann man es auch nennen«, spottete ein anderer.

»Das ist doch total pornographisch!«

»Vielleicht eine Parodie?«

»Als was sollen wir das bitte verkaufen?«

»Wer soll das lesen?«

»Warum haben wir so was überhaupt im Programm?«

Der Programmleiter sah mich an. Ich sah den Programmleiter an. Nach einigen langen Sekunden schien er einzusehen, dass er die Verteidigungsrede übernehmen musste. Um 16 Uhr 44 setzte er zu einem Vortrag an, in dem es darum ging, wie wichtig es sei, auch einmal etwas zu wagen. Mit halbem Ohr hörte ich ihm zu und verfolgte angespannt den Minutenzeiger meiner Uhr. Erbarmungslos schob er sich vorwärts. Ich hätte längst unterwegs sein müssen. Mit den öffentlichen Verkehrsmitteln würde ich nicht vor halb sechs im Kindergarten ankommen. 16 Uhr 48. Wenn ich zum Taxistand an der Ecke rannte, könnte ich es mit Glück bis zwanzig nach fünf schaffen. Die gesalzene Strafpredigt der Erzieherin war mir sicher. 16 Uhr 55. Der Programmleiter redete und redete. Das würde teuer werden. Der Kindergarten berechnete pro überzogene Minute einen Euro Strafgebühr, die in die Gruppenkasse eingezahlt wurde. Und sie nahmen es sehr genau mit ihrer Strafgebühr. 16 Uhr 58. In zwei Minuten würde die Kita schließen. 16 Uhr 59. Der Programmleiter formulierte einen komplizierten Satz, in dem die Worte Innovation, Erfolg und Bestseller vorkamen. 17 Uhr! Ich warf dem Programmleiter einen verzweifelten Blick zu und tippte auf meine Armbanduhr. Er blickte durch mich hindurch und redete einfach weiter. Um 17 Uhr 05 war er endlich fertig und ich bereits um fünf Euro ärmer. Kurz schöpfte ich Hoffnung, ich könnte jetzt verschwinden, aber es brach sofort eine heftige Diskussion los. Um 17 Uhr 07 fasste ich einen Entschluss. Pflichtbewusstsein hin oder her, ich musste meine Kinder abholen, und zwar sofort! Energisch schob ich meinen Stuhl zurück, murmelte etwas Entschuldigendes von Kinderabholen in die Runde und verließ eilig den Raum. Ich stürzte die Treppe hinunter und rannte zum Taxistand.

Der Taxifahrer war eine Schnarchtasse erster Güte. Sein lethargischer Fahrstil war nicht gerade dazu angetan, mein aufgewühltes Inneres zu beruhigen. Ich war mir bewusst, dass mein Abgang im Verlag so aussehen musste, als wollte ich mich vor der Diskussion drücken; bestenfalls würde ich als Mutti dastehen, die nicht zu hundert Prozent einsatzfähig war. Ich war wütend auf den Programmleiter, der einfach die Tagesordnung geändert hatte, wütend auf den Porno, weil er so schlecht war, wütend auf mich selbst, weil ich nicht darauf geachtet hatte, als Erste dranzukommen, wütend auf Ole, weil er mir das Abholen zugeschoben hatte, und wütend auf uns alle, weil meine Kinder auf mich warten mussten.

Völlig außer Atem kam ich um 17 Uhr 33 beim Kindergarten an. Max und Klara saßen auf der Bank in der Garderobe und baumelten mit den Beinen. Die Erzieherin empfing mich mit hochgezogener Augenbraue und der Gruppenkasse in der Hand. Ich legte vierzig Euro hinein und verzichtete unter ihren gestrengen Blicken darauf, mir sieben Euro Wechselgeld herauszunehmen.

»Tut mir schrecklich leid«, sagte ich zu ihr, während ich Max seine Jacke anzog. »Das wird nicht wieder vorkommen.«

»Schon gut. Hätten Sie nächste Woche Zeit, mit uns in den Zoo zu gehen? Uns fehlt noch eine Begleitperson.«

Hut ab, die Frau war gerissen. Was blieb mir anderes übrig, als zuzusagen?

Der Taxifahrer wartete draußen mit laufendem Taxameter auf uns. Er holte zwei Kindersitze aus dem Kofferraum, ich schnallte die Kinder an und setzte mich auf den Beifahrersitz.

Kaum waren wir losgefahren, krähte Max: »Eeeeeeeeks!«

»Max, ich hab jetzt keinen Keks!«

»Tinka!«

»Ich hab auch nichts zu trinken. Wir sind gleich zu Hause!«

»Eeeeeeeeeks!!!«

Trug eine gute Mutter nicht immer Feuchttücher, Kekse und Trinkpäckchen in ihrer Handtasche mit sich herum?

»Klara, wie war es im Kindergarten?«

Schweigen.

»Klara?«

Sie stöhnte gepeinigt auf.

»Es war wie immer! Ich bin mit Leo aufs Sofa gegangen, und wir haben uns geküsst.«

»Wie bitte?«

»Ja, aber wir haben nicht gesext.«

Ich bemühte mich, meinen Schock zu verbergen. Färbte die Pornoredaktion auf meine fünfjährige Tochter ab?

»Was heißt das denn, gesext?«

»Na, wenn man den Pimmel und die Scheide zusammensteckt, dann sext man.«

»Eeeeeeeeeeeeeks!«

»Haben Sie zufällig einen Keks?«, wandte ich mich an den Taxifahrer. Er schüttelte den Kopf.

Als wir endlich zu Hause ankamen, war ich um knapp hundert Euro ärmer. Während die Kinder in der Badewanne planschten, kochte ich Spaghetti. Wegen meines schlechten Gewissens erlaubte ich ihnen Tomatenketchup dazu. Nach dreißig Sekunden waren Max' und Klaras rosige Wangen und ihre sauberen Schlafanzüge ketchupverklebt. Ich würde mir ein Schild zur Erinnerung anfertigen lassen und in der Küche anbringen: Erst das Essen, dann die Wanne! Zum Nachtisch genehmigte ich den Kindern und mir eine riesige Portion Vanilleeis mit Schokosauce. Dieser Tag war in pädagogischer Hinsicht ohnehin verloren. Dann las ich Max und Klara das einzige Buch vor, das ihnen gleichermaßen gefiel. Die *Kleine Tierkunde* von Janosch.

»Kennst du den Fuchs, den schönen roten, mit seinen weichen Sammetpfoten?«

Max nickte eifrig.

Ich musste herzhaft gähnen.

»Weiter, Mama!«

Klara boxte mich in die Seite.

»Okay. Das Häschen mit den langen Oooohren, was hat es auf dem Feld verloooren?«

»Kaka!«, riefen Max und Klara gleichzeitig. Das war ihre absolute Lieblingsstelle, immer wieder gern gehört. Dann kamen der Elefant aus Singapur, die fahrradfahrende Maus, die Geschichte von der Grille und die vom kleinen Hasen, der dem Fuchs eine reinhaute, dass es nur so dampfte.

»Mal!«, schrie Max begeistert, als wir am Ende des Buches angelangt waren.

»Ja, noch mal!«, rief Klara und kuschelte sich in meinen Arm.

»Sofort«, versprach ich, »ich mach nur eine Minute die Augen zu, ja?«

Keine Chance. Max sprang auf meinem Bauch herum, Klara zog mich an den Haaren.

»Passt mal auf«, schlug ich gähnend vor, »wir machen es so: Ihr putzt euch jetzt die Zähne und legt euch in eure Betten, dann lege ich mich dazu und lese euch das Buch noch einmal vor.«

Erstaunlicherweise willigten die Kinder ein. Als sie schließlich in ihren Betten lagen, schleifte ich die Gästematratze in ihr Zimmer, warf sie zwischen ihre beiden Betten und begann zu lesen. Irgendwo zwischen dem Singapur-Elefanten und der Dänemark-Maus muss ich eingeschlafen sein.

Lena

Um acht Uhr morgens stand ich vor meiner verschlossenen Praxistür und suchte hektisch meinen Praxis-Schlüsselbund. Vergeblich. Wahrscheinlich hatte ich ihn zu Hause auf dem Küchentisch liegenlassen. Ich rannte also die zwei Blocks zurück, hastete die fünf Stockwerke hinauf und stellte meine halbe Wohnung auf den Kopf. Den Schlüssel konnte ich nirgends finden. Fieberhaft überlegte ich, wo ich ihn zuletzt gesehen hatte. Kein Bild entstand vor meinem geistigen Auge. Inzwischen war es halb neun. Da ich befürchtete, die ersten Patientinnen könnten schon vor der verschlossenen Tür warten, brach ich die Suche ab und sprintete zur Praxis zurück. Ich würde einen Schlüsseldienst rufen müssen.

Als ich aus dem Haus stürzte, stieß ich mit dem Paketboten zusammen.

»Frau Leopold?«, fragte er und hielt mir ein Päckchen entgegen.

»Keine Zeit«, rief ich und rannte weiter. »Stellen Sie es einfach vor die Tür! Ich muss weg!«

Ich joggte die zwei Blocks zurück zur Praxis. Wenigstens hatte ich meine Drohung wahr gemacht und seit Wochen hochhackige Schuhe boykottiert. An meiner schlechten Kondition änderte mein flaches Schuhwerk jedoch nichts. Völlig außer Atem erreichte ich die Praxis.

Im Hausflur auf dem Treppenabsatz wartete bereits ein junges Mädchen. Sie hatte einen karottenroten Bubikopf und trug grün-schwarz geringelte Leggings und schwarze Schnürschuhe, so dass sie mich ein wenig an Pippi Langstrumpf erinnerte.

»Guten Morgen«, keuchte ich und hielt mir die stechenden Seiten. »Wollen Sie zu mir?«

Pippi Langstrumpf nickte, blieb aber auf dem Treppenabsatz sitzen. Hektisch wühlte ich in meiner Tasche nach dem Handy, um den Schlüsseldienst anzurufen. Der würde diese verfluchte Tür ja wohl in null Komma nichts aufschließen können. Ruhig Blut, Lena Leopold, alles halb so wild.

»Stress?«, fragte das Mädchen und sah mich mitfühlend an.

»Nein, nein, ich habe nur meinen Schlüssel vergessen und muss eben den Schlüsseldienst anrufen, das geht sicher schnell!«

Alles ganz normal, alles kein Problem, ich bin Doktor Lena Leopold und habe den Laden im Griff. Das Mädchen schaute mich zweifelnd an. Zu Recht, wie sich nach wenigen Minuten herausstellte. Der Mann vom Schlüsseldienst, mit dem mich die Auskunft verbunden hatte, bot an, in circa zwei Stunden jemanden vorbeizuschicken.

»In zwei Stunden?!«, rief ich entsetzt in mein Handy. »Ich kann doch nicht alle meine Patientinnen wieder nach Hause schicken. Geht es nicht ein bisschen schneller?«

»Gute Frau, Sie sind ja nicht die Einzige, die vor verschlossener Tür steht. Da müssen Sie sich schon ein wenig gedulden.«

»Nein, so lange kann ich nicht warten, dann rufe ich jemand anderes an.«

Leise fluchend wandte ich mich zu meiner Patientin auf dem Treppenabsatz, um ihr zu versichern, dass wir garantiert gleich Einlass gewährt bekamen. Doch sie war verschwunden. Offensichtlich hatte sie die Flucht ergriffen. Ich konnte es ihr nicht verübeln.

Erneut wählte ich die Nummer der Auskunft und ließ mich mit einem anderen Schlüsseldienst verbinden. Es dauerte eine halbe Ewigkeit, bis dort jemand meinen Anruf entgegennahm. Und als endlich jemand ans Telefon ging, prophezeite man mir eine Wartezeit von drei Stunden – wenn ich »Glück« hätte!

Was war das denn bitte für ein Dienstleistungsverständnis? Hatten die alle nur einen Mitarbeiter? Jeder Pizzaservice lieferte seine Ware innerhalb von dreißig Minuten, und die Schlüsselmenschen mussten ihre Dietriche ja wohl nicht erst backen! Und wie viele Idioten sperrten sich um diese Uhrzeit aus?

Als ich gerade dabei war, es beim dritten Schlüsseldienst zu versuchen, kehrte Pippi Langstrumpf zurück. In ihrer Hand hielt sie einen Schraubenzieher und einen Spachtel.

»Lassen Sie mich mal ran.«

Sanft schob sie mich zur Seite und machte sich mit ihrem Werkzeug an der Tür zu schaffen. Das Schloss der Altbautür stammte wahrscheinlich aus dem vorletzten Jahrhundert, mutmaßte Pippi.

»Wäre doch gelacht, wenn sich dieses olle Ding nicht öffnen ließe«, murmelte sie.

Fasziniert schaute ich ihr zu. Auf die Idee, selber in meine Praxis einzubrechen, war ich nicht gekommen.

»Wo haben Sie den Spachtel und den Schraubenzieher eigentlich her?«, fragte ich schließlich, da mir nichts Besseres einfiel.

»Geborgt. Vom Kiosk an der Ecke.«

»Ach so.«

Ich schaute ihr ein paar weitere Sekunden tatenlos zu.

»Kann ich vielleicht irgendwie helfen?«, erkundigte ich mich dann.

»Nur die Ruhe«, erwiderte Pippi und fuhrwerkte konzentriert mit dem Spachtel im Türspalt herum. »Für diese Türen braucht man nichts als ein wenig …« In diesem Moment sprang die Tür auf. »… Gefühl.« Sie lächelte mich an.

»Großartig!«, rief ich begeistert. »Wo haben Sie das gelernt?«

»Ach, so da und dort«, meinte sie unbestimmt.

Auf dem Empfangstresen entdeckte ich meinen Schlüsselbund.

»Ach, hier ist er!«, rief ich erleichtert, und genau in diesem Augenblick fiel mir wieder ein, dass ich gestern einfach die Praxistür hinter mir zugezogen hatte. Pippi musterte die Tür von der Innenseite und meinte, wir hätten Glück gehabt, das Stangen-Sicherheitsschloss sei nicht abgeschlossen gewesen – das hätte sie garantiert nicht knacken können. Diese Information beruhigte mich ein wenig, denn den Gedanken, dass Hinz und Kunz mit einem Spachtel vorbeikommen und sich Zutritt zu meiner Praxis verschaffen konnten, fand ich nicht gerade angenehm.

»Okay«, sagte ich und versuchte, in meine souveräne Ärztinnenrolle zurückzufinden. »Jetzt muss ich mich nur kurz umziehen, dann kann es losgehen.«

»Keine Hektik«, sagte Pippi. »Ich habe Zeit.«

Als ich in meiner weißen Praxiskluft in den Vorraum zurückkehrte, fand ich Pippi über den Tresen gebeugt, in der einen Hand den Telefonhörer, mit der anderen hielt sie die Sprechmuschel zu.

»Entschuldigung, dass ich einfach rangegangen bin, es hat die ganze Zeit geklingelt, da dachte ich …«

»Das ist nett von Ihnen, vielen Dank, meine Sprechstundenhilfe ist momentan krank.«

Pippi deutete auf den Hörer. »Sie fragt nach einem Termin. Kann ich ihr einen geben?«

Ich schob ihr das Sprechstundenheft hin. »Suchen Sie ihr einen aus. Die gelb-grünen Striche sind meine Behandlungseinheiten.«

»Alles klar.«

Sie hob den Hörer wieder ans Ohr, um mit der Dame am anderen Ende der Leitung einen Termin zu vereinbaren. In diesem Moment klingelte es an der Tür – die nächste Patientin. Mein Stresspegel, der mit der wundersamen Sesam-öffnedich-Aktion ein wenig abgesunken war, schnellte wieder hoch. Die nette Pippi musste ich als Erste untersuchen, sie hatte schon so lange warten müssen. Schon jetzt war ich leider gnadenlos im Verzug. Ich bat die Patientin, noch einen Moment Platz zu nehmen, und wollte Pippi ins Untersuchungszimmer holen. Sie winkte ab.

»Behandeln Sie ruhig erst die andere. Ich kann warten. Hab heute nichts Besonderes vor.«

Das Telefon klingelte wieder.

»Soll ich?«, fragte Pippi und deutete auf mein silbernes Monstrum.

Das Angebot war zu verlockend, ich konnte es nicht ausschlagen.

Pippi setzte sich hinter den Tresen, hob den Hörer ab und meldete sich professionell-freundlich, als ob sie seit Jahren nichts anderes tat.

»Praxis Doktor Leopold, Philippa Gerolstein am Apparat. Was kann ich für Sie tun?«

Philippa Gerolstein – sie war ein Himmelsgeschenk. Sie blieb freiwillig den ganzen Tag, beteuerte, dass sie nichts Wichtiges vorhabe und ich doch ganz gut Unterstützung brauchen könne.

Pippi-Philippa bediente den Türsummer, nahm Anrufe entgegen, kochte Kaffee, verteilte Termine und brachte es sogar fertig, das Kartenlesegerät zu bedienen, nachdem ich ihr gezeigt hatte, wie es ungefähr funktionierte. Ich erinnerte mich nicht, je einen derart entspannten Behandlungstag erlebt zu haben, seit ich die Praxis übernommen hatte. Zum ersten Mal seit langem konnte ich mir sogar eine Mittagspause gönnen. Pippi-Philippa holte uns eine große Pizza, die wir uns teilten, und so startete ich ausnahmsweise einmal gesättigt in den Nachmittag. Wie schön konnte Arbeiten sein! Eine ältere Patientin, die schon ein wenig wacklig auf den Beinen war und der Philippa auf den Behandlungsstuhl geholfen hatte, gratulierte mir zu meiner vermeintlich neuen Sprechstundenhilfe.

»So ein goldiges Mädel!«, schwärmte sie. »Und sie sieht so lustig aus! Da bekommt man gleich gute Laune! »

Pünktlich um 18 Uhr 30 Uhr verabschiedete ich mich von der letzten Patientin. Philippa war gerade dabei, die Spielecke im Wartezimmer aufzuräumen. Mir kamen vor Rührung fast die Tränen. Was um alles in der Welt hatte ich verbrochen, dass ich so einen Drachen wie Frau Mauer am Hals hatte?

»Das brauchen Sie doch nicht zu machen!«, wollte ich Philippa abhalten. »Sie haben mir den ganzen Tag schon so viel geholfen.«

»Kein Problem. Solange es nicht meine eigene Wohnung ist, räume ich gerne auf.«

»Sagen Sie mal, Philippa, Sie suchen nicht zufällig einen Job?«

»Wieso?«

»Sie haben ja gesehen, was hier los ist, und ich weiß nicht genau, wann meine Sprechstundenhilfe wiederkommt. Ich könnte ein bisschen Unterstützung momentan gut gebrauchen.«

»Okay.«

»Okay? Ist das eine Zusage?«

»Unter zwei Bedingungen. Erstens, Sie hören auf, mich zu siezen und Philippa zu nennen, und zweitens, Sie bestehen nicht darauf, dass ich Ihnen meine Zeugnisse zeige. Und ich sage es Ihnen lieber gleich: Ich habe mal eine Ausbildung zur Arzthelferin angefangen, aber ich bin durch alle Prüfungen gerasselt.«

Die Prüfungen waren mir völlig egal, das sagte ich ihr gleich.

»Und wie soll ich dich nennen?«

»Einfach Pippa.«

Das klang ja wie die Abkürzung von Pippilotta. Das Mädel schickte wahrhaft der Lindgren-Himmel.

Wir verabredeten, dass sie am nächsten Morgen um halb neun wiederkommen würde, und ich überließ ihr meinen Ersatz-Praxisschlüssel, den ich in meiner Schreibtischschublade aufbewahrte. Als Pippa fort war, beschloss ich, sofort bei Frau Mauer anzurufen, um herauszufinden, wie lange sie noch krank sein würde. Insgeheim hoffte ich, dass sich die Genesung ein paar Tage hinziehen möge. Ich suchte zwischen den Unterlagen auf meinem Schreibtisch nach dem Zettel, auf dem Frau Mauer mir ihre Telefonnummer notiert hatte. Da war er ja!

Gerade als ich auflegen wollte, meldete sich eine Männerstimme.

»Müller.«

Ich war verwirrt.

»Ach, Entschuldigung, sind Sie das, Herr Müller? Hier ist Lena Leopold.«

»Guten Abend, Frau Leopold. Was gibt es?«

»Ich habe wohl die falsche Nummer gewählt, ich wollte eigentlich Frau Mauer anrufen.«

»Da sind Sie schon richtig hier. Warten Sie einen Augenblick, ich hole sie.«

Ich hörte, wie er sich entfernte und leise im Hintergrund sprach.

Kurz darauf übernahm Frau Mauer.

»Ja?«, bellte sie in den Hörer.

»Guten Abend, Frau Mauer, Lena Leopold hier.«

»Ja, und?«

»Wie geht es Ihnen?«

Sie ignorierte meine Frage.

»Was gibt es?«

Ich hatte ganz vergessen, wie unfreundlich sie war. Aber so leicht kam sie mir nicht davon.

»Ehrlich gesagt bin ich ein bisschen überrascht, Frau Mauer. Ich wusste ja gar nicht, dass Sie und Doktor Müller zusammenleben.«

»Und ich wüsste nicht, was Sie das angeht. Ich habe Berufliches und Privates schon immer voneinander zu trennen gewusst.«

»Aha.«

Darauf fiel mir nichts ein. Im Prinzip hatte sie natürlich recht, es ging mich nichts an, aber merkwürdig fand ich es dennoch, dass keiner von beiden jemals erwähnt hatte, dass sie ein Paar waren. Wie hielt Herr Müller diese Kneifzange bloß aus? Er war doch eigentlich ein ganz freundlicher Zeitgenosse. Vielleicht hatte er sich ja deswegen in den Ruhestand verabschiedet, damit er die alte Kröte nicht den ganzen Tag ertragen musste.

Frau Mauer riss mich aus meinen Gedanken.

»Nun?«

»Ich wollte mich erkundigen, wie es Ihnen geht und wie lange Sie voraussichtlich noch krankgeschrieben sein werden. Ich überlege, für diese Zeit eine Vertretung einzustellen.«

»Zwei Wochen wird es mindestens noch dauern.«

Zwei Wochen. Großartig! Ich bemühte mich, mir meine Euphorie nicht anmerken zu lassen.

»Dann wünsche ich Ihnen gute Besserung, liebe Frau Mauer«, flötete ich in den Hörer. »Überanstrengen Sie sich nicht. Wenn es drei oder vier Wochen werden sollten, ist es natürlich auch überhaupt kein Problem. Ihre Gesundheit geht vor!«

Frau Mauer brummte irgendetwas zum Abschied, und ich legte glücklich auf. Morgen würde ich Pippa fragen, ob sie den ganzen nächsten Monat Zeit hätte. Wenn Frau Mauer früher zurückkäme, hätte sie zusätzliche Unterstützung, dagegen konnte sie wohl kaum etwas einwenden.

Gutgelaunt ging ich nach Hause. Vor meiner Wohnungstür lag ein Paket. Das hatte ich total vergessen. Neugierig trug ich es in meine Küche und riss es auf. Zum Vorschein kam unter einigen Lagen Seidenpapier ein riesiges, bunt verziertes Lebkuchenherz mit weißer Zuckerschrift: »Dein ist mein ganzes Herz.« Darunter lag ein Zettel, auf dem mit krakeliger Handschrift eine Botschaft stand. Mühsam entzifferte ich sie.

»Ich kann unsere Nacht nicht vergessen. Ich muss dich sehen. Nächste Woche komme ich nach Berlin. Dein Jakob.«

Mia

Am Mittwoch stand ich in aller Herrgottsfrühe auf, weil ich um acht Uhr einen Zahnarzttermin hatte. Es wurde erwartungsgemäß ein stressiger Morgen, weil auch Ole früh im Büro sein musste. Er wollte Klara und Max in den Kindergarten fahren, während es mir oblag, die beiden schlaftrunkenen Kinder aus den Betten zu ziehen, ihnen Kakao einzuflößen und Stullen zu schmieren, die sie im Auto essen konnten. Für ein ruhiges Frühstück am Tisch war definitiv keine Zeit. Bestimmt würden die Kinder ihr Frühstückstrauma später beim Therapeuten aufarbeiten müssen. Ole ließ mich am S-Bahnhof raus, und ich spurtete die Treppen hinauf, um die nahende S-Bahn zu erwischen.

Obwohl ich pünktlich um acht beim Zahnarzt eintraf, musste ich mich noch gedulden. Der Herr Doktor sei noch nicht da, verkündete die Sprechstundenhilfe. Verdrossen setzte ich mich ins leere Wartezimmer und griff mir eine herumliegende Frauenzeitschrift, auf deren Cover »heiße Tipps für eingeschlafene Beziehungen« versprochen wurden. Das war doch die richtige Lektüre für mich. Ich erfuhr, dass es in langjährigen Partnerschaften darauf ankomme, seinen Liebsten immer mal wieder »mit spontanen Aktionen zu überraschen«, um das »Liebesfeuer anzufachen«. Die empfohlenen Maßnahmen waren in vier Kategorien unterteilt: »Der Klassiker«, »Sturm der Leidenschaften«, »Liebe lieber ungewöhnlich« und »Private Peepshow«. Ich überflog den »Klassiker«. Man möge seinen »Schatz« zunächst mit einem Candle-Light-Dinner verwöhnen, um sich zum Nachtisch lasziv vor ihm zu entkleiden und mit »heißen Moves« anzumachen. Als Clou wurde angeregt, sich eine lange Kette umzuhängen, deren Ende die eigene »Liebesperle« umspiele. Ich ließ die Zeitschrift sinken und stellte mir vor, wie ich nackt, nur mit einer Kette bekleidet, auf unserem Esszimmertisch tanzte. Nein, das ging gar nicht. Ole würde vor Lachen vom Stuhl fallen. Als ich mich in die Anleitung für den »Sturm der Leidenschaften« vertieft hatte, die merkwürdige Rollenspiele enthielt, wurde ich ins Behandlungszimmer gerufen. Während der Zahnarzt meinen Zahnstein entfernte, überlegte ich, wo ich Lackstiefel mit einem Zwölf-Zentimeter-Absatz hernehmen sollte, vom Nietenhalsband ganz zu schweigen. Also doch der Klassiker? Gegen ein schönes Essen zu zweit ließ sich nichts einwenden. Den Sex-Teil könnten wir ja durch eine DVD ersetzen. Je länger ich darüber nachdachte, desto besser gefiel mir mein Plan.

Die Ausführung meines Vorhabens beinhaltete leider auch, dass ich spätnachmittags nach der Arbeit mit zwei erschöpften Kindern in den Supermarkt fahren musste. Ich organisierte ihnen zwei Wiener Würstchen an der Fleischtheke, um sie für die Länge des Einkaufs ruhigzustellen. Eigentlich hatte ich mich im Supermarkt vom Angebot inspirieren lassen wollen, allerdings hatte ich beim besten Willen keine Ahnung, wie man Tafelspitz oder Rinderbraten zubereitete. Der Verkäufer gab sich zwar redliche Mühe, mich über den Tresen hinweg in die Kunst des Schmorens einzuweihen, aber ich hatte keine Zeit, vier Stunden vor dem Backofen auf das Essen zu warten. Ein zünftiger Burger würde es auch tun, beschloss ich, und im Bulettenbraten war ich einsame Spitze. Also packte ich Gehacktes, Hamburger-Brötchen, Salat, Senf, Ketchup, Tomaten und Gewürzgurken in den Einkaufswagen und schob in Richtung Kasse. Wir legten noch einen Zwischenstopp beim Weinregal ein, wo ich mich nach eingehendem Studium für zwei Flaschen Rotwein entschied. Der Preis ließ darauf schließen, dass er exorbitant gut schmecken musste.

Als wir endlich zu Hause ankamen, war es halb sieben. Wenn ich bis zwanzig Uhr sowohl die Kinder im Bett als auch ein Essen auf den Tisch gezaubert haben wollte, musste ich mich beeilen. Ich schmierte schnell ein paar Brote und erlaubte den Kindern, sie in der Badewanne zu essen – sicherlich eine pädagogisch zweifelhafte Maßnahme. Doch so schlug ich zwei Fliegen mit einer Klappe: Die Kinder wurden gleichzeitig satt und sauber. Während ich Max und Klara planschen hörte, schnitt ich hektisch Tomaten und Zwiebeln, knetete den Bulettenteig, durchwühlte unseren Schrank erfolglos nach einer Tischdecke und stellte Kerzen auf den Tisch. Anschließend fischte ich erst zahllose Salamistückchen und dann die Kinder aus der Wanne und zog ihnen Schlafanzüge an. Als ich ihnen endlich eine Gute-Nacht-Geschichte vorgelesen hatte und sie sich in ihre Decken kuschelten, war ich selber bettreif. Aber so leicht wollte ich mich nicht geschlagen geben.

Ich eilte wieder in die Küche, warf die Buletten in die Pfanne und richtete Tomaten, Gurken und Brötchen adrett auf Tellern an. Ketchup und Senf füllte ich in kleine Schälchen und versah sie mit Löffeln. Um kurz nach acht stellte ich die Buletten in den vorgewärmten Backofen, entkorkte die erste Flasche Rotwein und stellte Gläser auf den Tisch. Prüfend blickte ich auf die angerichtete Tafel. Einen Romantik-Preis würde ich mit diesem Arrangement sicherlich nicht gewinnen, aber der gute Wille zählte. Ich goss mir ein Glas Wein ein und setzte mich aufs Sofa. Mein Magen knurrte. Hoffentlich kam Ole bald, ich hatte Hunger. Um halb neun war er immer noch nicht da. Ich rechnete damit, dass er jede Minute vor der Tür stand, zündete die Kerzen an und schenkte mir ein zweites Glas Rotwein ein. Um neun Uhr knabberte ich leicht beschwipst an einem Salatblatt. Um Viertel nach neun rief ich Ole auf dem Handy an. Er ging nicht ran. Zehn Minuten später erhielt ich eine SMS. Er komme erst gegen 23 Uhr nach Hause, die Besprechung dauere länger als gedacht. Ich war so enttäuscht, dass ich mit den Tränen kämpfte. Wenigstens konnte ich jetzt endlich etwas essen. Ich stopfte mir im Stehen zwei Buletten in den Mund, schob ein paar Tomaten hinterher und spülte das Ganze mit einem Schluck Rotwein hinunter. Dann legte ich mich mit einer Wolldecke aufs Sofa und schaltete den Fernseher ein.

Ich erwachte davon, dass es klingelte. Schlaftrunken blinzelte ich und tastete nach dem Wecker. Es klingelte wieder. Das war das Telefon! Ich griff nach der Fernbedienung in meinem Schoß, schaltete den Fernseher aus und rappelte mich hoch. Draußen war es stockdunkel. Der Anrufbeantworter sprang an.

»Mia, ich bin es, Lena! Haaaaallooooo, jemand zu Hause? Komm, geh ans Telefon, ihr seid doch bestimmt da, ich kenn euch doch! Ich muss dir …«

Endlich hatte ich das Telefon gefunden.

»He, habe ich dich etwa geweckt?«, fragte Lena.

»Ich bin auf dem Sofa eingeschlafen. Wie spät ist es?«

»Halb elf oder so. Ich brauche deinen Rat.«

Ich ließ mich in einen Sessel fallen.

»Schieß los.«

»Ich habe Dreifach-Alarm. Das Schlimmste zuerst: Lorenz hat vorhin angerufen, er möchte sich mit mir treffen.«

»Was will er denn?«

»Keine Ahnung. Am Telefon wollte er nichts sagen. Er gab sich sehr geheimnisvoll und meinte nur, wir müssten uns unbedingt sehen.«

Mich überkam ein herzhafter Gähnanfall. Ich hielt den Hörer ein wenig beiseite, damit Lena nicht dachte, sie langweilte mich.

»Willst du ihn denn sehen?«

»Nein, eigentlich nicht. Was soll das denn bringen? Das reißt doch nur alte Wunden wieder auf.«

»Vielleicht auch nicht. Vielleicht wäre ein Treffen ganz gut, um ihn zu entmystifizieren.«

»Was meinst du damit?«

»Du bist ihm jetzt ein halbes Jahr aus dem Weg gegangen.

Möglicherweise wäre ein Wiedersehen heilsam. Vielleicht erkennst du, dass du über ihn hinweg bist.«

»Meinst du?«

»Meine ich. Geh hin und überzeug dich davon, dass er es nicht wert ist.«

»Na gut. Ich habe ihm im ersten Schreck ohnehin schon zugesagt. Nun zu Problem Nummer zwei. Jakob will nach Berlin kommen!«

»Wer ist Jakob?«

»Der Kellner aus dem Spreewald. Er hat mir geschrieben, er könne mich nicht vergessen. Jetzt will er tatsächlich hier aufschlagen!«

Lena klang panisch. Ich musste lachen.

»Wow, Lena! Was ist denn in dieser Nacht passiert? Hatte er ein sexuelles Erweckungserlebnis?«

»Sehr witzig! Es ist überhaupt nichts weiter gewesen. Wir haben ein bisschen rumgeknutscht, und dann bin ich ins Bett gegangen.«

»Dann schreitet ihr jetzt halt zum Vollzug! Lass dich spalten wie einen reifen Apfel!«

»Mia!«

»Entschuldige. Ich bin von dem Porno verdorben. Du willst einen seriösen Rat? Schreib ihm einen Brief, du seist seit Jahren mit einem eifersüchtigen Kickboxer liiert. Wenn er trotzdem kommt, dann kuschelt ihr eben wieder. Ist auch nicht das Schlechteste.«

»Ich will nicht kuscheln!«

»Dann schick ihn bei mir vorbei. Ich könnte ein wenig menschliche Nähe gebrauchen.«

Bei Lena klingelte es im Hintergrund.

»Entschuldige, Mia, bleibst du mal dran? Das ist mein Handy.«

Ich hörte, wie Lena sprach. Sie klang genervt und kurz angebunden. Nach ein paar Minuten wandte sie sich wieder mir zu.

»Tut mir leid, Mia. Das war Problem Nummer drei. Richie, meine Telefonbekanntschaft. Der lässt nicht locker. Das ist schon das dritte Mal, dass er mich heute anruft. Ich musste ihm sagen, dass ich jetzt keine Zeit für ihn habe, sonst terrorisiert er mich die ganze Nacht.«

»Mensch, Lena, dich umschwirren die Männer wie Motten das Licht! Beneidenswert.«

»Ein Kind, ein Ex, ein Verrückter. Tolle Sammlung. Ein einziger netter Kerl würde mir reichen. Wie läuft es bei dir?«

»Ich habe einen Ehemann, den ich nie sehe, zwei vernachlässigte, mangelhaft ernährte Kinder und eine Übersetzung, die mir zum Hals heraushängt. Auch nicht besonders verlockend, was?«

»Du Arme. Wollen wir uns bald mal wieder sehen?«

Wir verabredeten uns für den Abend vor ihrem Treffen mit Lorenz. Ich würde bei ihr vorbeikommen, um sie ein bisschen aufzubauen. Als wir aufgelegt hatten, beschloss ich, ins Bett zu gehen.

Mitten in der Nacht wachte ich auf. Das Bett neben mir war kalt und leer. Ich knipste das Licht an und blickte auf meinen Wecker. Es war zwei Uhr morgens – verdammt, wo steckte Ole? Ich unterdrückte die aufkeimende Panik, wickelte mich fest in meine Decke und versuchte, wieder einzuschlafen. Es gelang mir nicht. Ole musste morgen früh raus, warum war er noch nicht da? In der Woche kam er nie so spät nach Hause! Er wollte gegen elf zu Hause sein, er hatte schließlich nur eine Arbeitsbesprechung, die ging doch nicht bis tief in die Nacht! Ich sprang aus dem Bett und tapste auf nackten Füßen die Treppen hinunter. Keine Nachricht auf dem Anrufbeantworter, keine auf der Mailbox, keine SMS. Ich versuchte, Ole auf dem Handy zu erreichen. Er ging nicht ran. An Schlaf war nicht mehr zu denken. War ihm etwas zugestoßen? Normalerweise sagte er doch Bescheid, wenn es später wurde! Ruhelos wanderte ich im Haus herum. Ich sah Ole im Krankenhaus, in der Gewalt von Skinheads, tot um einen Baum gewickelt, in einem brennenden Autowrack auf einsamer Landstraße. Was sollte ich tun? Eine Stunde würde ich noch warten, dann musste ich etwas unternehmen. Ich ging wieder ins Bett, wälzte mich sechzig Minuten darin herum und stellte mir vor, wie mein Leben ohne Ole aussehen würde. Mir war schlecht vor Sorge. Bei jedem Geräusch saß ich senkrecht im Bett, in der Hoffnung, es möge Ole sein. Aber es waren nur die knarzenden Balken unseres alten Hauses. Um drei Uhr nahm meine Angst überhand, ich griff zum Telefon und wählte die 110. Ein Polizeibeamter meldete sich.

»Ich vermisse meinen Mann!«

Die Doppeldeutigkeit dieses Satzes ging mir in dem Moment auf, als ich ihn formulierte.

»Was meinen Sie damit?«, erkundigte sich der Polizist. Er klang sachlich und ironiefrei. Vermutlich hatte er solche Dinge schon öfter gehört.

»Er ist nicht nach Hause gekommen!«

»Wie lange ist er denn schon weg?«

Ich bemühte mich um eine ruhige Stimme.

»Seit gestern Abend. Er wollte gegen 23 Uhr nach Hause kommen, und jetzt ist es schon kurz nach drei, und er ist immer noch nicht da, und er hat keine Nachricht hinterlassen … Das ist total untypisch für ihn!« Ich schluchzte. Panik schnürte mir die Kehle zu.

»Nun mal ganz ruhig, junge Frau. Wo wollte ihr Mann denn hin?«

»Er hatte eine Arbeitsbesprechung, ich habe keine Ahnung, vielleicht sind sie im Büro geblieben, vielleicht in eine Kneipe gegangen …«

In diesem Moment hörte ich den Schlüssel im Schloss. Mit dem Telefon in der Hand stürzte ich in den Flur. Ole hockte auf der Treppe und zog sich die Schuhe aus. Er schien unverletzt und sah aus wie immer, nur müde.

»Entschuldigen Sie bitte, es hat sich gerade erledigt.« Ich legte auf.

»Ole, wo warst du?«

»Besprechung. Hab ich doch gesagt.«

Er ging die Treppe hinauf. Eine Bierfahne wehte hinter ihm her. Meine Panik wandelte sich in Wut.

»Sag mal, spinnst du eigentlich? Weißt du, wie spät es ist? Ich habe mir Sorgen gemacht! Ich dachte, du seist tot! Ich habe gerade die Polizei angerufen!«

»Tut mir leid. Hat länger gedauert.«

»Warum hast du nicht Bescheid gesagt?«

»Hab ich vergessen. Wir waren noch was trinken.«

Er zog seine Jeans und seinen Pulli aus, legte sich ins Bett und rollte sich auf die Seite. Innerhalb von zwei Sekunden war er eingeschlafen. War das zu fassen? Ich kochte mir die Finger wund, schlug mir vor lauter Sorge die Nacht um die Ohren, und Monsieur war einen heben! Ich rüttelte Ole an der Schulter. Er grunzte und drehte sich auf die andere Seite. Jetzt lag er quer über der Matratze. Ich war so aufgebracht, dass ich unmöglich neben ihm zur Ruhe kommen konnte. Mit Bettdecke und Kopfkissen stampfte ich ins Kinderzimmer und warf mich auf die Gästematratze. Mein Adrenalinspiegel war so hoch, dass ich erst in einen unruhigen Schlaf fiel, als draußen die Vögel zu zwitschern begannen. Gefühlte drei Minuten später stand Max in seinem Gitterbettchen und schrie nach Papa.

Ich stand auf, ging ins Bad, hielt einen Waschlappen unter eiskaltes Wasser, riss die Schlafzimmertür auf und warf dem schnarchenden Ole das tropfende Geschoss mitten ins Gesicht.

Lena

Schon Tage bevor mein Treffen mit Lorenz anstand, plagten mich Bauchschmerzen. Seit unserer Trennung hatten wir uns nur noch einmal kurz gesehen, als er seine Sachen abholte. Das war jetzt fünf Monate her. Der übrige Kontakt hatte sich darauf beschränkt, dass ich ihm seine Post hinterhergeschickt und er mich per E-Mail gebeten hatte, den Strom-, Wasser- und Gasanschluss auf meinen Namen umzumelden.

Das Romantik-Wochenende mit Mia hatte neue Lebensgeister in mir geweckt, mir ging es endlich wieder besser. Außerdem lief die Praxis gut, und Pippa brachte Schwung in meinen Alltag. Vor ein paar Tagen hatte sie mir vorgeschlagen, die Wände zu streichen und das Wartezimmer umzugestalten. Das hatte ich ursprünglich auch vorgehabt, denn die vergilbten Praxisräume von Doktor Müller waren wahrscheinlich in den sechziger Jahren das letzte Mal renoviert worden. Dann aber war Lorenz aus meinem Leben verschwunden und mit ihm mein Elan. Pippa steckte mich nun wieder an mit ihren Gestaltungsideen und ihrem Tatendrang – ich musste nur ein bisschen aufpassen, dass die Praxis hinterher nicht wie die Villa Kunterbunt aussah. Gemeinsam hatten wir beschlossen, den alten Resopaltresen an der Rezeption durch einen schönen Holztresen zu ersetzen. Pippa bot an, ihren Onkel, der Tischler war, zu fragen, ob er mir nicht ein gutes Angebot machen könnte. Ich hatte große Sorge, dass ein Wiedersehen mit Lorenz mich wieder in einen Abgrund stoßen würde.

Am Abend vor meiner Verabredung keuchte Mia, beladen mit einem kleinen Rollkoffer und zahlreichen Tüten, die Treppen zu meiner Dachgeschosswohnung herauf. Wollte sie bei mir einziehen?

»Immer wenn ich dich besuche«, schnaufte sie, »habe ich das Gefühl, ich werde alt. Diese Treppen sind Mord.«

Sie stellte den Rollkoffer in die Ecke, hievte ihre Tüten auf meinen Küchentisch und packte aus. Offensichtlich hatte sie ein Feinkostgeschäft geplündert, denn auf dem Tisch stapelten sich nun Töpfchen mit Pasten, Salaten, eingelegten Oliven und Tomaten, verschiedene Käsesorten, Salamiwürste, Schinken und eine Melone. Mia ließ sich von mir zwei große Platten geben, richtete liebevoll ihre Einkäufe darauf an, schnitt Baguette auf und entschied, dass wir auf dem Balkon essen würden. Ich musste grinsen. Mia legte manchmal richtig mütterliche Züge an den Tag. Aber das sagte ich ihr lieber nicht, sie würde es kaum als Kompliment auffassen.

Es war ein lauer Abend. Mia entkorkte die Flasche Weißwein, die sie mitgebrachte hatte, und schenkte uns beiden ein. Ich verstand überhaupt nichts von Wein, aber der hier war köstlich.

»Lecker!«, bemerkte ich anerkennend, nachdem ich einen Schluck getrunken hatte.

»Ja«, sagte Mia und steckte ihre Nase tief ins Glas. »Ein hervorragender Riesling mit Aromen von Mandeln, Veilchen und grünem Pfeffer, im Abgang ein wenig Bittermandel, rote Johannisbeere und Stachelbeere.«

Ich starrte sie verblüfft an.

»Stand auf dem Etikett«, erklärte sie grinsend. »Aber schmeckt doch echt gut, oder?«

Nachdem wir uns über die angerichteten Platten hergemacht und über dies und das geplaudert hatten, waren Lorenz und meine Bauchschmerzen fast vergessen. Beim Anblick des Käsemessers allerdings musste ich wieder daran denken – es gehörte Lorenz.

»Ach, Mia«, seufzte ich. »Allein bei dem Gedanken, Lorenz morgen gegenüberzusitzen, wird mir ganz übel.«

»Pass mal auf, Lena«, sagte Mia und wedelte energisch mit ihrer Gabel herum. »Es kommt überhaupt nicht in Frage, dass dieser Penner dich wieder runterzieht. Es wird genau andersherum sein: Lorenz wird sich nach dem Treffen verfluchen, dass er dich betrogen hat, er wird überhaupt nicht fassen können, wie er eure Beziehung aufs Spiel setzen und riskieren konnte, eine Superfrau wie dich zu verlieren. Du hingegen wirst erleichtert sein, dass du dein Leben nicht mit diesem Idioten verbringen musst. Auf den kannst du doch getrost verzichten!«

Ich nickte schwach.

Mia fuhr entschieden fort. »Werd bloß nicht melancholisch, wenn du ihn wiedersiehst. Mach dir klar, wie gut du es ohne ihn hast! Denk an *Ulysses*, denk an seine Mutter, denk an sein bescheuertes Bücherordnungssystem und die ganzen Kaffeetassen!«

»Hm«, machte ich, nicht restlos überzeugt. »Ich werde es versuchen.«

Mia ließ nicht locker. Sie war fest entschlossen, mich zu stählen und zu wappnen.

»Vergiss nicht, dass du jetzt Zeit hast für all die richtig guten Männer dieser Welt. Endlich kannst du dich wieder Justus, Peter und Bob widmen! Die Männerwelt liegt dir zu Füßen!«

»Darauf könnte ich gut verzichten. Offensichtlich verlieben sich immer die falschen Männer in mich.«

»Sprichst du von Jakob?«

»Unter anderem. Richie geht mir auch auf den Keks. Er meldet sich inzwischen jeden Abend und will stundenlang mit mir quatschen. Ich gehe schon nicht mehr ans Telefon, aus Angst, er könnte es sein. Am Anfang war es ja ganz nett, aber wir leben in zwei verschiedenen Welten. Das scheint er aber nicht zu merken, er ist wirklich penetrant.«

»Und was ist mit Jakob?«

»Ich habe ihm verboten, hierher zu kommen. Ich habe ihm einen Brief geschrieben und ihm erklärt, dass das mit uns nicht funktionieren kann. Theoretisch könnte ich seine Mutter sein!«

»Quatsch.«

»Doch, natürlich. Er ist dreiundzwanzig! Fast noch ein Teenager!«

»Lena, du übertreibst. Du bist gerade mal zehn Jahre älter als er.«

»Zwölf. Biologisch gesehen könnte ich sehr wohl seine Mutter sein. Aber mal abgesehen vom Altersunterschied, das funktioniert nicht mit uns beiden. Ich weiß überhaupt nicht, wie er auf die Idee kommt, ich sei die Frau seines Lebens. Wir kennen uns doch überhaupt nicht. Ich hoffe, er hat meine Abfuhr geschluckt. Jedenfalls habe ich seitdem nichts mehr von ihm gehört.«

»Hoffentlich tut er sich nichts an.«

Ich starrte Mia entsetzt an.

»Wie?«

»Nein, Unsinn, guck nicht so erschrocken. Das war nur so dahingesagt. Er wirkte auf mich nicht besonders labil.«

»Dein Wort in Gottes Ohr. Sag mal, wie geht es eigentlich Ole?«

»Keine Ahnung. Wenn ich ihn das nächste Mal sehe, werde ich ihn fragen.«

»Was ist los?«

Mia zuckte mit den Achseln und drehte ihr Weinglas zwischen Daumen und Zeigefinger hin und her.

»Wenn ich das wüsste. Wir sehen uns momentan kaum noch. Wir hatten beide viel zu tun in letzter Zeit, aber bei Ole nimmt das langsam überhand. Er arbeitet praktisch rund um die Uhr! Letzte Woche haben wir drei Mal Pizza bestellt, weil Ole vergessen hatte einzukaufen. Heute war er zum ersten Mal seit langer Zeit einigermaßen pünktlich zu Hause, damit ich zu dir gehen konnte.«

»Wenn ihr mal einen Babysitter braucht, sag Bescheid. Ich springe gerne ein.«

»Danke, darauf komme ich vielleicht wirklich zurück.«

Mia trank ihren Wein aus und stand auf.

»Genug gejammert. Jetzt präparieren wir dich für morgen.«

Sie ging in die Küche und kehrte mit ihrem Rollkoffer zurück. Ich gesellte mich zu ihr ins Wohnzimmer und ließ mich auf das Sofa fallen. Mia kniete auf dem Schaffell vor ihrem Köfferchen und klappte den Deckel auf.

»Hör zu, Lena. Das Wichtigste morgen Abend ist, dass du dich gut fühlst. Dann wirst du das Treffen ohne Probleme überstehen. Ich nehme an, dass du mich nicht dabeihaben willst, deswegen habe ich mir überlegt, wie ich dir trotzdem den Rücken stärken kann.«

Sie zog einen Schwung Kleider hervor und breitete sie vor mir aus.

»Wie ich dich kenne, hast du garantiert keine Lust, selber shoppen zu gehen, deswegen habe ich dir eine Kleiderauswahl mitgebracht. Such dir eins aus!«

Typisch Mia! Ihr Wohlbefinden hing in nicht geringem Maße von den Klamotten ab, die sie trug. Aber vielleicht half das ja wirklich. Es war zumindest einen Versuch wert. Nachdem ich alle fünf Kleider durchprobiert hatte, entschied ich mich für das schlichteste, das wie angegossen saß. Mia war sofort mit meiner Wahl einverstanden und sagte, Lorenz würde garantiert in Ohnmacht fallen, wenn er mich so sähe.

Ich fühlte mich schon besser.

Mia aber war noch nicht fertig. Sie kramte in ihrer Handtasche, zog eine Visitenkarte hervor und überreichte sie mir.

»Hier. Ich habe dir einen Termin beim Friseur gemacht.«

»Beim Friseur? Das schaffe ich doch gar nicht mehr.«

»Doch, in der Mittagspause. Keine Widerrede. Er ist direkt bei deiner Praxis um die Ecke. Der Typ hat Zauberhände. Ich gönne ihn mir nur einmal im Jahr, weil er so schweineteuer ist, aber er ist sein Geld wert. Danach wirst du aussehen wie ein Filmstar.«

Beim Abschied musste ich Mia schwören, den Termin auf jeden Fall wahrzunehmen, mich auf keinen Fall von Lorenz aus dem Konzept bringen zu lassen und sie sofort nach meinem Treffen anzurufen, um zu berichten, wie es gelaufen war. Wahrscheinlich wollte sie sichergehen, dass ich keinen Rückfall erlitt und möglicherweise mit Lorenz im Bett landete, obwohl ich selbst das für ausgeschlossen hielt.

Als ich gerade schlafen gehen wollte und mit der Zahnbürste im Mund durch meine Wohnung wanderte, klingelte das Telefon. Um diese Uhrzeit konnte das eigentlich nur meine Mutter sein.

Es war Richie. Ich unterdrückte einen Seufzer.

Er schnurrte ins Telefon »Lena, ich weiß, es ist spät, aber ich musste dich heute Abend einfach noch einmal anrufen. Ich vermisse deine schöne Stimme und wollte sie unbedingt noch einmal hören, bevor ich ins Bett gehe. Danach habe ich garantiert süße Träume!«

»Ach so. Na, dann kannst du jetzt ja schlafen gehen. Gute Nacht!«, sagte ich, betont sachlich.

Richie ließ nicht locker.

»Hat dir schon mal jemand gesagt, dass du Radiomoderatorin hättest werden sollen? Deine Stimme ist so wahnsinnig erotisch, sie jagt mir jedes Mal einen Schauer über den Rücken.«

»Nein, das hat mir noch niemand gesagt. Ich bin eigentlich auch ganz gerne Gynäkologin.«

Richie lachte. Hatte ich einen Witz gemacht?

»Lena, ich finde, wir sollten uns treffen. Wir haben schon so oft telefoniert, und ich habe das Gefühl, wir könnten füreinander bestimmt sein.«

Wie bitte? Merkte Richie nicht, dass wir überhaupt nicht auf einer Wellenlänge waren? Offensichtlich nicht, denn er redete einfach weiter.

»Wenn du so schön bist wie deine Stimme, dann mache ich dir sofort einen Heiratsantrag. Ich könnte morgen vorbeikommen. Wenn ich direkt nach der Arbeit losfahre, wäre ich am frühen Abend bei dir. Mit meinem neuen Audi putze ich die Kilometer weg wie nichts, der schnurrt bei 250 Sachen wie ein Kätzchen. Und die Vorstellung, dich bald in die Arme schließen zu können, lässt mich sowieso jede Entfernung vergessen.«

Mir bliebe die Spucke weg. Von Minute zu Minute wurde ich mir sicherer, dass ich Richie garantiert nicht persönlich kennenlernen wollte. Ich musste auf jeden Fall verhindern, dass er seinen Plan umsetzte!

»Pass mal auf, Richie, das geht auf gar keinen Fall.«

»Warum nicht?«

Warum, warum. Weil du einfach nicht zu der Sorte Mann gehörst, für die ich mich interessiere! Weil du mir jetzt schon auf die Nerven gehst mit deinem Gelaber! Das wäre die einzig richtige Antwort gewesen. Stattdessen griff ich zu einer Notlüge.

»Also, es ist so: Mein Ex-Freund und ich sind uns wieder nähergekommen.«

Schweigen.

Da es Richie offenbar die Sprache verschlagen hatte, fabulierte ich munter weiter.

»Wir beide haben uns getroffen, vernünftig über alles gesprochen und beschlossen, unserer Beziehung noch mal eine Chance zu geben. Wir haben beide festgestellt, dass uns noch unheimlich viel verbindet. Und es wäre ihm gegenüber nicht fair, wenn ich mich mit dir treffen würde. Ich glaube, es ist das Beste, wenn wir nicht mehr telefonieren.«

»Oh«, sagte Richie nur.

Jetzt tat er mir fast schon wieder leid. Großmütig milderte ich meine Abfuhr ein wenig ab: »Weißt du, ich fand die Gespräche mit dir auch sehr schön, und ich hätte dich gerne persönlich kennengelernt«, bei dieser Lüge kreuzte ich meine

Finger, »aber der Zeitpunkt ist wirklich ungünstig. Und mein Ex-Freund, äh, ich meine, mein Freund, würde bestimmt irrsinnig wütend werden, wenn er herausfände, dass ich mich mit einem anderen Mann treffe.«

Er seufzte. »Ja, das verstehe ich.«

»Tja, Richie, dann wünsche ich dir alles Gute für die Zukunft!«

»Ja, danke«, erwiderte er lasch, »wünsche ich dir auch.«

Erleichtert legte ich auf. Das war ja gerade noch mal gutgegangen. Ich putzte mir die Zähne zu Ende, legte mich ins Bett und bemühte mich einzuschlafen. Aber es gelang mir nicht, im Geiste ging ich das Gespräch mit Richie noch einmal durch. Und je länger ich darüber nachdachte, desto wütender wurde ich. Was hatte er gesagt? Er habe das Gefühl, wir könnten füreinander bestimmt sein? Nur weil er mir ein paar Mal das Ohr abgekaut hatte? Von mir hatten wir ja kaum gesprochen, er hatte hauptsächlich stundenlang von sich und seiner Ex erzählt. Und was war das denn für eine sexistische Einstellung: Er würde mich glatt heiraten, wenn ich so schön sei wie meine Stimme! Und wenn ich hässlich wäre wie die Nacht? Würde er dann in seinen Audi springen und auf Nimmerwiedersehen verschwinden? Und dann sein Kommentar, er würde die Wut meines Freundes verstehen, wenn ich mich mit anderen Männern träfe. Klar, das passte in sein Weltbild! Frauen waren für diese Autofanatiker ein persönlicher Besitz, eine Art Audi mit Titten, die nur mit Genehmigung des Besitzers angefasst werden durften. Fast bedauerte ich, dass Richie nicht nach Berlin kam und ich ihm meine Meinung nicht ins Gesicht sagen konnte.

Als ich mich endlich einigermaßen beruhigt und die leise Hoffnung hatte, der Schlaf möge sich einstellen, schob sich Lorenz' Bild vor mein inneres Auge und raubte mir die Ruhe.

Am nächsten Morgen fühlte ich mich vollkommen gerädert. Und genauso sah ich auch aus. Ich hatte tiefe Ringe unter den

Augen und war bleich wie ein Leichentuch. Um mich in Schwung zu bringen, trank ich ungefähr einen Liter Kaffee auf nüchternen Magen, wovon ich umgehend Magengrimmen bekam. Als ich gerade das Haus in Richtung Praxis verlassen wollte, klingelte mein Handy.

Es war Richie, der mich nicht zu Wort kommen ließ.

»Lena, ich habe die ganze Nacht nicht geschlafen. Es ist ein Fehler, wenn wir uns nicht treffen. Ich spüre, dass wir eine tiefe Verbindung zueinander haben!«

Langsam verlor ich die Geduld. Mühsam beherrscht erwiderte ich: »Richie, ich habe dir doch gestern erklärt, dass ich dich im Moment nicht treffen will. Es passt jetzt einfach nicht.«

»Aber Lena, du machst einen großen Fehler, wenn du dich wieder mit deinem Ex-Freund triffst!«

Jetzt reichte es mir aber wirklich.

»Diese Entscheidung musst du wohl mir überlassen«, sagte ich mit eisiger Kälte in der Stimme.

»Aber weißt du nicht mehr, wie er dich behandelt hat? Wie er dich belogen und betrogen hat? Er ist ein schlechter Mensch, Lena, das musst du doch sehen. Offensichtlich kannst du momentan nicht klar denken, aber ich lasse dich nicht sehenden Auges in dein Unglück rennen. Ich will um dich kämpfen, ich komme heute zu dir.«

Damit legte er auf. Fassungslos starrte ich auf mein Telefon. Dann schrieb ich ihm wütend eine SMS.

»Ich will auf GAR KEINEN FALL, dass du herkommst. ICH VERBIETE ES DIR! Ich werde KEIN WORT MIT DIR SPRECHEN!!!«

Deutlicher ging es ja wohl kaum. Ich pfefferte das Handy in meine Tasche, knallte die Tür hinter mir zu und marschierte zur Praxis.

Der Friseurtermin in der Mittagspause konnte meine Laune nicht sonderlich heben, obwohl Mia nicht zu viel versprochen hatte. Der Friseur – ein moppeliger, kleiner Engländer – war zwar wortkarg, aber blitzschnell und verpasste mir innerhalb von einer Stunde eine sensationelle Löwenmähne. Pippa überschüttete mich mit Komplimenten, als ich in die Praxis zurückkehrte, doch auch das konnte mich nur kurzfristig aufheitern. Ich fühlte mich einfach elend, da half auch eine gute Frisur nicht. Der Rest des Tages verlief schleppend, mein Magen schmerzte. Endlich hatte ich die letzte Patientin versorgt und Pippa nach Hause geschickt. Ich wollte mich wenigstens noch eine halbe Stunde ausruhen. Da ich vorhatte, direkt von der Praxis zu dem Restaurant zu fahren, in dem ich mit Lorenz verabredet war, hatte ich Mias Kleid in einer Tüte mitgenommen.

Als ich mich gerade umgezogen hatte und mich mit einem Kamillentee zur Magenberuhigung auf meinem Untersuchungsstuhl niederlassen wollte, klingelte es. Wer konnte das jetzt sein? Barfuß ging ich zur Tür und öffnete sie. Das Treppenhaus war leer. Es klingelte wieder, diesmal energischer. Wahrscheinlich war die Haustür bereits abgeschlossen. Ich drückte auf den Knopf der Gegensprechanlage.

»Hallo?«

Eine Männerstimme knarzte durch die uralten Leitungen.

»Hallo, wir hatten zwar etwas anderes verabredet, aber ich war gerade in der Gegend und dachte, ich schaue mal vorbei ...«

Unglaublich. Er wagte es. Richard Ederlein stand unten vor meiner Tür und begehrte Einlass. In meinem Bauch begann es zu brodeln. Mein Adrenalinspiegel schnellte in die Höhe. Besaß er tatsächlich die Dreistigkeit, hier einfach aufzutauchen, obwohl ich es ihm verboten hatte? Das schlug dem Fass den Boden aus. Wutentbrannt drückte ich auf den Türsummer. Diesem Ignoranten würde ich die Meinung geigen. Von Stufe zu Stufe, die ich Richie heraufsteigen hörte, wuchs mein Zorn. Meine Augen verengten sich zu Schlitzen, ich ballte die Fäuste. Ich fühlte mich wie ein aggressiver Stier, der nur darauf wartet, dass sich die Klappe öffnet und er den Torero in der Luft zerfetzen kann. Den Kopf vorgeschoben, die Hände in die Hüften gestemmt, erwartete ich Richie. Als er auf dem Treppenabsatz erschien, war ich zum Todesstoß bereit. Verblüfft registrierte ich, dass er ganz anders aussah, als ich ihn mir vorgestellt hatte. Besser. Er war groß und athletisch und trug Jeans und Turnschuhe. So einen Audi-fahrenden Steuerberater hatte ich mir spießiger vorgestellt.

Richie lächelte mich entwaffnend an. Wahrscheinlich wusste er um die Strahlkraft seines Lächelns und glaubte, mich damit um den Finger wickeln zu können. Da hatte er sich aber gründlich getäuscht.

»Du brauchst überhaupt nicht so zu grinsen, als ob nichts wäre. Ich finde es eine absolute Unverschämtheit, dass du einfach hier auftauchst. Ich meine, habe ich mich nicht klar genug ausgedrückt? Habe ich dir gestern Nacht nicht erklärt, dass ich mich momentan nicht mit dir treffen will, und zwar aus guten Gründen?«

Richie wollte etwas einwenden, aber ich schnitt ihm wütend das Wort ab.

»Ich habe dir klipp und klar gesagt, dass du nicht herkommen sollst. Glaubst du, so geht das? Glaubst du, das steigert deine Chancen bei mir in irgendeiner Form? Machst du das immer so bei den Frauen? Ihre Bedürfnisse ignorieren, ihnen nicht zuhören, ihnen diktieren, was gut für sie ist? Bei mir funktioniert das aber nicht, das kannst du dir hinter die Ohren schreiben.«

»Aber ...«

»Jetzt hältst du ausnahmsweise mal die Klappe, Richie, und hörst mir zu. Es wird Zeit, dass ich mal ein paar Dinge klarstelle. Es ist ja überhaupt der größte Witz, dass du meinst, mich zu kennen! Jetzt verrate ich dir mal etwas: Wenn man jemanden kennenlernen will, dann muss man ihm erst mal zuhören! Weißt du, was das ist, zuhören? Ja? Hast du mir denn mal zugehört? Daran kann ich mich, ehrlich gesagt, gar nicht erinnern. Ich erinnere mich nur daran, dass du mir stundenlang von deiner gescheiterten Beziehung vorgejammert hast. Mal im Ernst: Wenn du die Bedürfnisse deiner Ex-Verlobten so wenig respektiert hast wie die meinen, dann hat sie mein vollstes Verständnis dafür, dass sie die Flucht ergriffen hat!«

Richie verschränkte die Arme und sah mich interessiert an. Das brachte mich noch mehr in Rage.

»Du glaubst, mein Ex-Freund täte mir nicht gut?«, fauchte ich. »Jetzt sag ich dir mal was: Ja, mein Ex-Freund hat mich betrogen, und ja, er hat eine Reihe von Dingen gemacht, die er besser hätte bleiben lassen sollen. Danke noch mal, dass du mich daran erinnert hast. Aber eines kann ich ihm wirklich nicht vorwerfen: Niemals hat er sich eingebildet, mich besser zu kennen als ich mich selbst, niemals. Und darum, lieber Richard Ederlein, gebe ich ihm auch noch eine zweite Chance. Denn auf Typen wie dich kann ich getrost verzichten. Und im Übrigen: Ich hasse schnelle Autos!«

Wütend funkelte ich ihn an. Jetzt hatte ich es ihm aber gegeben!

»Fertig?«

»Ja, jetzt bin ich fertig.«

»Darf ich dann auch etwas sagen?«

»Von mir aus.«

Sollte er noch ein paar Entschuldigungen stammeln und danach endgültig aus meinem Leben verschwinden.

»Ich bin nicht Richie, sondern Moritz. Und du bist vermutlich Lena Leopold?«

Ich starrte ihn an.

»Ich bin der Onkel von Pippa, und sie hat mich gefragt, ob ich für die Praxis einen Tresen bauen könnte. Wir waren so verblieben, dass ich in den nächsten Tagen mal vorbeikomme, damit ich einen Kostenvoranschlag machen kann. Jetzt war ich gerade in der Gegend und dachte, ich schaue einfach mal vorbei.«

Fassungslos glotzte ich ihn an.

»Du bist nicht Richie?«

»Nein, wirklich nicht. Und ich muss sagen, dass ich auch ganz froh darüber bin.«

Er lächelte, ich starrte.

»Aber wie kannst du der Onkel von Pippa sein?«

Eine selten dämliche Frage, aber ich hatte mich noch nicht von meinem Schock erholt. Außerdem hatte ich mir unter ihrem Onkel einen älteren Handwerker mit schwieligen Händen und dickem Bauch vorgestellt.

»Was meinst du damit?«

»Na ja, äh, du bist so, so, so …« Schlank? Gutaussehend? Attraktiv? Unonkelig? Ich entschied mich für das Unverfänglichste. »Du bist so jung!«

»Ich bin älter, als ich aussehe.« Er grinste. »Und Pippa wiederum sieht älter aus, als sie ist, während mein Bruder, also Pippas Vater, jünger aussieht, als er ist, also genau wie ich. Wir sind nämlich fünfzehn Jahre auseinander. Ich bin der Nachzügler der Familie, und mein Bruder hat sich schon früh aus dem Staub gemacht und eigenen Nachwuchs produziert, und weil wir alle ein anderes Alter haben, als man denken könnte, bin ich Pippas Onkel.«

Was redete er da? Warum war er Pippas Onkel, weil er jünger aussah, als er war? Und was war mit seinem Bruder? Die Logik seiner Aussage drang nicht in mein von Scham umnebeltes Hirn vor. Nur dass er nicht Richie war, das hatte ich kapiert. Ich wusste nicht, was ich sagen sollte. Mir wurde das alles zu viel. In einer knappen Stunde sollte ich meinen Ex-Freund treffen, und ich musste mich sammeln. Ich konnte jetzt nicht mit einem attraktiven Tischler-Onkel im Hausflur stehen und wirre Gespräche über Verwandtschaftsbeziehungen führen, nachdem ich ihn zunächst wie eine Irre angebrüllt hatte. Mein vorherrschender Impuls war Flucht.

»Ich habe jetzt leider überhaupt keine Zeit.«

Es klang unfreundlicher als beabsichtigt. Egal. Der Eindruck, den ich auf ihn gemacht hatte, musste ohnehin verheerend sein.

»Kein Problem. Vielleicht ein andermal. Tschüs dann!«

Er hob die Hand zum Abschied, drehte sich um und sprang die Treppen hinunter.

Ich schloss die Tür hinter mir und lehnte mich erschöpft dagegen. Was für ein peinlicher Auftritt!

Ich schlurfte in mein Untersuchungszimmer. Der Kamillentee war inzwischen kalt geworden, aber momentan war mir ohnehin eher nach einem Schnaps. Mir fiel ein, dass Frau Mauer im Kühlschrank eine Flasche Eierlikör aufbewahrte. Ich ging mit meinem Becher in die Küche, goss den Kamillentee in den Ausguss und schenkte mir einen Fingerbreit Eierlikör ein. Widerlich. Ich kippte ein Glas Leitungswasser hinterher. In fünfundvierzig Minuten würde ich Lorenz gegenübersitzen. Ich fühlte mich klein, elend und schwach.

Mia

Ich hatte einen anstrengenden Arbeitstag hinter mir, mein französischer Bestsellerautor hatte sich beim Verleger über mich beschwert – er fühlte sich vernachlässigt. Obwohl mein Chef im Prinzip hinter mir stand, wies er mich an, meine Betreuung zu intensivieren. Wir könnten es uns nicht leisten, dass ein solcher Autor sich unzufrieden äußerte. Ich hatte Kopfschmerzen und war den ganzen Tag über genervt. Als ich gegen acht Uhr nach Hause kam, wurde es auch nicht besser. Während Ole die Kinder ins Bett brachte, räumte ich die Küche auf. Als ich gerade die Spülmaschine angeschaltet hatte, kam Ole die Treppe herunter. Er nahm sich ein Bier aus dem Kühlschrank und ließ sich mit einer Fußballzeitschrift auf das Sofa fallen. Ich fing an, die im Wohnzimmer verstreuten Kinderspielzeuge aufzuräumen. Ich schleuderte eine Holzeisenbahn aus einigen Metern Entfernung in die Spielzeugkiste und traf sogar. Die Eisenbahn knallte auf ein Plastiktelefon, das laut schepperte.

Ole sah auf.

»Lass das doch liegen.«

»Mich nervt es aber, wenn hier alles rumliegt«, erwiderte ich gereizt und warf eine Rassel in Richtung Kiste. Ich verpasste sie um Haaresbreite, die Rassel fiel auf den Boden und rollte unter das Sofa.

»Morgen früh holen sie die Sachen eh wieder raus. Entspann dich einfach.«

»Ich kann mich aber nicht entspannen, wenn es hier aussieht, als hätte eine Bombe eingeschlagen!«

Ole zuckte die Schultern und vertiefte sich wieder in seine Lektüre.

Ich warf weiter Spielzeug in die Kiste und bemühte mich, dabei maximalen Lärm zu veranstalten. Ich war wütend, dass Ole mir nicht half. Wenn es nach ihm gegangen wäre, hätte unser Wohnzimmer immer so unordentlich aussehen können, das tat seinem Wohlbefinden keinen Abbruch. Allerdings fand ich, dass er mich aus purem Mitgefühl hätte unterstützen können. Mir fehlte nun mal die Gabe, mich mitten im Chaos zu entspannen. Außerdem war ich immer noch wütend auf ihn, weil er sich für neulich Nacht nicht entschuldigt hatte, als er nicht nach Hause gekommen war und ich Todesängste um ihn ausgestanden hatte.

Als das Wohnzimmer einigermaßen aufgeräumt war, holte ich mir ebenfalls ein Bier und setzte mich zu Ole auf das Sofa.

»Sag mal«, fragte ich in Richtung Fußballzeitschrift, »hast du eigentlich daran gedacht, heute die Windeln für Max mit in den Kindergarten zu nehmen?«

Ole sah nicht mal von seiner Zeitschrift auf.

»Hab ich nicht geschafft«, murmelte er abwesend.

»Was gibt es denn da zu schaffen? Ich habe die Windeln extra neben die Tür gestellt. Hast du die etwa vergessen?«

»Ich nehme sie morgen mit.«

»Aha. Sag mal, könntest du vielleicht deine Zeitschrift mal weglegen? Ich würde mich gerne mit dir unterhalten.«

»Lies doch auch was.«

»Ich habe aber keine Lust, zu lesen.«

»Ich aber.«

Gereizt knibbelte ich an meinem Bieretikett herum. Ich überlegte kurz, Lena anzurufen, aber dann fiel mir ein, dass sie bestimmt schon auf dem Weg zu ihrem Treffen mit Lorenz war. Da wollte ich sie nicht stören. Mein Blick fiel auf den Stapel Post, der auf dem Regal lag. Ole und ich öffneten die bürokratischen Briefe meistens nicht gleich. Der Stapel war schon bedenklich hoch. Ich nahm mir die Briefe und machte mich daran, sie zu lesen.

Der dritte war vom Finanzamt.

Trocken wies man uns darauf hin, dass unsere Fristverlängerung abgelaufen sei, wir unsere Unterlagen unverzüglich einzureichen hätten und außerdem mit einer Verzugsgebühr rechnen müssten.

Ich hielt Ole den Brief unter die Nase.

»Ole, was ist das?«

Ole überflog den Brief.

»Das geht schon in Ordnung.«

»Hast du unsere Steuererklärung etwa noch nicht eingereicht?«

»Mach ich morgen.«

»Machst du morgen!«, wiederholte ich empört. »Du hast vielleicht Nerven. Das Zeug ist doch schon seit Wochen fertig, du musst es nur noch eintüten und ans Steuerbüro schicken!«

»Ich schicke es ja morgen ab, reg dich nicht auf.«

»Das regt mich aber auf. Das ist schließlich auch meine Steuererklärung. Ich habe keine Lust, als Steuersünderin beim Finanzamt gelistet zu werden.«

Jetzt legte Ole seine Zeitschrift endlich zur Seite.

»Sag mal, Mia, was ist eigentlich mit dir los?«

»Nichts ist mit mir los. Ich frage mich eher, was mit dir los ist, dass du es nicht schaffst, ein paar Unterlagen in einen Umschlag zu stecken, eine Briefmarke draufzukleben und in den Briefkasten zu werfen. Permanent vergisst du solche Sachen, die ich dann ausbaden muss. Unter Arbeitsteilung stelle ich mir, ehrlich gesagt, etwas anderes vor.«

Jetzt wurde Ole sauer. Ich konnte es ihm genau ansehen. Seine Augenbrauen zogen sich zusammen, sein Gesicht verdüsterte sich.

»Ich hatte im Büro ziemlich viel zu tun, ich habe es einfach vergessen. Okay?«

»So wie du neulich vergessen hast, deine Frau zu informieren, dass du die ganze Nacht nicht nach Hause kommen würdest. Macht ja nichts, bin ja nur ich. Hast du wenigstens dem Steuerberater Bescheid gesagt?«

»Fällt dir eigentlich auf, dass deine Sätze in der Regel mit ›Hast du wenigstens‹ und ›Du musst noch‹ oder ›Warum hast du nicht‹ anfangen?«

»Was soll denn das jetzt? Willst du mir etwa einen Vorwurf daraus machen, dass ich den organisatorischen Kram im Blick habe?«

»Und willst du mir etwa erzählen, dass wir im Chaos versinken würden, wenn du dich nicht um alles kümmern würdest?«

»Natürlich. Du vergisst ja alles. Elternabende, Fristabläufe, egal, was …«

Ole schnaubte.

»Du überbewertest diese Dinge, Mia.«

»Ich überbewerte diese Dinge? Das ist ja hochinteressant. Meinst du, unsere Kinder halten es auch für überbewertet, nachmittags pünktlich aus dem Kindergarten abgeholt zu werden oder ab und an mal etwas Vernünftiges zu essen zu bekommen?«

»Als ob du noch nie Stress bei der Arbeit gehabt hättest und ich eingesprungen wäre! Ich kann es momentan nicht ändern, Mia, ich weiß vor lauter Arbeit nicht, wo mir der Kopf steht, und ich würde abends gerne über etwas anderes sprechen als darüber, was noch alles besorgt, getan, erledigt und abgehakt werden muss.«

»Sag bloß, du würdest dich gerne mit mir unterhalten! Gerade eben wolltest du lieber deine Fußballzeitschrift lesen!«

»Wir müssen ja nicht unbedingt reden. Aber ich fände es ganz schön, wenn wir mehr miteinander teilen würden als die Einkaufsliste. Ich kann mich lebhaft an unsere letzte Auseinandersetzung über Mülltrennung erinnern, aber nicht daran, wann wir das letzte Mal Sex hatten.«

»Darum geht es dir also. Du willst mehr Sex, ja?«

»Nicht nur, aber auch.«

»Ich dachte schon, dir ginge es um Nähe.«

»Sex ist Nähe, Mia.«

»Für dich vielleicht. Für mich besteht Nähe darin, dass man miteinander spricht. Ich kann keinen Sex mit dir haben, wenn ich den Kopf nicht frei habe!«

»Der Appetit kommt meistens beim Essen.«

»Was ist denn das für ein Spruch? Möchtest du, dass ich mich zum Sex überwinde, damit ich auf den Geschmack komme?«

»Warum nicht? Bei diesem Ehepaar, das jetzt dauernd im Fernsehen auftritt, hat das doch auch geklappt. Die haben sich vorgenommen, ein Jahr lang jeden Tag miteinander zu schlafen, und es hat ihnen Spaß gemacht.«

»Ich bin doch keine Maschine, bei der man nur auf ein paar Knöpfe drücken muss! Außerdem sind wir seit sieben Jahren zusammen, da ist es ganz normal, wenn man nicht mehr so oft Sex hat.«

»Axel und Katrin und Stefan und Mira schlafen zwei Mal die Woche miteinander.«

»Wie kommst du denn darauf? Das glaubst du doch selber nicht.«

»Doch, ich habe eine kleine Umfrage gemacht.«

»Ole, die lügen alle! Was glaubst du, was ich sage, wenn mich jemand fragt, wie oft ich Sex habe? Ein bis zwei Mal die Woche! Es hat sich herumgesprochen, dass man in jeder guten Partnerschaft mindestens ein Mal die Woche Sex haben muss, und das gilt als wenig, aber akzeptabel.«

Ole verschränkte die Arme vor der Brust, als glaube er mir kein Wort und alle anderen Paare lebten im Sexhimmel.

»Ich bitte dich, Ole, das sind Notlügen! Würdest du etwa jemandem erzählen, wenn du eine ansteckende Geschlechtskrankheit hättest? Na, bitte. Außerdem kommt es auf die Häufigkeit doch überhaupt nicht an. Lieber einmal im Monat Rinderfilet als jeden Tag Eisbein!«

»Wir könnten es wenigstens mal ausprobieren.«

»Nein! Dazu habe ich überhaupt keine Lust. Tut mir leid, aber du musst dich gedulden, bis ich von alleine wieder auf den Geschmack komme.«

»Du könntest es mir zuliebe ja mal versuchen.«

»Nein«, erwiderte ich störrisch. Wie kam Ole auf so eine absurde Idee?

In die angespannte Stille hinein sagte Ole: »Du bist dir meiner ziemlich sicher, oder?«

»Was meinst du damit?«

»Du hast nicht das Gefühl, dass du dich für mich in irgendeiner Form anstrengen müsstest. Für dich bin ich einfach da, ich bin dein Mann, du musst dir keine Mühe mehr geben, ich laufe dir schon nicht weg.«

»Entschuldigung, was willst du damit andeuten? Dass du fremdgehen könntest?«

Ole schwieg.

»Willst du mir damit sagen, du könntest dir deinen Spaß auch anderweitig besorgen, wenn deine eigene Ehefrau sich keine Mühe mehr gibt?«

Ole blickte mich finster an.

»Das würdest du doch noch nicht einmal merken.«

»Soll das etwa eine Drohung sein?«

Ole stand vom Sofa auf.

»Vielleicht ist es einfach eine Tatsache«, sagte er eisig und ging in die Küche.

Ich hatte das Gefühl, als ob mir jemand seine gestreckte Faust in den Magen gerammt hatte.

Lena

Lorenz hatte für unser Treffen ein asiatisches Restaurant in Berlin-Mitte vorgeschlagen, das ich nicht kannte. Es lag ein gutes Stück vom S-Bahnhof entfernt. Als ich die winzige Seitenstraße, in der sich das Restaurant befand, endlich gefunden hatte, taten mir die Füße weh. Zu Mias Kleid hatte ich hochhackige Schuhe anziehen müssen, die für längere Fußmärsche nicht geeignet waren, und ich spürte, wie sich an meiner rechten Ferse eine Blase bildete. Trotz meiner Sucherei war ich eine Viertelstunde zu früh. Vorsichtig spähte ich durch die Scheibe, konnte Lorenz aber nicht entdecken. Bis auf ein Pärchen, das verloren an einem großen Tisch saß, war das Restaurant leer. Unschlüssig blieb ich vor der Tür stehen. Ich wollte auf keinen Fall zu früh auftauchen. Lorenz sollte sich nicht einbilden, dass ich es kaum erwarten konnte, ihn zu sehen. Andererseits wollte ich auch nicht zu spät kommen. Lorenz wusste, dass ich normalerweise pünktlich war. Wäre ich zu spät gekommen, hätte er garantiert geglaubt, ich täte das mit Absicht, um ihn zu ärgern. So viel Bedeutung sollte er seiner Person nicht beimessen. Insofern hatte ich mir vorgenommen, das Restaurant kurz nach Lorenz zu betreten. Ich beschloss, trotz meiner schmerzenden Ferse noch eine Runde um den Block zu drehen.

Als ich wieder in die kleine Straße bog, sah ich Lorenz auf den Eingang des Restaurants zusteuern. Er bemerkte mich nicht. Schnell versteckte ich mich hinter dem dicken Stamm einer Kastanie. Lorenz verschwand in dem Lokal. Langsam zählte ich bis hundert. Sollte er doch ein bisschen nervös werden, während er auf mich wartete. Bei sechsundsiebzig hatte ich genug. Was veranstaltete ich für alberne Spielchen? Das hatte ich ja wohl nicht nötig. Mit schmerzender Ferse humpelte ich zu dem Restaurant hinüber, riss die Tür auf und trat ein.

Drinnen war es eiskalt. Sowohl hinsichtlich der Temperatur als auch der Atmosphäre. Während draußen ein laues Frühsommerlüftchen wehte, herrschten im Restaurant gefühlte Minusgrade. Das Mobiliar war schwarz-weiß und quaderförmig, die Decken hoch, das Licht hell. Ich fröstelte in meinem Kleidchen.

Lorenz saß an einem Fenstertisch. Als er mich sah, stand er auf und winkte mir zu. Er sah aus wie immer, trug eine schwarze Jeans und dazu ein ungebügeltes gestreiftes Hemd, das ich noch nie gemocht hatte. Äußerlichkeiten waren ihm schon immer relativ gleichgültig gewesen. Ich hatte das für eine Stärke von ihm gehalten. Jetzt fiel mir auf, dass es nachlässig wirkte.

»Wie schön, dass wir uns endlich mal wiedersehen!«, rief er und umarmte mich. Er tat, als sei ich eine uralte Freundin von ihm und nicht seine Ex.

Ich setzte mich Lorenz gegenüber auf einen weißen Quader. Mein Po gefror augenblicklich, ich wickelte mich enger in meinen Schal.

Lorenz musterte mich.

»Warum trägst du ein Kleid?«

»Warum nicht?«

»Du trägst doch nie Kleider.«

Ich zuckte mit den Schultern. Was sollte ich darauf antworten: Um dir vor Augen zu führen, was für eine Klassefrau du betrogen hast? Ich hielt lieber die Klappe.

Der asiatische Kellner trat an unseren Tisch und stellte zwei kleine Schälchen Tee vor uns ab.

»Grüß dich, Nori«, sagte Lorenz und klopfte dem Angestellten seitlich aufs Bein. Wahrscheinlich hielt er das für besonders lässig.

»Was darf es denn sein?«, fragte der Kellner höflich.

»Für mich dasselbe wie immer.«

Nori nickte und wandte sich mir zu.

»Könnte ich eine Karte haben, bitte?«

»Nimm einfach auch die Suppe, die ist exzellent«, mischte Lorenz sich ein.

»Na gut.«

Ich war zu nervös, um über das Essen zu diskutieren. Der Kellner entschwand in Richtung Küche. Lorenz und ich nippten an unserem Tee.

»Bist du öfter hier?«, fragte ich ihn schließlich und sah mich um. Ich fand den Laden extrem ungemütlich. Wahrscheinlich servierten sie ihren Gästen am Anfang diesen kochendheißen Tee, um ihnen wenigstens ein bisschen Wärme einzuflößen. Außerdem hatte der Sitzwürfel keine Lehne, man war gezwungen, sich entweder mit den Ellenbogen auf dem Tisch abzustützen oder mit durchgedrücktem Kreuz dazusitzen. Ich entschied mich für Letzteres, weil es mir würdevoller erschien.

»Ja, das kann man wohl sagen. Das Restaurant von Nori ist zum zweiten Zuhause von Kerstin und mir geworden.« Er lachte blöde.

»Kerstin«, sagte ich, und meine Stimme klang heiser.

»Ja, Kerstin«, erwiderte Lorenz mit scheinheiliger Unschuld.

»Kerstin ist diese Doktorandin, nehme ich an.«

»Inzwischen ist sie fast fertig mit ihrer Diss. Sie hat eine unglaublich gute Arbeit über Herders Humanitätsidee geschrieben und widerlegt alle Forscher, die ihn als nationalistischen Vordenker verunglimpfen. Kerstin hat eine völlig neue Interpretation von Herders Kulturtheorie vorgelegt und zeigt, dass sie im Grunde genommen als pluralistisch zu verstehen ist. Relativistische Vereinnahmungen, wie es sie immer wieder gegeben hat, sind im Grunde genommen unhaltbar. Das sind für die Herder-Forschung wahnsinnig wichtige Impulse, und Kerstin hat auch schon auf einigen großen Konferenzen Vorträge darüber gehalten. Wenn es gut läuft, bekommt sie im nächsten Jahr eine Assistentenstelle.«

»Das ist ja wirklich toll.«

Meine Ironie perlte an Lorenz ab.

»Ja, das finde ich auch«, erwiderte er selig.

»Das heißt, Kerstin und du, ihr seid jetzt zusammen, oder wie darf ich das verstehen?«

»Ja, natürlich.«

Ja, natürlich. Als ob es das Selbstverständlichste der Welt sei. Mit jedem Satz von Lorenz wurde ich gereizter. Aber was hatte ich erwartet? Dass er zu Kreuze kriechen und mich unter Tränen um Verzeihung für seine Sünden bitten würde? Nicht unbedingt. Aber damit, dass er mir von seiner neuen Beziehung vorschwärmen wollte, hatte ich nicht gerechnet.

»Kerstin kommt aber nicht zufällig auch gleich hier vorbei, wenn das quasi euer Wohnzimmer ist?«

»Nein, heute wohl nicht. Sie ist auf einer wichtigen Tagung in Saarbrücken und kommt erst am späten Abend zurück.«

In diesem Moment stellte Nori unser Essen auf den Tisch: zwei riesige Schüsseln mit Suppe. Ich starrte in meine Schale.

»Ist das Fischsuppe?«, fragte ich Lorenz.

»Ja«, erwiderte er, »schmeckt wirklich großartig.«

»Ich mag keinen Fisch, das weißt du doch.«

»Ach was!« Lorenz begann zu löffeln. »Probier doch mal. Schmeckt dir bestimmt.«

»Ich esse keinen Fisch.«

Ich fand mich selber zickig, aber wusste Lorenz nicht ganz genau, dass der Geschmack von Meeresgetier einen Würgereflex bei mir auslöste? Ich schob die Suppe beiseite. Der Appetit war mir ohnehin vergangen.

»Was gibt es bei dir Neues?«, fragte Lorenz zwischen zwei Löffeln Fischsuppe.

»Nichts Besonderes«, erwiderte ich kühl.

»Wie läuft es in der Praxis?«

»Interessiert dich das wirklich?«

»Ja, natürlich.« Lorenz sah mich erstaunt an.

Etwas beschämt senkte ich meinen Blick. Okay, Lena Leopold, dachte ich, du reißt dich jetzt mal ein bisschen zusammen. Lorenz ist mit dieser Doktorandin zusammen, das ist sein gutes Recht. Du hast keine neue Beziehung, dafür kann er nichts. Wieso solltet ihr nach einem halben Jahr Rekonvaleszenz nicht wie zwei Freunde miteinander essen gehen und euch über euer Leben austauschen? Warum kränkt es dich, dass er mit dieser Frau zusammenlebt? Bist du eifersüchtig, willst du Lorenz zurückhaben?

Ich musterte ihn unauffällig, wie er dasaß und aß. Ein Tröpfchen Suppe rann an seinem Kinn hinab. Lorenz bemerkte es nicht.

»Du hast da Suppe.«

»Was?«

Ganz der Alte. Lorenz legte zwar unglaublich viel Wert auf korrektes Deutsch, schaffte es aber nicht, ›Wie bitte?‹ anstelle von ›Was?‹ zu sagen.

»Suppe«, wiederholte ich und tippte mir ans Kinn.

Lorenz griff zur Serviette und wischte sich das Kinn ab.

»Danke.«

»Keine Ursache«, erwiderte ich und lächelte ihn an. Lief doch schon besser.

Lorenz startete einen neuen Versuch. »Trägt sich die Praxis inzwischen finanziell?«

»Im Prinzip schon. Natürlich muss ich noch meinen Kredit abbezahlen, das wird auch noch ein paar Jahre dauern, aber ansonsten läuft es gut. Viele Frauen empfehlen mich ihren Freundinnen, ich nehme jeden Tag neue Patientinnen auf.«

»Arbeitet diese unfreundliche Sprechstundenhilfe immer noch bei dir? Wie heißt sie gleich? Frau Sauer?«

Jetzt musste ich tatsächlich grinsen.

»Du meinst Frau Mauer. Ja, sie ist immer noch bei mir, obwohl sie momentan krankgeschrieben ist. Und sie lässt weiterhin keine Gelegenheit aus, mir das Leben schwerzumachen.

Aber ansonsten macht mir die Arbeit wirklich Spaß. Ich bin froh, dass ich den Schritt gewagt und mich selbständig gemacht habe.«

»Weißt du, Lena«, sagte Lorenz und lehnte sich vertraulich zu mir über den Tisch, »das habe ich immer an dir geschätzt. Deinen Optimismus, meine ich. Du lässt dich so schnell nicht unterkriegen. Du siehst die Dinge immer von ihrer positiven Seite.«

»Ach, ja, findest du?«, fragte ich, zweifelnd, aber auch geschmeichelt. Es war nett von ihm, mir in dieser Situation ein Kompliment zu machen. Wahrscheinlich spürte er die Spannung, die zwischen uns lag, und wollte die Stimmung auflockern.

»Doch, wirklich, Lena. Du stehst immer auf der Sonnenseite des Lebens. So etwas wie eine Trennung beispielsweise kann dich nicht aus der Fassung bringen, das ist wirklich eine Gabe.«

»Tatsächlich?« Ich zog eine Augenbraue in die Höhe. Woher meinte Lorenz zu wissen, dass mich die Trennung nicht erschüttert hatte?

Lorenz fuhr unbeirrt fort: »Mir ging es richtig schlecht, nachdem du dich von mir getrennt hattest. Das hat mir erst mal den Boden unter den Füßen weggezogen. Ich habe einige Zeit gebraucht, bis ich erkannt habe, dass die Trennung das Beste war. Für uns beide, meine ich. Das wäre nicht mehr lange gutgegangen. Aber zunächst habe ich nicht geglaubt, dass ich das durchstehen würde.«

Ich war so verblüfft, dass ich nichts darauf erwiderte. So sah Lorenz das also! Ich hatte ihm Leid angetan, indem ich ihn vor die Tür gesetzt hatte. Hatte er vergessen, dass er mich betrogen hatte?

»Na ja, Schwamm drüber. Jetzt könnten wir eh nicht mehr zurück.«

Natürlich fiel ich auf seinen Köder herein.

»Wieso könnten wir nicht mehr zurück?«

Lorenz machte ein geheimnisvolles Gesicht.
»Habt ihr etwa geheiratet?«, bohrte ich nach.
»Falsch. Zwei Mal darfst du noch raten.«
»Erzähl es mir einfach, Lorenz.«
»Also gut.«
Er machte eine bedeutungsvolle Pause.
»Ich werde Vater.«
Die Keule traf mich völlig unvorbereitet.
»Das ist nicht dein Ernst.«
»Doch. Kerstin ist schwanger, wir bekommen ein Kind.«
»Aber du wolltest doch keine Kinder«, sagte ich gepresst.
»Tja, Kerstin ist halt eine Frau, die Fakten zu schaffen weiß.«
Lorenz lachte herzlich über seinen Kommentar.
Ich wollte es nicht glauben. »Aber du hast dich immer gegen Kinder gewehrt! Du hast gesagt, du wärst nicht so ein Papa-Typ!«
»Ich kann ja nicht jedes Mal nein sagen, wenn eine Frau ein Kind von mir will.«
»Warum nicht?«
Die Antwort blieb Lorenz mir schuldig, denn Nori trat an unseren Tisch und fragte, ob wir gerne einen Nachtisch hätten.
»Was habt ihr denn da?«, erkundigte sich Lorenz, als ob es nichts Wichtigeres auf der Welt gäbe. Nori erklärte Lorenz in aller Ausführlichkeit, welche Nachtische er im Angebot hatte. Während ich wie versteinert auf meinem Quader hockte, entschied sich Lorenz für einen Obstsalat.
»Und was möchten Sie?«
»Ich möchte nach Hause.«
Die Antwort kam spontan. In dem Moment, in dem ich es aussprach, wurde mir klar, dass ich sofort gehen wollte. Ich konnte hier nicht mit Lorenz sitzen und seinen Nachwuchs diskutieren. Das war zu viel. Ich stand auf, kramte mein Portemonnaie aus der Tasche und warf einen Schein auf den Tisch.

»Tut mir leid, Lorenz, ich muss jetzt weg. Alles Gute wünsche ich dir.«

Ich drehte mich um und verließ das Restaurant. Mir war schlecht. Ich hörte Lorenz rufen.

»Lena! Warte!«

Entschlossen humpelte ich weiter. Lorenz holte mich ein und eilte neben mir her.

»Lena, jetzt warte doch mal!«

Er packte mich am Arm und zwang mich stehenzubleiben.

»Was ist denn noch?«, fragte ich mit leichter Verzweiflung in der Stimme.

»Es tut mir leid, wenn das jetzt überraschend für dich kam. Ich dachte einfach, du solltest es von mir erfahren und nicht von jemand anderem.«

»Schon gut, Lorenz. Das war ein bisschen viel auf einmal. Ich möchte jetzt gerne nach Hause. Mach's gut.«

»Du auch.«

Ich drehte mich um und wollte gehen, doch Lorenz hielt mich fest.

»Ach, Lena, bevor ich es vergesse: Kannst du mir in den nächsten Tagen mal die Meißner Vase vorbeibringen? Meine Mutter ist deswegen schon ganz nervös. Du kennst sie ja. Sie hatte wohl bei dir auf den Anrufbeantworter gesprochen, aber du hast nicht reagiert. Die Vase ist sehr wertvoll, deswegen möchte meine Mutter, dass ich sie zurückbekomme.«

»Ich schicke sie dir«, erwiderte ich kraftlos, drehte mich um und rannte davon.

Den ganzen Nachhauseweg über ratterte ein einziger Satz durch meinen Kopf: *Kerstin ist eine Frau, die Fakten zu schaffen weiß.*

Funktionierte das etwa so? Hätte ich einfach Fakten schaffen müssen? Lorenz' Widerstand ignorieren und die Pille absetzen sollen? Oder hatte ich nicht lange genug auf meinem Kinderwunsch beharrt? Hätte ich ihn davon überzeugen können, dass er doch einen guten Vater abgeben würde? Hatte ich ihm nicht deutlich genug gemacht, wie sehr ich mir Kinder wünschte? Aber wir hatten nächtelang darüber diskutiert, ich teilweise unter Tränen, und Lorenz hatte unbeirrbar an seinem Standpunkt festgehalten. Kinder seien nichts für ihn, seine Freiheiten seien ihm heilig. Basta! Es war mir unendlich schwergefallen, aber ich hatte es akzeptiert.

Und nun das.

Kerstin ist eine Frau, die Fakten zu schaffen weiß.

Was hatte er damit überhaupt sagen wollen? Dass sie ihm das Kind untergejubelt hatte? Dass sie eine Frau war, die Entscheidungen für ihn traf? Und das nahm er einfach so hin? Huch, jetzt ist sie schwanger, dann werfe ich mal meine felsenfesten Überzeugungen über Bord, werde Papi und erzähle das vor der Entbindung eben noch meiner Ex, der ich jahrelang Kinder verweigert habe?

Heiße Wut fraß sich in jede Faser meines Körpers. Das passte zu ihm, dass er für die Zeugung des Kindes keinerlei Verantwortung übernehmen wollte. Dabei war sie garantiert nicht ohne sein Einverständnis schwanger geworden. Was hatte er gesagt? *Ich kann ja nicht jedes Mal nein sagen, wenn eine Frau ein Kind von mir will.* Also hatte er zugestimmt. Und nicht den Mut gehabt, es mir zu gestehen. Dieses Weichei. Dieser Schlappschwanz. Und ich musste mir dann den Schwachsinn anhören, den er sich zurechtgelegt hatte, damit er seine Hände in Unschuld waschen konnte. Ach, Entschuldigung, Lena, Kerstin hat Fakten geschaffen, deswegen werde ich jetzt doch Vater. Ich kann aber gar nichts dafür, weißt du? Hat sie ganz alleine gemacht. So wie bei unserer Trennung, Lena, dafür konnte ich ja auch rein gar nichts. Du hast mich rausgeschmissen, ich habe gar nicht verstanden, warum, und mir ging es ganz, ganz schlecht. Aber jetzt bekomme ich ein Kind, aus Versehen, verstehst du?

Als ich meine Wohnungstür aufschloss, war ich so geladen, dass ich Lorenz mit bloßen Händen hätte erwürgen können. Dieser verantwortungsscheue Waschlappen! Ich knallte die

Tür hinter mir zu und schleuderte meinen Schlüsselbund mit voller Wucht auf den Tisch. Er schlitterte über die Tischplatte und knallte gegen den dahinter hängenden Spiegel, der einen Sprung bekam. Ich war so wütend, dass ich überhaupt nicht wusste, wohin mit mir. Ich hätte Lorenz anschreien, ihm seine ekelhafte Fischsuppe über den Kopf gießen, ihn an seinem blau-weiß gestreiften Kragen packen und schütteln mögen: Gib es doch zu, gib doch wenigstens einmal in deinem Leben etwas zu!

Ich kickte die hochhackigen Schuhe von meinen schmerzenden Füßen. Der eine Schuh glitt über den Boden und blieb neben dem Garderobenständer liegen. Mein Blick folgte ihm und fiel auf die Vase. Sie stand neben dem Garderobenständer, eingeschlagen in mehrere Lagen Seidenpapier. Ich hatte sie nach dem Anruf von Lorenz' Mutter schon vor Wochen abschicken wollen, es aber nicht geschafft. Die Erinnerung an seine Bitte, ihm die Vase vorbeizubringen, gab mir den Rest. Damit hatte er natürlich auch nicht das Geringste zu tun, es war ausschließlich seine Mutter, die das teure Stück zurückhaben wollte! Ich versetzte der Vase einen festen Tritt. Sie rollte über den Dielenboden, titschte gegen die Wand und blieb liegen. Ich riss das Seidenpapier von der Vase, in der Hoffnung, sie möge kaputtgegangen sein, aber sie hatte lediglich einen kleinen Sprung. In diesem Moment trug mich eine Welle heißen, lodernden Zorns hinweg und übernahm die Führung über mein Handeln. Wie eine Furie stürzte ich mit der Vase in die Küche, sprang erst auf den Stuhl, dann auf den Küchentisch, hob die Hände hoch über den Kopf und pfefferte das Meißner Erbstück mit all meiner Kraft, all meiner Enttäuschung und all meiner Wut auf den Küchenboden. Dabei entrang sich mir ein Schrei aus tiefster Seele, der sich in das Klirren zerspringenden Porzellans auf dem Fliesenboden mischte.

»AHHHHHHHHHHHHHHHHHHHHHHHHHH!!!!«

Die Vase zerbarst in tausend Teile, die Scherben flogen durch die ganze Küche. Doch mein lodernder Zorn war noch nicht verraucht. Ich brauchte Nachschub. Aus dem Regal hinter mir riss ich ein paar Teetassen und schleuderte sie dem Meißner Erbstück hinterher. Sie zerschellten nicht ganz so prachtvoll wie die Vase, aber sie erfüllten ihren Zweck: Mir ging es besser. Ich atmete tief ein und aus, stemmte die Arme in die Hüften und überblickte das Ergebnis meines Ausbruchs. Ich hatte ganze Arbeit geleistet. Diese Einzelteile konnte man garantiert nicht wieder zusammenkleben.

Mia

Seit Stunden fuhr ich mit der S-Bahn ziellos durch die Gegend. Ich wusste einfach nicht, was ich sonst hätte tun können. Nach Hause zurückkehren wollte ich auf keinen Fall, nicht nach meiner überstürzten Flucht. Ich war einfach hinausgerannt, weg von Ole, weg von seinem Geständnis, ich konnte seine Anwesenheit nicht ertragen. Lena, deren Nummer ich ungefähr hundert Mal gewählt hatte, ging nicht ans Telefon. Ole rief ein paar Mal bei mir auf dem Handy an, aber ich drückte ihn jedes Mal weg. Ich blieb einfach in der S-Bahn sitzen und starrte in die Dunkelheit. Eine Station nach der anderen zog an mir vorbei. Papestraße. Yorckstraße. Anhalter Bahnhof. Ole hatte also eine Affäre. Wie billig. Ich hätte nie geglaubt, dass mir so etwas passieren könnte. Bei Lena und Lorenz, da hatte es mich nicht überrascht. Lorenz war ein Idiot, er hatte kein Rückgrat, und seine Affäre passte zu seiner Feigheit, sich Beziehungsproblemen zu stellen. Aber Ole? Niemals hätte ich ihm dergleichen zugetraut. Wie hatte es dazu kommen können? Stand es um unsere Ehe wirklich so schlecht? Was hatte ich übersehen? Ich hatte immer geglaubt, uns könnte so etwas nicht passieren. Nicht, weil ich uns für unfehlbar hielt, aber wir waren doch ein Team, wir vertrauten einander! Tja, das hatte ich nun von meiner Überheblichkeit. Mir war so schlecht vor Trauer und Wut, dass ich mich am liebsten übergeben hätte.

Am Brandenburger Tor stieg eine amerikanische Touristengruppe ein und schnatterte aufgeregt. Ich blieb sitzen. Die S-Bahn fuhr weiter. An welchem Punkt, fragte ich mich, hatte ich Ole verloren? Sicherlich, für unsere Partnerschaft war nicht viel Raum im Alltag geblieben. Wir hatten zwei Kinder und beide einen anstrengenden Job. Seit Max auf die Welt gekommen war und wir das Haus gekauft hatten, drehte sich alles um die Umbauten, den Kredit, den Einkauf, die Organisation, das Putzen, die Kinder, den Beruf. Wenn es hoch kam, hatten wir alle paar Wochen mal einen Babysitter und gingen ins Kino oder Essen. An den anderen Abenden waren wir meist so erledigt, dass wir um zehn ins Bett fielen, wenn die Küche aufgeräumt war und wir zu regelnde Dinge besprochen hatten. Aber ich war davon ausgegangen, dass unsere Beziehung auf einem bombenfesten Fundament ruhte. Die Zeiten würden sich doch auch wieder ändern! So konnte man sich täuschen. Bitter lachte ich auf. Eine amerikanische Touristin schaute mich neugierig an und dann schnell zur Seite, als sie meinem finsteren Blick begegnete. Wahrscheinlich hielt sie mich für eine Irre. So sah ich auch aus. Als ich zur Tür hinausgestürzt war, hatte ich mir Oles viel zu großen Trenchcoat gegriffen, und erst draußen hatte ich bemerkt, dass ich keine Schuhe anhatte. Also hatte ich mir meine quietschgrünen Gartengummistiefel angezogen, die vor der Tür standen, denn ich hatte keinen Schlüssel mitgenommen und fand es demütigend, zu klingeln. Noch nicht einmal mein Portemonnaie hatte ich eingesteckt, nur mein Handy hatte ich dabei. Bei meinem Glück würde sicherlich gleich ein Kontrolleur einsteigen. Es war mir egal. Ich stierte weiter in die Dunkelheit und überlegte, wann Ole in seinem dichten Zeitplan wohl eine Affäre untergebracht hatte. Hatte er vielleicht mit der Sekretärin auf der Bürotoilette gevögelt? Bei dem Gedanken machte mein Magen eine weitere Volte. Am Nordbahnhof kam mir die Nacht in den Sinn, in der Ole erst morgens nach Hause gekommen war. War er da mit einer anderen zusammen gewesen?

Draußen herrschte inzwischen stockfinstere Dunkelheit. In mir auch. Von einem Moment auf den anderen war der Fixstern in meinem Universum erloschen. Ich hatte nie ernsthaft an meiner Partnerschaft gezweifelt. Natürlich lief nicht immer alles rund, Ole ging mir manchmal auf die Nerven, aber der ganze Stress stellte für mich nicht die Grundlagen unserer Beziehung in Frage. Ole hatte mir gutgetan, von Anfang an. Wir hatten uns im Studium kennengelernt, in einer Kneipe. Ich war mit einem Haufen Kommilitonen dort eingekehrt, einem bunten Haufen aus Philosophie-, Kunst- und Germanistikstudenten. Wir diskutierten über Hochschulpolitik, den Studentenstreik, die Reform des Studiengangs. In eine Gesprächspause hinein fragte ein großer, blonder Typ, der zwei Plätze neben mir saß, ob jemand zufällig die Fußballergebnisse gehört hatte. Er erntete Schweigen. Der Typ war Ole, ein Freund hatte ihn mitgebracht. Im Folgenden versuchte Ole, unseren gemeinsamen Sitznachbarn in eine Diskussion über den 1. FC Köln zu verwickeln. Mein Kommilitone interessierte sich zwar für Hegel und Kant, aber nicht die Bohne für Fußball, deswegen sprang ich ein. Nach wenigen Minuten waren Ole und ich in eine erhitzte Diskussion verstrickt. Wir redeten noch, als alle anderen längst nach Hause gegangen waren. Ich hatte leidlich Ahnung von Fußball, weil ich früher selbst einmal in einer Mädchenmannschaft gespielt hatte und ab und an die Bundesliga-Spiele guckte. Mein grundständiges Wissen reichte, um Ole zu imponieren. Als wir später zusammen im Bett lagen, erzählte mir Ole, seine Fußballfrage sei Teil einer privaten Studie. Die These, die er zu belegen suchte, lautete, dass Fußball ein universales Gesprächsthema unter Männern sei. Mein Kommilitone sei ebenjene Ausnahme, welche die goldene Regel in ihrer absoluten Gültigkeit bestätige. Ich hielt diese These zwar für Schwachsinn, verliebte mich aber trotzdem Hals über Kopf in ihn.

Mit Ole zog Leichtigkeit in mein Leben ein. Ich hatte vorher stets Beziehungen zu Männern gehabt, die entweder anstrengend, demütigend oder nervtötend gewesen waren. Anstrengend, weil wir lang und breit unsere Probleme diskutierten, anstatt uns zu trennen, demütigend, weil ich mehr von den

Männern wollte als sie von mir, oder nervtötend, weil die Männer mehr von mir wollten als ich von ihnen. Mein Studium war nicht weniger zermürbend gewesen. Ich wusste schon früh, dass mein Traumjob Lektorin war und ich dieses Berufsziel nur unter Aufbietung aller Kräfte würde verwirklichen können. Ole dagegen studierte halbherzig Bauingenieurwesen, weil ihm klar war, dass er irgendeinen Beruf ergreifen musste, und er schon als Kind gerne mit Bauklötzchen gespielt hatte. Für ihn war der Beruf nicht Berufung, sondern Mittel zum Zweck des Broterwerbs, weswegen er nur minimale Energien in seine Erlernung investierte. Schuften, meinte er, würde man später noch genug. Stets fing er erst am Vorabend einer Klausur an zu lernen und vertraute ansonsten auf die »Buch unterm Kopfkissen«-Methode. Er wurschtelte sich durchs Studium und machte sich eine schöne Zeit. Während ich abends an meinen Seminararbeiten feilte, spielte Ole mit seinen Kumpels Kicker, Fußball oder Skat. Als ich ein paar Monate nach unserem Kennenlernen nervös und bleich über meinen Büchern hockte, beschloss Ole, es sei genug mit der Lernerei. Er behauptete, er wolle mit mir in den Zoo gehen. Doch statt in den Zoo fuhr Ole mit seinem alten, klapprigen VW-Bus auf die Autobahn, und vier Stunden später fand ich mich an der Ostsee wieder. Ole hatte ein Zelt und einen Grill dabei, wir blieben fünf Tage, und er brachte mir das Surfen bei. Diese entspannte Lebenshaltung hatte ich immer an ihm geliebt. Er war spontan, großzügig, desorganisiert, er nahm die Dinge nicht zu ernst. Entlud sich seine Spontaneität jetzt in einer Affäre? Wie konnte er uns das antun? Und wo, zum Teufel, steckte Lena?

Lena

Den Scherbenhaufen fegte ich zusammen und kippte ihn in das Paket, in dem Jakob mir das Lebkuchenherz geschickt hatte. Anschließend starrte ich in die Kiste. Ein treffendes Sinnbild meiner zerbrochenen Beziehung bot sich mir dar. Ob Lorenz das Bild verstehen würde? Oder sollte ich ihm noch eine Karte dazulegen? Nein, entschied ich, sollte er sich selber einen Reim darauf machen. Wozu war er Wissenschaftler?

Ich umwickelte das Paket kreuz und quer mit braunem Klebeband und schrieb mit dickem Edding Lorenz' Adresse darauf. Fieberhaft überlegte ich, wo ich das Ding um diese Uhrzeit noch abgeben konnte. Ich wollte es so schnell wie möglich loswerden. Gab es nicht irgendwo einen Bahnhof mit einer Post, die bis Mitternacht geöffnet hatte? Als ich gerade meinen Laptop einschalten wollte, um zu recherchieren, fiel mir die Paketstation ein. Sie befand sich ganz in der Nähe meiner Praxis, ich kam jeden Morgen daran vorbei, und man konnte dort rund um die Uhr Sendungen abgeben. Ich hatte mich immer gefragt, welche Leute nachts noch unbedingt Sachen verschicken wollten. Jetzt wusste ich es. Ich zog meine Turnschuhe an, nahm meine Tasche und das Paket und stürmte los.

Völlig außer Atem kam ich bei der Paketstation an. Ich konnte es kaum erwarten, den Scherbenhaufen endlich auf die Reise zu schicken. Weil ich mir unsicher war, wie viel eine zerdepperte Meißner Vase und ein paar Teetassen wiegen mochten, wählte ich das höchste Porto. Das hätte mir gerade noch gefehlt, dass die Post mir das Ding wegen nicht ausreichender Frankierung zurückschickte. Als ich die Klappe des Paketfachs geschlossen hatte, atmete ich auf. Schritt eins meines Vorhabens, einen endgültigen Schlussstrich unter den Lebensabschnitt mit Lorenz zu ziehen, war vollbracht. Jetzt folgte Schritt zwei: Ausgiebiges Besäufnis mit der besten Freundin, gnadenloses Herunterputzen des Ex und Aufwertung des eigenen Selbstwertgefühls. Ich kramte in meiner Tasche nach meinem Handy, um Mia anzurufen. Bestimmt wartete sie schon ungeduldig, schließlich hatte ich ihr versprochen, sie gleich nach dem Treffen mit Lorenz anzurufen. Mia würde mir bestätigen, dass ich froh sein konnte, den Waschlappen endlich los zu sein, dass ich, die großartige Lena Leopold, die so schön, klug, begehrenswert und intelligent war, etwas Besseres verdient hatte als diesen jämmerlichen Feigling. Sie würde mir glaubhaft versichern, dass ich dem Himmel danken konnte, mit diesem Weichei nicht noch mehr Zeit verschwenden zu müssen, und in naher Zukunft mit einem sehr tollen Mann sehr glücklich werden würde. Genau.

Als ich mein Handy einschaltete, erschienen fünf entgangene Anrufe von Mia und eine SMS auf dem Display. »RUF! MICH!! AN!!!«, hatte sie geschrieben. Nichts lieber als das. Aber Mia hatte entweder ihr Handy ausgeschaltet oder steckte in einem Funkloch. »Der gewünschte Gesprächsteilnehmer ist vorübergehend nicht erreichbar«, klärte mich eine Frauenstimme auf. Mist! Unentschlossen stand ich vor der Paketstation. Was sollte ich jetzt machen? Nach Hause gehen? Das kam überhaupt nicht in Frage. In die Praxis? Wie trostlos war denn das bitte? Selbstmitleid überkam mich. Die Vasenzerdepperung hatte Kraft gekostet, ich brauchte jetzt weiblichen Beistand. Aber so schnell wollte ich nicht aufgeben. Dann würde ich mich eben alleine betrinken. *I'm a poor lonesome cowgirl*, dachte ich und stiefelte entschlossen los. Als ich um die Ecke bog, blinkte mir eine rote Neonreklame entgegen: »Joe's Diner«. Ich trat ein und befand mich in einer abgerockten Kneipe im Fünfziger-Jahre-Stil. Die Barhocker waren mit abgewetztem Leder bezogen, im hinteren Teil des Raums stand eine Jukebox, es roch nach Rauch und altem Frittenfett. Die Kneipe war völlig leer. Nur der Barkeeper stand hinter der Theke und polierte Gläser.

Entschlossen steuerte ich den Tresen an, schwang mich auf einen Barhocker und bestellte mir einen Whiskey. Das war genau das richtige Getränk für das *lonely cowgirl* Lena. Den ersten Whiskey kippte ich auf ex und schüttelte mich. Widerlich. Aber ich war schließlich nicht zum Vergnügen hier. Während ich entschlossen an meinem zweiten Whiskey arbeitete, versuchte ich es erneut auf Mias Handy. Sie war immer noch nicht erreichbar. Wo steckte sie bloß? Konnte sie sich nicht denken, dass ich nach dem Treffen mit Lorenz Beistand brauchte? Liebte mich denn gar keiner? Womit hatte ich das verdient? Düster stierte ich vor mich hin.

Nach einer halben Stunde absoluter Ereignislosigkeit und einem weiteren Whiskey öffnete sich die Tür, und zwei Typen schlenderten herein. Sie schleuderten ihre Sporttaschen auf den Boden und stellten sich einen Meter neben mich an den Tresen.

»Zwei Bier!«, rief der Dunkelhaarige dem Barkeeper zu und wandte sich dann an seinen blonden Freund.

»Also, Nils, ich verstehe diese Frage überhaupt nicht!«

»Jetzt überleg nicht so viel, sondern sag einfach, was du spontan denkst!«

»Okay. Wie war die Frage noch mal?«

Der Barkeeper stellte den Jungs ihr Bier vor die Nase.

»Zum Wohl!«

Die beiden Typen leerten synchron ihre Gläser und knallten sie dann auf den Tresen.

Nils wischte sich den Schaum von der Oberlippe, rülpste und sagte: »Ist Blau grüner als Gelb?«

»Ist Blau grüner als Gelb?«, wiederholte der Dunkelhaarige ratlos. »Was für ein Blau meinst du denn? Himmelblau? Polizeisirenenblau? Oder Hertha-Blau?«

»Einfach Blau.«

»Und was für ein Gelb soll es sein?«

»Einfach Gelb.«

»Aha. Und das Grün soll einfach grün sein, nehme ich an.«

»Genau.«

»Mensch, keine Ahnung, Nils. Was ist denn das für eine bescheuerte Frage?«

Jetzt mischte sich der Barkeeper ein.

»Passt mal auf, Jungs, ich erklär euch das. Grün ist eine Mischung aus Blau und Gelb, klar? Das heißt, dass Grün zu gleichen Anteilen Blau und Gelb enthält, also sind Blau und Gelb genau gleich grün, versteht ihr?«

»Quatsch«, erwiderte der Dunkelhaarige, »das ist doch Blödsinn. Wenn ich grüne Farbe aus blauer und gelber Farbe mische, und ich kippe da mehr blaue Farbe rein, dann wird das ein blaueres Grün. Wenn ich in das blauere Grün aber ordentlich gelbe Farbe gieße, dann wird das ein gelberes Grün, als es vorher das blauere Grün war.«

Der Barkeeper schüttelte genervt den Kopf und stellte den beiden ein frisches Bier hin.

»Ich spreche vom idealen Grün, Mann. Im idealen Grün ist genau der gleiche Anteil von idealem Blau und idealem Gelb enthalten. Glaub mir, ich weiß, wovon ich spreche, ich bin Modellbauer, ich hab viel mit Farben zu tun.«

»Ich denke, du bist Barkeeper.«

»Ja, aber nicht in meiner Freizeit.«

»Ach so.«

Der Dunkelhaarige starrte sinnierend an die Decke. Dann kam ihm offensichtlich eine Idee.

»Ich glaube, ich hab's. Die Antwort auf die Frage hängt von der Kategorie ab! So wie bei diesem Quiz, wo man verschiedene Fächer wählen kann, versteht ihr? Taucht die Frage in der Kategorie Kunst auf, dann müsste man natürlich Picasso oder so fragen.«

»Was?«, fragte Nils verstört.

»Picasso, Alter. Der Maler. Rechtes Auge auf linkem Knie und so.«

»Ich weiß, wer Picasso ist, du Idiot. Aber warum hängt die Antwort von der Kategorie ab?«

»Ist doch logisch. Man muss erst mal wissen, aus welcher Ecke die Frage kommt. Du brauchst den Zusammenhang, klar? Ist die Frage künstlerisch gemeint? Oder politisch? Oder geht es mehr so um die allgemeine Wahrnehmung?«

»Versteh ich nicht. Sag mal ein Beispiel!«

Ich verstand es auch nicht und gab dem Barkeeper ein Zeichen, mir Whiskey nachzuschenken.

»Okay, nehmen wir die Frage meinetwegen politisch. Tja, da müsste ich jetzt erst mal überlegen. Also Grün ist klar, Grün steht für die Ökos. Gelb ist auch einfach, das sind die Liberalen. Aber wer ist blau?«

Beide versanken ins Grübeln. Plötzlich hatte Nils einen Geistesblitz.

»Europa! Die Europaflagge ist blau, Ralf! Und sie hat gelbe Sternchen.«

Nils war ganz aufgeregt. Ralf blieb völlig cool.

»Europa hilft uns hier nicht weiter. Das ist ja keine Partei. Ich würde sagen, die Konservativen sind blau.«

»Nee, Ralf, die sind schwarz.«

»Aber in Bayern sind die Konservativen blau.«

»Vor allen Dingen im Oktober«, kommentierte der Barkeeper.

»Hä?«, machte Nils.

»Oktoberfest. Maß trinken. Alle saufen, alle sind blau«, half Ralf aus.

Jetzt fiel der Groschen auch bei Nils. Ralf und Nils brüllten vor Lachen, zischten dann wieder synchron ihr Bier leer und knallten die Gläser auf den Tisch. Hatten die das geprobt? Der Mann hinter der Bar stellte kommentarlos zwei neue Biere vor ihnen ab.

Ich nahm einen großen Schluck von meinem Whiskey und

überlegte, ob ich mir etwas zu essen bestellen sollte. Und während ich noch überlegte, ob ranzige Fritten eine gute Grundlage für weiteren Whiskey böten, hörte ich von rechts:

»Lassen wir doch die Lady entscheiden.«

»Gute Idee. Fragen wir sie.«

Meinten die mich? Ich tat, als ob ich nichts mitbekommen hätte, und stierte geradeaus. Jemand tippte mir auf die Schulter. Es war Ralf.

»Hey«, sagte er.

»Hey«, sagte ich.

»Kann ich dich kurz was fragen?«

»Von mir aus.« Meine Zunge war schon etwas schwer.

»Wir können uns nämlich nicht einigen, und da haben wir gedacht, wir fragen einfach die schönere Hälfte der Menschheit.«

Billiges Kompliment. »Schlauere Hälfte« hätte mir besser gefallen.

»Und, wie lautet die Frage?« Ich wollte nicht, dass sie den Eindruck hatten, ich hätte sie belauscht.

Ralf räusperte sich bedeutungsschwanger. »Die Frage lautet: Ist Blau grüner als Gelb?«

»Gibt's einen Preis für die richtige Antwort?«

Ralf drehte sich zu seinem Kumpel.

»Die Lady will einen Preis.«

»Nö«, sagte Nils muffelig, »von mir kriegt sie jedenfalls keinen. Entweder sie weiß es, oder sie weiß es nicht.«

»Klar weiß ich es«, erwiderte ich herausfordernd, »die Antwort liegt doch auf der Hand!«

»Ich gebe ihr einen aus«, schaltete sich der Barkeeper ein. Er war neugierig geworden.

»Okay«, sagte ich und nippte zur Stärkung noch mal an meinem Whiskey. Alkohol umnebelte mein Gehirn, es fiel mir schwer, einen klaren Gedanken zu fassen. Ist Blau grüner als Gelb? Verdammt gute Frage. Sie reihte sich ein in die Kompanie bohrender Fragen, die seit dem Treffen mit Lorenz durch mein

Gehirn marschierten. Warum bekam Lorenz mit Kerstin ein Kind? Warum hatte er mit mir keins bekommen wollen? Wäre ich, wenn ich »Fakten geschaffen« hätte, heute glücklicher mit Lorenz, als Kerstin es jetzt mit ihm war? Aber ich wollte ihn doch gar nicht zurück! Wieso tat es dann trotzdem so weh? Alles drehte sich im Kreis. Wo war die Logik, wo war der Sinn in diesem ganzen Schlamassel? Schluss, Ende, aus, dachte ich plötzlich. Wer blöde fragt, kriegt blöde Antworten. Und da entstieg den Nebelschwaden die Antwort auf Ralfs Frage, so klar und so schön, dass ich sie mit Händen hätte greifen können. Ich drehte mich auf meinem Barhocker zu den Jungs um. Drei Augenpaare starrten mich an wie das Orakel von Delphi.

»Die Antwort …«, sagte ich langsam und kniff die Augen zusammen. Ich musste mich konzentrieren, um nicht doppelt zu sehen. »Die einzig korrekte Antwort auf eure Frage lautet: Blau ist grüner als Gelb, denn wenn die Katze ein Pferd wär', könnte man die Bäume raufreiten.«

Ich kippte den Rest meines Whiskeys auf ex und spülte Lorenz dem Vergessen anheim. Ralf starrte mich einige Sekunden an, brach dann in ein lautes Lachen aus und prostete mir begeistert zu. Der Barkeeper nickte anerkennend vor sich hin und füllte mein Glas bis zur Oberkante. Ralf ging zur Jukebox, warf ein paar Münzen ein und drückte auf den Tasten herum. In ohrenbetäubender Lautstärke erklang *Jailhouse Rock* von Elvis Presley.

Nur Nils checkte überhaupt nichts und fragte dauernd: »Was? Könnt ihr mich mal aufklären? Seid ihr bescheuert? Ich kapier das nicht!«

Doch Ralf und der Barkeeper ignorierten ihn.

»Manno!«, brüllte Nils und haute wie ein Kleinkind mit der Faust auf den Tresen, so dass sein Bierglas umfiel. Darüber musste ich so lachen, dass ich einen Schluckauf bekam. Ralf kam mit zwei Gläsern Bier in der Hand auf mich zu. Mir fiel auf, dass er eine Tolle hatte. Überhaupt sah er Elvis ziemlich ähnlich. Ich fand ihn auf einmal unheimlich süß.

»Ich bin der Ralf«, schrie er und streckte mir ein Bier entgegen.

»Lena, *lonely cowgirl*«, schrie ich zurück.

»Oh, *American*?« Ralf hob anerkennend den Daumen. Hatten wir uns nicht gerade auf Deutsch unterhalten? Dann erklang *Hound Dog* von Elvis, und Ralf forderte mich zum Tanzen auf. Er zog mich an den Händen in die Mitte der Kneipe, ich ließ mich willig von ihm herumwirbeln und sang aus voller Kehle mit: »You ain't nothing but a hound dog, cryin' all the time! You ain't nothing but a hound dog, cryin' all the time! Well, you ain't never caught a rabbit and you ain't no friend of mine!«

Gab es ein passenderes Lied, um den Lebensabschnitt mit Lorenz zu beenden?

Mia

Am S-Bahnhof Bernau wurden alle Fahrgäste aufgefordert, den Zug zu verlassen. Endstation. Ich stieg aus, setzte mich auf eine Bank und zog das Handy aus meiner Hosentasche. Es hatte sich ausgeschaltet, der Akku war nahezu leer. Kein Wunder, dass ich noch nichts von Lena gehört hatte. Ich schaltete das Handy wieder ein und rief bei ihr an. Für ein kurzes Telefonat würde der Akku hoffentlich noch reichen. Ich ließ es ungefähr zwanzig Mal klingeln. Als ich gerade auflegen wollte, meldete Lena sich.

»Hallo, Mia?«, kreischte sie mir ins Ohr. Im Hintergrund tobte unglaublicher Lärm.

»Wo bist du? Warum ist es so laut bei dir?«

»Wie bitte?«

»WO BIST DU?«, brüllte ich in mein Handy. Der Mann, der neben mir auf der Bank saß, warf mir einen bösen Blick zu, stand auf und ging weg.

»In einer Kneipe! Es ist phantastisch hier! Ralf ist auch da, und Nils, und ... warte mal ...«

Ich hörte Gelächter, Gläser klirrten, Lena rief jemandem zu, er solle ihr die Zigaretten herüberwerfen. Es knisterte in der Leitung, mein Handy brummte alarmierend. Gleich wäre der Akku leer.

»LENA!!!«, schrie ich in den Hörer.

»MIA! Ich bin wieder dran!! Ich muss dir was erzählen, halt dich fest: Lorenz wird Vater! Er bekommt ein Kind, der Hund! Aber ich habe es ihm heimgezahlt! An dem Scherbenhaufen klebt er noch herum, wenn sein Balg volljährig wird!«

»Wovon redest du? Bist du betrunken? Wo bist du?«

»HÄ?«

»WO BIST DU?«

»In Jimmy's Club. Nein, Jackie's Pub. Quatsch, warte mal ... He Ralf, wie heißt der Laden hier noch mal? ... Nein, sehr witzig ... ja, ich komme gleich ... jetzt sag doch mal ...«

»Lena, mein Akku ist fast leer!«

»Joe's Diner, es heißt Joe's Diner. Um die Ecke von meiner Praxis, du solltest kommen, warte mal kurz, ich muss ein neues Lied aussuchen ... Mach noch mal *Hound Dog*, Ralf!«

»Lena, rühr dich nicht von der Stelle. Ich komme jetzt dahin. Warte auf mich, hast du verstanden? WARTE AUF MICH!«

Aber Lena antwortete nicht mehr. Die Verbindung war abgebrochen.

»Verdammte Hacke!« Wütend starrte ich auf mein schwarzes Display. Ich war in Bernau und Lena in Joe's Diner. Wo immer das auch sein mochte.

Es dauerte eine halbe Ewigkeit, von Bernau wieder in die Innenstadt zu gelangen. Nach ungefähr zwei Stunden Fahrt mit den öffentlichen Verkehrsmitteln und einer ewiglangen Suche – »um die Ecke« von Lenas Praxis war ein weites Feld, und keiner, den ich fragte, kannte den Laden – fand ich weit nach Mitternacht endlich Joe's Diner. Erschöpft drückte ich die schwere Tür auf und betrat die Kneipe. Sie roch nach altem Frittenfett und war fast leer. Nur am Tresen saß ein blonder Typ vor einem Bier, der Barkeeper polierte Gläser. Keine Lena weit und breit. Meine Füße schmerzten, ich war barfuß in die Gummistiefel geschlüpft und hatte mir die Fersen wund gescheuert. Ich schlurfte zum Tresen und hievte mich auf einen Barhocker.

»Willst du was trinken?«, fragte der Barkeeper.

»Kein Geld«, murmelte ich. »Eigentlich bin ich auf der Suche nach meiner Freundin. Angeblich war sie hier. Klein, dunkle Locken, Rehaugen.«

»Lena? Die ist schon weg.«

»So was von weg«, ergänzte der Blonde und stierte in sein Bierglas.

»Wie, weg? Sie sollte doch hier auf mich warten! Wo ist sie denn hin? Hat einer von euch ein Handy? Kann ich mal telefonieren?«

»Süße, da, wo deine Freundin jetzt gerade ist, rufst du sie besser nicht an.«

»Was soll das heißen? Ist sie auf dem Klo?«

Jetzt drehte sich der Blonde auf seinem Stuhl zu mir um.

»Die amüsiert sich mit meinem Kumpel Ralf, die beiden sind zusammen abgehauen. Sie wollten woanders tanzen gehen, das Publikum hier war ihnen nicht gut genug.«

»Das kann ja wohl nicht wahr sein! Ich fahre quer durch die ganze Stadt, suche stundenlang diese beknackte Kneipe, von der noch nie eine Sau etwas gehört hat, und sie haut einfach ab!«

»So ist das Leben.«

»Scheiße ist das Leben! Warum kann sie nicht auf mich warten, wenn ich sie brauche?«

Der Barkeeper musterte mich mitleidig. Dann schenkte er einen Tequila ein und reichte ihn mir.

»Geht aufs Haus.«

Ich verzichtete auf Salz und Zitrone und trank ihn auf ex.

»Besser?«

»Nein.«

Er schenkte mir nach.

Der Tequila brannte in meiner Kehle und stärkte mich für weitere Beschwerden.

»Das kenne ich überhaupt nicht von Lena, dass sie einfach mit wildfremden Männern abhaut. Was ist das überhaupt für ein Typ, dieser Ralf? Ist der in Ordnung?«

»Wie man's nimmt«, meinte der Blonde kryptisch und leerte sein Bier. Seiner Aussprache nach zu urteilen war es nicht sein erstes. Der Barkeeper stellte ihm ein frisches hin.

»Wie kann man es denn nehmen?«

»Als Mann ist er schon in Ordnung, keine Sorge. Deine Freundin wird ihren Spaß mit ihm haben. Aber als Freund ist Ralf manchmal eine echte Niete.«

»Was hat er verbrochen?«

»Mit deiner Freundin ist er abgezogen, obwohl das unser Männerabend war. Erst Squash spielen, dann Bier trinken. Män-ner-a-bend. Keine Weiber. Aber Ralf kann's nicht lassen.«

»Scheiß-Ralf.« Ich hasste ihn aus tiefster Seele.

»Gibst du mir noch einen Tequila aus?«

Der Barkeeper zuckte mit den Schultern und schenkte mir ein weiteres Mal nach.

Ich hob mein Glas.

»Trinken wir auf die beschissenen Männer. Auf all die treulosen Ehemänner und Freunde, die ihre Finger nicht von anderen Frauen lassen können.«

Der Blonde nickte.

»Und auf die blöden Weiber, die den Scheiß mitmachen.«

»Von mir aus.«

Wir tranken.

»Ich muss mal pinkeln.«

Er verschwand in Richtung Toiletten. Der Barkeeper sah ihm nach.

»Liebeskummer«, bemerkte er. »Normalerweise ist er nicht so schlecht drauf.«

»Ausgleichende Gerechtigkeit«, murmelte ich. »Kann ich noch einen Tequila haben?«

»Hier.« Er stellte mir die Flasche hin. »Der Abend war eh für die Katz. Bezahl halt beim nächsten Mal.«

Ich schraubte den Verschluss ab und füllte mein Glas. Wie war ich bloß an diesen Punkt meines Lebens gelangt? Bis vor ein paar Stunden war ich doch noch glücklich gewesen. Und plötzlich: Zack! Alles kaputt. Lange Beziehung vor die Hunde gegangen. Ich war keine souveräne Superfrau mehr, sondern eine jämmerliche, betrogene Ehefrau. Diese Rolle hatte ich nicht für mein Repertoire vorgesehen. Mit wem, verflucht noch mal, hatte Ole eine Affäre? Ich zermarterte mir das Hirn und hoffte inständig, dass es nicht seine Sekretärin war. Auf keinen Fall wollte ich mit einem Mann verheiratet sein, der seine Frau mit seiner Sekretärin hinterging. Das war einfach ekelhaft. Sex mit Untergebenen. Hoffentlich hatte er mich wenigstens mit einer betrogen, die es wert war. Ich kippte den Tequila runter. Tequila war mein Freund, Tequila tat mir gut. Er hüllte alles in einen Nebel, er dämpfte meinen Schmerz.

Der Blonde war vom Klo zurückgekommen und kletterte umständlich auf seinen Hocker.

»Kann ich dich was fragen?«

»Tusudochschon«, nuschelte ich.

»Was?«

Ich bemühte mich um eine deutliche Aussprache. »›Kann ich dich was fragen?‹ is schon ne Frage.«

»Kann ich dich noch was fragen?«

»Okay.«

»Was ist grüner: Blau oder Gelb?«

»Was ist denn das für eine bescheuerte Frage?«

»Sag doch mal. Was dir dazu einfällt.«

»Ich bin für Gleichberechtigung. Alles andere ist doch Mist.«

»Nee.« Er schüttelte frustriert den Kopf. »Das ist es irgendwie auch nicht.«

Wir starrten in unsere Gläser. Der Barkeeper polierte mit einem Tuch den Tresen. Irgendwann war er fertig damit.

»So, Freunde, Feierabend für heute.«

»Ist doch erst halb drei! Ich will noch was trinken!«

»Ich geb dir ein Bier mit für den Nachhauseweg.«

»Und ich?«, protestierte ich.

»Dir auch.«

Er holte zwei Flaschen aus dem Kühlschrank, öffnete sie und reichte sie uns.

»Und jetzt ab.«

Der Blonde und ich rutschten von unseren Hockern, griffen die Flaschen und schwankten zur Tür. Draußen hockten wir uns auf einen Mauervorsprung. Was sollte ich jetzt machen? Darüber grübelte ich nach, während ich mein Bier trank. Schließlich kam ich zu dem Ergebnis: Ich wollte, dass Ole sich genau so schlecht fühlte wie ich mich. Ich wollte ihm weh tun. Gleichberechtigung, das war das Stichwort. Ehekrise, von mir aus. Jämmerlich betrogene Ehefrau, das ging gar nicht. Von der Seite musterte ich meine neue Bekanntschaft. Sah gar nicht übel aus, fand ich. Nicht gerade mein Typ, aber wenigstens sportlich. Was Ole konnte, konnte ich schon lange. Er würde schon noch sehen, was er davon hatte.

»Wollen wir knutschen?«

Der Typ zuckte gleichgültig mit den Schultern. Immerhin rutschte er ein Stück näher und beugte sich zu mir. Er schmeckte nach Bier und Fritten. Nach ein paar unlustigen Minuten kam er in Fahrt. Er hatte einen vorstehenden Schneidezahn, der beim Küssen gegen meine Oberlippe drückte. Nach kurzer Zeit fühlte sie sich ganz taub an. Ich schob ihn von mir weg und massierte mit dem Zeigefinger meine Lippe.

»Ich wohne hier um die Ecke«, sagte er.

»Okay.«

Wir stellten die leeren Bierflaschen in den Kneipeneingang und trotteten nebeneinanderher.

»Wie heißt du eigentlich?«

»Nils.«

Meinen Namen wollte er nicht wissen, ich sagte ihn trotzdem. Nils wohnte in einem bröseligen Altbau. Mitten im Hausflur stand ein Fahrrad, dessen Lenker ich mir in den Bauch rammte. Scheppernd fiel das Rad um. Nils stützte sich mit der rechten Hand an der Hauswand ab und stieg die Treppen hinauf. Er fummelte ewig mit den Schlüsseln herum, bis es ihm gelang, die Tür zu öffnen. Er machte kein Licht an und schob mich durch einen chaotischen Flur, ich stolperte über zwei Hanteln.

Nils' Zimmer sah wild aus. Der Boden war übersät mit Zeitschriften, Klamotten und leeren Cola-Dosen. Das Bett war nicht gemacht. Nils kickte sich die Turnschuhe von den Füßen, murmelte etwas von Bier und verschwand. Ich setzte mich auf den Bettrand und ließ mich nach hinten fallen. Das Bett roch muffelig.

Nils kam mit einer Bierdose in der Hand ins Zimmer zurück. Er trank einen Schluck, hockte sich dann vor mich und begann, mir die Gummistiefel auszuziehen. Dabei rutschte ich vom Bett herunter. Dann nestelte er am Reißverschluss meiner Hose herum. Ich rührte mich nicht und überlegte, welche Unterwäsche ich heute Morgen angezogen hatte. Ich konnte mich nicht erinnern, aber die Zeiten der Reizwäsche waren definitiv vorbei. Ich hob den Po und ließ mir meine Jeans von den Beinen streifen. Meine Unterhose hatte bunte Herzchen und sah nach Grundschule aus. Es war mir egal. Das T-Shirt und den BH zog ich mir selber aus. Nils war inzwischen auch nackt. Wir legten uns aufs Bett, und er begann, an meinen Brustwarzen herumzusaugen. Ich versuchte, mich zu entspannen, und streichelte Nils knochige Schulterblätter.

Plötzlich hörte ich Schritte und Stimmen im Flur. Dann rumpelte es, ein unterdrückter Schmerzensschrei folgte. Ein Mann fluchte, eine Frau kicherte.

Wenige Sekunden später erbebte der Boden von wummernden Bässen. Nils' Mitbewohner hatte seine Anlage im Nachbarzimmer voll aufgedreht. Ich konnte die Vibrationen in meinem Bauch spüren, sie übertrugen sich vom Boden und der Wand direkt aufs Bett. Nils hing immer noch wie ein Säugling an meinen Brüsten, was mir auf die Nerven ging. Also packte ich ihn am Kopf und zog ihn zu mir hoch. Dann lieber die taube Lippe.

Die Bässe wummerten.

Nils presste seinen Mund so hart auf meinen, dass ich fast keine Luft mehr bekam. Kurz bevor ich erstickte, wurde die Tür aufgerissen. Nils fuhr hoch, ich konnte wieder atmen. Im

Türrahmen erschien ein dunkler Schemen, der sogleich zu sprechen anfing.

»Alter, hast du Kondome? Ich habe keine im Bad gefunden, und ich brauche …«

»Raus!«, schrie Nils wütend, packte die Bierdose neben dem Bett und schleuderte sie in Richtung Tür. Er traf nur die Wand, ein Strahl Bier schoss heraus, und weißer Schaum lief die unverputzte Wand herunter. Der Mitbewohner zuckte ungerührt die Achseln und verschwand.

»So ein verdammter Idiot, so ein beschissener Penner!«

Nils hämmerte mit den Fäusten gegen die Wand.

»Mach die verdammte Mucke leiser!«

Die Musik verstummte abrupt. Kraftlos ließ ich mich in die muffigen Kissen sinken.

»Hast du nun Kondome? Wir brauchen auch eins.«

Nils murmelte weitere Flüche, rollte sich aber auf die Seite und zog nach kurzem Suchen ein Kondom unter der Matratze hervor. Trotz seines Wutanfalls hatte er immer noch einen Ständer, was ich erstaunlich fand. Bringen wir es hinter uns, dachte ich erschöpft und half ihm, sich das Gummi überzustreifen. Um Spaß ging es hier ohnehin nicht. Das war Beziehungsarbeit, harte Beziehungsarbeit. Ich schaffte eine gleichberechtigte Gesprächsgrundlage für Ole und mich. Ich würde ihm nicht als gedemütigte Ehefrau, sondern auf Augenhöhe begegnen. Wir wären quitt.

Während ich auf dem Rücken lag und Nils sich in mir bewegte, drehte ich den Kopf zur Seite und blickte aus dem geöffneten Fenster. In der gegenüberliegenden Wohnung brannte Licht, eine Frau ging im Zimmer hin und her. Ich musste an Ole denken. Ob er auch gerade bei voller Beleuchtung durch unser Haus lief und sich Sorgen um mich machte? Ich hoffte es. Ob er Spaß gehabt hatte, als er mich betrog? Hatte er dabei an mich denken müssen? Eine Träne lief mir die Wange hinunter. Ich wischte sie schnell weg. Alles, bloß nicht heulen. Wenn die Schleusen einmal geöffnet wären, gäbe es kein Halten mehr.

Nils schien nicht zu bemerken, dass ich nicht bei der Sache war. Er hatte sich auf seine Ellenbogen aufgestützt und hielt den Kopf gesenkt. Mit seinem gekrümmten Rücken erinnerte er mich an einen kopulierenden Hund.

Auf einmal rumste es im Zimmer nebenan, ich spürte die Wand hinter meinem Kopf erzittern. Bums, bums, bums, machte es. Nun gesellte sich auch noch zweistimmiges Stöhnen hinzu. In was für einen Scheiß-Puff war ich bloß hineingeraten? Nils' Mitbewohner und seine Gespielin nahmen offenbar Fahrt auf – bums, stöhn, bums, stöhn, bums, stöhn … Sie kannten kein Erbarmen. Nils schien die Geräuschkulisse schwer zu nerven, mit wütender Konzentration bewegte er sich auf und ab. Die Augen hielt er geschlossen, die Brauen grimmig zusammengezogen. Ich lag bewegungslos unter ihm und starrte ihn an. Was machte ich hier bloß mit diesem wildfremden, wütenden Kerl auf dieser stinkigen Matratze? Ich wollte nach Hause, ich wollte in mein sauberes Bett, ich wollte alles vergessen und nur noch schlafen. Der Kloß in meinem Hals schwoll wieder an, meine Augen drohten überzulaufen. Ich würgte die Tränen hinunter. Bloß nicht heulen.

Reiß dich zusammen, Mia!, befahl ich mir. Ich zog die Nase hoch und versuchte, mich auf Nils zu konzentrieren, um das Ganze schnell zum Abschluss zu bringen. In der Hoffnung, die Sache voranzutreiben, bewegte ich mich in seinem Takt und zählte im Kopf mit. Eins, zwei, drei, vier, rein, raus, rein, raus, fünf, sechs, sieben, acht, rein, raus, rein, raus, neun, zehn, elf, zwölf, rein, raus, rein, raus … Der mangelnde Tequila-Nachschub bewirkte, dass mein Kopf langsam wieder klarer wurde. Ich überlegte, kehlig zu stöhnen und einen nahenden Orgasmus zu simulieren. Vielleicht würde das beschleunigend wirken. Oder ich könnte leidenschaftlich »Ja, ja, komm!« schreien. Beides erschien mir lächerlich. Das Rumsen von nebenan wurde schneller, ein letztes Aufstöhnen folgte, und dann war plötzlich Ruhe. Unsere Nachbarn hatten gewonnen, sie waren am Ziel.

Mit letzter Willenskraft packte ich Nils an den Schultern, drehte ihn auf den Rücken und setzte mich rittlings auf ihn. Jetzt bestimmte ich das Tempo. Nils griff nach meinen Brüsten und knetete sie. Das konnte ich zwar überhaupt nicht leiden, aber ich ließ ihn gewähren. Als ich gerade das Gefühl hatte, ihn gleich so weit zu haben, hielt Nils plötzlich inne.

»Mist«, sagte er und schüttelte ungläubig den Kopf. »Kannst du mal kurz warten?«

Wortlos rollte ich mich von ihm herunter. Nils stieg aus dem Bett und tappte aus dem Zimmer. Ich glotzte seinem weißen Po hinterher, erst Sekunden später erkannte ich meine Chance. Nichts wie weg hier. Eine Fortsetzung konnte ich unmöglich ertragen. In Windeseile sammelte ich meine Klamotten ein, schlüpfte in meine Jeans, meine Unterhose fand ich auf die Schnelle nicht. Den BH stopfte ich in die Hosentasche und zog mir das T-Shirt über den Kopf. Geistesgegenwärtig griff ich mir noch Nils' Tennissocken, die neben dem Bett lagen, um meine wunden Füße zu schonen. Unterhose gegen Socken, das schien mir ein fairer Tausch zu sein. Dann griff ich mir Oles Trenchcoat und meine Gummistiefel und stahl mich davon.

Im Flur war es stockdunkel. Nur aus einem Spalt am Ende des Flurs fiel ein schmaler Lichtstreifen – Nils hatte die Klotür nicht geschlossen. Mit den Fingern an der Wand tastete ich mich Richtung Wohnungstür. Als ich am Zimmer des Mitbewohners vorbeikam, hörte ich lautes Schnarchen. Der Schemen schlief den Schlaf der Gerechten, er hatte ja auch ganze Arbeit geleistet. Ich betete, dass seine Bettgefährtin ebenfalls in Tiefschlaf gefallen sein möge und mir eine Begegnung erspart bliebe. Ich hatte Glück, alles war ruhig. Endlich hatte ich die Tür erreicht. Sie war verschlossen! So leise wie möglich fingerte ich an dem Schnappschloss herum, mit der panischen Angst im Nacken, Nils könne aus dem Bad zurückkommen und das Finale einfordern. Endlich sprang das Schloss auf. Ich schlich hinaus und zog die Tür vor lauter Erleichterung geräuschvoller als beabsichtigt hinter mir zu. Schnell rannte ich die Treppen hinunter. Im Erdgeschoss blieb ich mit klopfendem Herzen stehen und lauschte, ob Nils mir wohl folgte.

Doch alles blieb still. Als mein Puls sich beruhigt hatte, verließ ich das Haus.

Lena

Ich erwachte von einem dumpfen Knall. Verwirrt richtete ich mich auf und blickte mich um. Es war ziemlich dunkel, und ich brauchte einen Moment, bis ich begriff, wo ich war. In einer fremden Wohnung, in einem fremden Zimmer, in einem fremden Bett.

Neben mir lag ein Mann, er kam mir bekannt vor. Dann fiel mir alles wieder ein. Zumindest das meiste. Kein Zweifel, ich hatte zu viel getrunken. Ich fasste mir an den dröhnenden Schädel und musterte den schlafenden Ralf. Er schnarchte laut und hatte den Mund weit geöffnet, was ihm einen leicht debilen Ausdruck verlieh. Ich musste kichern. Offensichtlich war ich immer noch nicht ganz nüchtern, aber eines war klar: Frühstück mit diesem Typen war ausgeschlossen. So leise wie möglich stieg ich aus dem Bett und suchte meine Kleidungsstücke zusammen. Als ich das Zimmer durchquerte, grunzte Ralf plötzlich. Ich erstarrte in meiner Bewegung, ich fürchtete, dass er aufwachte. Aber er drehte sich nur auf die Seite und schlief weiter.

»Tschüs, Elvis«, flüsterte ich und schlich hinaus. Im Flur streifte ich mir das Kleid über den Kopf, meine Turnschuhe nahm ich in die Hand. Auf Zehenspitzen verließ ich die Wohnung und lief mit brummendem Schädel die Treppen hinunter. Ich konnte es kaum erwarten, nach Hause zu kommen. Hastig, in ungeduldiger Erwartung einer belebenden Dusche, riss ich die Eingangstür auf.

Ein Aufschrei, etwas fiel mir entgegen.

Erschrocken machte ich einen Satz nach hinten.

Vor mir lag ein fluchendes, zerzaustes Bündel Mensch. Die Person hatte mit dem Rücken gegen die Haustür gelehnt und war bei meinem schwungvollen Türöffnen in den Hausflur geplumpst. Fluchend richtete sich der Zausel auf und rieb sich den Hinterkopf.

»Scheiße! Kannst du nicht aufpassen?«

Verblüfft trat ich näher. Die Stimme kam mir bekannt vor.

»Mia?«

Sie wandte den Kopf. Es war tatsächlich Mia, auch wenn sie nicht nach Mia aussah: die Haare wild durcheinander, die Wimperntusche verschmiert, die Füße in grünen Gummistiefeln.

»Lena? Was machst du denn hier?«

»Ich bin auf der Flucht. Frühstücken mit einem One-Night-Stand geht gar nicht.«

Mia starrte mich an.

»Sag bloß, du warst gerade in diesem Haus hier?«

Ich nickte.

»In der Chaoten-Wohnung im zweiten Stock?«

»Woher weißt du das?«

Mia stöhnte.

»Ich kann eins und eins zusammenzählen. Habt ihr wenigstens noch ein Kondom gefunden?«

Verwirrt hockte ich mich neben sie.

»Äh, ja … Woher weißt du …? Kannst du mich mal aufklären? Ich verstehe überhaupt nichts mehr.«

»Ich war im Zimmer nebenan. Ich war mit Nils im Bett. Dem WG-Genossen.«

Mia blieb der Mund offen stehen.

»Das ist nicht dein Ernst, oder?«

»Es haben sich schon verrücktere Leute eine Wohnung geteilt.«

»Ich meinte, es ist ja wohl nicht dein Ernst, dass du mit Nils in die Kiste gegangen bist.«

Mia schnaubte.

»Was blieb mir anderes übrig? Du hast dich ja aus dem Staub gemacht. Als ich in dieser beknackten Kneipe ankam, warst du schon weg!«

»Du warst da?«

»Ja, natürlich. Was meinst du, wo ich Nils aufgegabelt habe?«

»Entschuldige, mein Hirn arbeitet noch nicht richtig.«

Ich setzte mich auf die Eingangsstufen und zog mir meine Turnschuhe an. Mia musterte mich.

»Schicke Kombi, die Schuhe mit dem Kleid.«

»Du siehst auch nicht schlecht aus. Wo hast du diese Stiefel her?«

Mia betrachtete ihre grünen Gummistiefel.

»Die stammen aus meinem vorigen Leben, als ich noch keine betrogene Ehefrau war.«

»Wie bitte?«

»Ja, das ist meine neue Rolle. Attraktiv, nicht wahr? Ich habe mir schon das entsprechende Outfit zugelegt.«

»Kannst du bitte mal der Reihe nach erzählen?«

Mia starrte auf ihre Hände. Sie sah wirklich fertig aus.

»Ich hatte gestern Abend einen fürchterlichen Streit mit Ole, er hat mir gesagt, dass er mich betrogen hat. Daraufhin bin ich abgehauen, habe meine Freunde Nils und Tequila getroffen, und nach einem kurzen Abstecher in ein stinkiges Bett sitze ich jetzt hier mit dir. Das ist die Kurzversion.«

»Ole hat dich betrogen? Ich glaube es nicht! Das hätte ich ihm nicht zugetraut.«

Mia zuckte die Schultern und schwieg.

»Was ist denn passiert? Hatte er eine Affäre? Oder war das ein Ausrutscher?«

»Keine Ahnung. Er hat keine Einzelheiten erzählt.«

»Das heißt, du weißt gar nicht, was genau gewesen ist?«

»Was erwartest du von mir? Hätte ich mir noch die saftigen Details anhören sollen?«

»Vielleicht sind sie ja gar nicht so saftig. Willst du nicht noch einmal in Ruhe mit ihm sprechen?«

»Ich versteh dich nicht, Lena. Lorenz hat dich auch betrogen, daraufhin hast du ihn rausgeschmissen. Und ich soll mit Ole reden?«

»Du solltest zumindest erst mal klären, was da genau passiert ist. Mensch, Mia, enttäusch mich nicht. Ole und du, ihr seid doch mein großes Vorbild. Wenn ihr es nicht schafft, wer dann?«

»Du könntest wenigstens sagen, dass er ein Arsch ist.«

»Er ist ein Arsch.«

»Danke.«

Ich nahm Mia in den Arm.

»Und, wie ist es dir ergangen?«, fragte Mia schließlich.

»Ich hatte schon mal schlechteren Sex.«

»Das hab ich gehört. Aber ich meinte eigentlich, wie es mit Lorenz war.«

»Ach so. Sagen wir mal so: Das Treffen hatte kathartische Wirkung. So heißt es doch, oder?«

»Kommt drauf an, was du meinst.«

»Na ja, es war so erschütternd wie erhellend. Ich habe erkannt, dass ich Lorenz wirklich nicht zurückhaben will, aber gleichzeitig hat er mir mit dem Holzhammer beigebracht, dass es auch ausgeschlossen ist. Er bekommt tatsächlich ein Kind mit dieser Doktorandin! Ich war so fassungslos, dass ich zunächst überhaupt nicht auf diese Neuigkeit reagieren konnte.«

»Ich dachte, Lorenz wollte aus Prinzip keine Kinder?«

»Das ging mir ähnlich. Aber weißt du, was er dazu gesagt hat? ›Ich kann ja nicht jedes Mal nein sagen, wenn eine Frau ein Kind von mir will!‹ Dieser Waschlappen! Da bin ich nach Hause gegangen, habe seine Meißner Vase zertrümmert und ihm den Scherbenhaufen geschickt.«

»Bravo! Was für ein Sinnbild!«

»Siehst du, du verstehst mich. Aber glaubst du, Lorenz kapiert die Botschaft auch?«

»Die ist ziemlich unmissverständlich. Ich wünschte, Ole hätte tausend Meißner Vasen, die ich zerdeppern könnte.«

Wir hockten aneinandergelehnt auf den Treppenstufen. Es begann zu dämmern, die ersten Vögel fingen an zu zwitschern.

»Okay«, sagte ich schließlich und stemmte mich hoch, »Traumstunde ist vorbei. Ich brauche dringend einen Kaffee und eine Dusche. Weißt du, wie spät es ist?«

Mia warf einen Blick auf ihre Armbanduhr.

»Viertel nach fünf.«

»Oh, nein, wirklich? Ich muss heute arbeiten. In knapp drei Stunden, um genau zu sein.«

»Kann ich noch mit zu dir kommen?«

»Natürlich.«

Nach einem kleinen Fußmarsch durch die sich allmählich belebenden Straßen stiegen wir erschöpft zu meiner Dachgeschosswohnung hoch. Ich ging voran, Mia stapfte langsam hinter mir her.

Auf dem obersten Treppenabsatz blieb ich wie angewurzelt stehen. Vor meiner Wohnungstür lag ein großer Haufen. Ich starrte ihn an. Der Haufen bewegte sich und gab ein leises Schnaufen von sich. Bei näherem Hinsehen identifizierte ich ihn als zusammengerollten Menschen. Mia schob mich zur Seite.

»Mia, was ist das?«

»Keine Ahnung. Ein Obdachloser vielleicht?«

Mia ging in die Hocke und stupste ihn mit den Fingern an. Nichts tat sich. Sie rüttelte energischer.

»Hallo, aufwachen!«

Ich stellte mich hinter sie und spähte über ihre Schulter. Inzwischen schüttelte Mia mit voller Kraft. Plötzlich gab es einen Aufschrei, ein verstrubbelter Kopf fuhr hoch, ich sprang zur Seite.

»Ach, du lieber Gott!«, entfuhr es uns gleichzeitig.

Mia

»Na los, schließ die Tür auf.« Ich tippte Lena auf die Schulter.

Aber sie rührte sich nicht. Wie versteinert stand sie da und starrte Jakob an, der verschlafen seine Sachen von der Türschwelle sammelte und in seinen Rucksack stopfte.

»Willst du deinen Gästen keinen Kaffee anbieten?«, versuchte ich es erneut.

Jakob richtete sich auf. »Ja, ein Kaffee wäre toll.« Schüchtern lächelte er Lena an.

Endlich erwachte sie aus ihrer Erstarrung.

»Unverhofft kommt wohl oft«, murmelte sie und fischte den Schlüssel aus ihrer Tasche. »Dann lasst uns mal reingehen.«

Wir folgten Lena in die Küche. Sie kochte Espresso für alle, und ich stellte Milch, Zucker und Tassen auf den Tisch. Jakob stand unbeholfen in einer Ecke und verfolgte mit seinen schönen braunen Augen jede von Lenas Bewegungen.

»Setz dich doch«, ermunterte ich ihn, während ich in der Schublade nach kleinen Löffeln suchte.

Jakob ließ sich auf einen Stuhl am Küchentisch sinken und versuchte, souverän zu wirken. Als der Espresso dampfend vor uns stand, hatte Lena sich gefasst.

Betont munter fragte sie: »So, und du bist spontan in Berlin und willst dir die Stadt anschauen?«

»Eigentlich wollte ich dich sehen, ich …«

Lena schnitt ihm das Wort ab. »Du hast ja recht, die Chance auf eine Übernachtungsmöglichkeit in Top-City-Lage sollte man sich nicht entgehen lassen. Du hast Glück, mein Gästesofa ist heute nicht belegt, eine Nacht kannst du ohne Probleme bleiben.«

Jakob rührte verlegen mit seinem Löffel in der Tasse. Er war wirklich verdammt jung, auf seinen rosigen Wangen zeichnete sich der Hauch eines Bartflaums ab.

»Wo kommt ihr jetzt eigentlich her?« Er war sichtlich bemüht, das Gespräch in unverfänglichere Bahnen zu lenken.

»Frühsport«, erwiderte Lena schnell und warf mir einen warnenden Blick zu. »Das macht man in unserem Alter.«

»Ja, ich liebe es, morgens um fünf in Gummistiefeln durch die Stadt zu joggen«, ergänzte ich. »Senile Bettflucht, du weißt schon.«

Lena kicherte, Jakob sah sie irritiert an. In die folgende peinliche Stille hinein verkündete Lena energisch, sie werde jetzt das Schlafsofa beziehen, damit er sich ein wenig hinlegen könnte, er sei ja sicher müde.

Jakob wagte keinen Widerspruch.

Während Lena das Bettzeug heraussuchte, verschwand ich im Badezimmer. Ich wollte meine Rückkehr nach Hause so lange wie möglich hinauszögern. Ich schminkte mich ab, duschte ausführlich und wusch mir die Haare. Anschließend cremte ich mich ein. Lena hatte mir ihre, wie sie sagte, einzig herzeigenswerte Unterwäsche sowie einen Rock und ein T-Shirt auf den Klodeckel gelegt. Als ich mir gerade das T-Shirt übergestreift hatte, steckte Lena den Kopf durch die Badezimmertür.

»Fertig?«

»Ja.«

»Dann dusch ich jetzt.«

Sie schloss die Tür hinter sich und zog sich das Kleid über den Kopf. Ich schaute ihr dabei zu.

»Einen Verehrer auf der Türschwelle, das hatte ich noch nie. Ich muss zugeben, ich bin ein bisschen neidisch.«

»Ach, Mia, halt die Klappe. Das wächst mir alles über den Kopf.«

Seufzend stellte Lena sich unter die Dusche und drehte das Wasser auf. Ich stand vor dem Spiegel und fönte mir mit ihrem brüllheißen kleinen Reisefön die Haare. Sie japste und prustete.

»Duschst du etwa kalt?«

»Das ist das Einzige, was hilft! Ich habe einen langen Tag vor mir.«

Während ich meine Haarsträhnen mit der Bürste glattzog und den Fön darauf richtete, beobachtete ich Lena im Spiegel. Ihr Körper war so straff und makellos wie der eines Teenagers. Mir dagegen sah man meine zwei Schwangerschaften sofort an. Ein Blick auf meinen Bauch genügte. Schwaches Bindegewebe, ein genetisches Erbteil meiner Familie mütterlicherseits. Da half auch das aggressivste Bauchmuskeltraining nichts. Ich schaltete den Fön aus und hockte mich auf den Badewannenrand. Lena stieg aus der Dusche und begann, sich abzutrocknen.

»Mia, ich will mich da eigentlich nicht einmischen, aber du solltest wirklich langsam nach Hause fahren. Ich habe gerade meinen Anrufbeantworter abgehört. Ole hat drei Mal darauf gesprochen, auf meiner Mailbox ist er auch. Er macht sich Sorgen.«

Augenblicklich schlug meine Stimmung um. Gereizt sagte ich: »Geschieht ihm recht.«

Lena wickelte sich in ihren Bademantel und setzte sich neben mich.

»Ich verstehe, dass du verletzt bist …«

»Verletzt? Er hat alles kaputtgemacht!«

»Er hat einen Fehler gemacht, aber deswegen kannst du trotzdem mit ihm reden.«

»Nein«, sagte ich störrisch. »Ich will nicht mit ihm reden.«

Lena seufzte, als sei ich ein ungezogenes Kind und sie meine geduldige Mutter.

»Du kannst doch nicht die nächsten Tage hier sitzen und die Kommunikation verweigern. Ruf ihn wenigstens kurz an.«

»Nein.«

»Mia, Ole ist dein Mann, irgendwann wirst du dich der Konfrontation stellen müssen.«

»Vielen Dank für deine Ratschläge, Lena, aber ich habe keine Eheberatung gebucht.«

Es klang ruppiger, als ich beabsichtigt hatte, aber ich war so erledigt, dass ich für derartige Feinheiten keine Kraft mehr hatte. Lena war gekränkt, ich sah es an ihrem Gesichtsausdruck. Sie stand auf.

»Gut, von mir aus. Dann halte ich ab jetzt eben den Mund.«

»Du sollst nicht den Mund halten, du sollst mir zur Seite stehen.«

»Das versuche ich ja, aber du hörst mir nicht zu.«

»Ich bin ganz Ohr.«

Sie setzte sich wieder zu mir und nahm meine Hand.

»Okay. Ich versuche nur, zu sagen, dass Menschen Fehler machen. Solche Dinge passieren, auch in einer guten Beziehung. Ole hat sich bescheuert verhalten, aber es hilft nicht, vor ihm wegzulaufen.«

Ärgerlich entzog ich ihr meine Hand. Wie konnte sie nur so unsolidarisch daherreden?

»Ole hat sich nicht bescheuert verhalten, er hat mich betrogen! Das ist ein himmelweiter Unterschied, den ausgerechnet du kennen solltest! Und ich soll ihm auch noch hinterherlaufen und ihn um Einzelheiten anbetteln?«

Lena stand wieder auf, sie klang gereizt.

»Mensch, Mia! Du bist so ein Sturkopf! Ich sage ja nicht, dass du Ole verzeihen sollst, aber, verdammt noch mal, sprich wenigstens mit ihm!«

»Soll er doch zu mir kommen. Er hat mich betrogen, nicht ich ihn.«

»Ach, ja? Und was war das dann letzte Nacht mit Nils?«

»Das war Gleichberechtigung.«

Lena lachte spöttisch auf.

»Du benimmst dich dermaßen kindisch, Mia, dass ich es kaum glauben kann.«

»Ich bin kindisch? Das muss ich mir nicht von jemandem sagen lassen, der lieber Vasen zerdeppert, als sich einer richtigen Auseinandersetzung zu stellen. Von dir lasse ich mir bestimmt nicht erzählen, wie ich einen Konflikt auszutragen habe!«

Das saß. Lena schwieg und ging zur Tür. Bevor sie hinausging, sagte sie leise: »Ich finde dich unbarmherzig. Und ich glaube, dass du keine Ahnung hast, was du an deiner Ehe mit Ole hast. Du gibst ihm keine Chance, weil du zu dickköpfig bist und immer recht behalten willst. Aber in Zukunft werde ich meine Ansichten für mich behalten.«

»Deine Ansichten interessieren mich nicht, wenn du mich ohnehin nur kritisieren willst!«, schrie ich ihr hinterher und fing an zu heulen. Sofort tat mir leid, was ich gesagt hatte. Schluchzend saß ich auf dem Badewannenrand. Was war da gerade passiert? Noch nie hatte ich mich mit Lena derart gestritten, noch nie hatten wir uns solche Dinge an den Kopf geworfen. Kurz überlegte ich, ihr hinterherzugehen und ihr zu sagen, dass mir meine Bemerkungen leidtaten, dass ich einfach nicht wusste, wie ich mit der Situation umgehen sollte. Aber ich war zu sehr getroffen. Hatte sie mich schon immer so gesehen: rechthaberisch, kindisch, dickköpfig? Ich dachte, sie sei meine beste Freundin, von der ich Unterstützung erwarten konnte. Da hatte ich mich wohl getäuscht.

Ich putzte mir die Nase und verließ das Badezimmer. Geräuschvoll zog ich mir im Flur meine Gummistiefel an. Insgeheim hoffte ich, Lena möge meinen Aufbruch bemerken und verhindern. Aber sosehr ich auch rumpelte, Lena zeigte sich nicht. Ich hörte, wie sie mit Jakob in der Küche sprach und ihm erklärte, dass sie keine Zeit habe, ihm die Stadt zu zeigen, weil sie arbeiten müsse.

Traurig zog ich die Wohnungstür hinter mir zu und humpelte zum nächsten Taxistand. Inzwischen war es fast sieben Uhr früh. Ein einsames Taxi mit einem mürrischen Fahrer wartete am Stand. Ich ließ mich auf den Rücksitz fallen, nannte dem Fahrer meine Adresse und schloss die Augen. Ich hatte das Gefühl, nur wenige Minuten geschlummert zu haben, als er mich weckte.

»Wir sind da. Macht achtundzwanzig fuffzig.«

»Können Sie einen Moment warten? Ich muss kurz Geld holen.«

Ich stieg aus dem Taxi und ging zu unserer Eingangstür. Als ich gerade klingeln wollte, wurde sie aufgerissen. Ole stand in der Tür und fing sofort an, mich anzubrüllen.

»Da bist du ja endlich! Bist du total verrückt geworden? Kannst du mir mal erklären, wo du gewesen bist? Ich habe die ganze Nacht kein Auge zugetan!«

Augenblicklich verschwand meine Müdigkeit, ich spürte nur kalte Wut.

»Mir kommen die Tränen.«

Ich schob Ole zur Seite und ging ins Esszimmer. Danach ins Wohnzimmer und dann in die Küche, aber ich fand meine Handtasche nicht. Schließlich entdeckte ich mein Portemonnaie auf dem Tresen. Ich entnahm ihm fünfzig Euro und ging nach draußen, um den Taxifahrer zu bezahlen. Als ich wieder ins Haus kam, hörte ich, wie Ole Klara anwies, sich anzuziehen, und zwar schnell. Kurz darauf kam er mit einem verschlafenen Max auf dem Arm und einer verwirrten Klara an der Hand die Treppe herunter.

»Ich bringe jetzt die Kinder in den Kindergarten. Du rührst dich nicht vom Fleck. Wir müssen reden.«

»Aber Papa, wir haben noch nicht gefrühstückt.«

»Heute gibt es Autofrühstück.«

Ole riss eine angebrochene Packung Zwieback aus dem Regal und verließ mit den Kindern das Haus. Klara war von der Situation so eingeschüchtert, dass sie nicht zu protestieren wagte.

Ich schlich in unser Schlafzimmer, legte mich aufs Bett und starrte an die Decke. Nach einer halben Stunde hörte ich, wie Ole die Haustür aufschloss, er musste wie ein Wahnsinniger durch die Stadt gerast sein. Er ließ ein paar Minuten verstreichen, bevor er die Treppe hochkam und das Schlafzimmer betrat. Er setzte sich auf einen Stuhl, in sicherer Entfernung von mir.

»Mach so etwas nie wieder mit mir. Ich bin fast verrückt geworden vor Sorge.«

»Bist du sicher, dass du derjenige bist, der mir Vorwürfe machen sollte?«

Ich bemühte mich, zynisch zu klingen, doch es gelang mir nicht. Meine Stimme war dünn und zittrig. Wozu sollte ich auch noch die starke Frau markieren? Es war ohnehin alles im Eimer. Ich erinnerte mich an Lenas Worte. Vielleicht hatte sie recht, und ich sollte die ganze Wahrheit kennen.

»Also, die Details, bitte.«

Schweigen.

»Ich habe ein Recht drauf, die ganze Geschichte zu kennen, meinst du nicht? Also, los! War es eine längere Affäre oder bloß eine einmalige Sache?«

»Ich hatte keine Affäre.«

»Was war es dann? Eine schnelle Nummer auf der Bürotoilette?«

»Nein. Gar nichts war.«

Ich starrte ihn an. »Was soll das heißen?«

»Das soll heißen, dass ich nichts mit einer anderen Frau hatte.«

»Machst du Witze? Ist das deine Art, dich aus der Verantwortung zu stehlen? Dazu ist es zu spät. Du hast gestern gesagt …«

»Ich weiß, was ich gesagt habe. Du hast mir die Worte ja förmlich in den Mund gelegt, und ich habe dich mit Absicht glauben lassen, ich hätte eine Affäre. Das war saublöd von mir, und es tut mir leid. Aber du hast mich so auf die Palme gebracht mit deinen ständigen Vorwürfen, dass ich …«

Jetzt saß ich senkrecht im Bett.

»Bin ich etwa selbst daran schuld, dass ich geglaubt habe, du würdest mich betrügen?«

»Ich wollte das Ganze aufklären, aber du bist ja sofort abgehauen! Ich habe tausend Mal bei dir auf dem Handy angerufen, sogar bei Lena habe ich es versucht. Wenn du gleich so überreagierst …«

»Ich habe überreagiert? Dich möchte ich mal erleben, wenn ich dir erklären würde, ich hätte dich betrogen! Das ist ja wohl das Allerletzte!«

»Mia, würdest du mir bitte mal zuhören?«

»Nein. Du hörst mir jetzt zu!«

Ole stand auf.

»Das bringt nichts. Wenn du dich abgeregt hast, sag mir Bescheid. Vielleicht können wir dann in Ruhe miteinander reden.«

Mit diesen Worten verließ er das Zimmer und knallte die Tür hinter sich zu. Ich vergrub meinen Kopf in den Kissen und heulte wie ein Schlosshund.

Lena

Eine Woche nach meinem Absturz in Joe's Diner ging ich wieder unverhüllt aus dem Haus. Die ersten Tage war ich trotz zunehmender Hitze nur mit einem Regencape in die Praxis gegangen, die Kapuze tief ins Gesicht gezogen. Ralf wohnte schließlich auch in der Gegend, und ich hatte Angst vor einer peinlichen Begegnung. Mir stand so gar nicht der Sinn nach einer Vertiefung dieser Bekanntschaft. Aber von Ralf gab es bisher keine Spur, und so bewegte ich mich langsam wieder ungezwungener. Gut ging es mir allerdings trotzdem nicht. Der Streit mit Mia lag mir wie ein Stein im Magen, zwischen uns herrschte absolute Funkstille. Jeden Tag hoffte ich, sie würde anrufen, fühlte mich selbst jedoch nicht in der Lage, den ersten Schritt zu tun. Zu sehr hatte sie mich verletzt.

Eines Nachmittags kam Pippa in einer Behandlungspause in mein Untersuchungszimmer und blickte mich sorgenvoll an. Sie müsse etwas mit mir besprechen und es sei leider unangenehm. Ein Schreck durchfuhr mich. Bestimmt wollte sie mir schonend beibringen, dass sie einen anderen Job gefunden hatte und nicht mehr länger bei mir arbeiten konnte. Ich hätte ihr schon längst einen festen Arbeitsvertrag anbieten sollen, egal, ob Frau Mauer wiederkam oder nicht. Auf so ein Goldstück wie Pippa wollte ich nicht mehr verzichten.

»Du willst kündigen, oder?«, fragte ich tonlos.

Pippa sah mich überrascht an. »Nein, wieso sollte ich?«

»Ein Glück.« Erleichtert atmete ich auf. »Wenn du nicht kündigst, kann es nicht so schlimm sein. Aber bevor du loslegst, wollte ich dir noch sagen, dass ich dich fest einstellen möchte, wenn du einverstanden bist.«

»Gerne!« Pippa strahlte. Doch dann verfinsterte sich ihre Miene wieder. »Also, worüber ich mit dir sprechen wollte: Ich habe mich in den letzten Tagen an die Abrechnungen gesetzt. Du hast zwar gesagt, ich müsse das nicht machen, aber der Stapel wurde ja immer größer, und da habe ich gedacht, ich fange damit an, bevor wir völlig im Chaos versinken. Dabei habe ich mir auch die Buchungen des letzten halben Jahres angeschaut, um zu verstehen, nach welchem System Frau Mauer arbeitet.«

In mir keimte eine böse Vorahnung auf, die ich heftig zu unterdrücken suchte.

Pippa fuhr fort. »Ich gebe zwar zu, dass ich durch sämtliche Prüfungen gefallen und wirklich keine Spezialistin auf diesem Gebiet bin, aber sogar ich erkenne, dass diese Abrechnungen hinten und vorne nicht stimmen.«

»Was stimmt an ihnen nicht?« Vielleicht ließe sich alles ganz leicht aufklären.

»Eine ganze Reihe von Abrechnungen laufen auf Doktor Müller.«

»Ach so, das kann ich dir erklären. Doktor Müller war der Vorbesitzer der Praxis, und er behandelt ab und zu noch einige seiner ehemaligen Patientinnen hier.«

»Das weiß ich«, erwiderte Pippa geduldig. »Aber der Punkt ist, dass eine ganze Reihe *deiner* Patientinnen über Doktor Müller abgerechnet wurden.«

Ich starrte Pippa ungläubig an.

»Alle Privatpatientinnen, um genau zu sein«, sagte Pippa. »Mir ist zuerst nichts Ungewöhnliches aufgefallen, denn ich wusste, dass Doktor Müller manchmal hier behandelt. Aber dann bin ich über den Namen Hinrichs gestolpert. Das ist doch deine Patientin, die war erst vor ein paar Tagen hier. Erst dachte ich, es handle sich vielleicht um ein Versehen. Systematisch bin ich daraufhin alle Abrechnungen durchgegangen und habe festgestellt, dass deine Privatpatientinnen durch die

Bank Rechnungen im Namen von Doktor Müller bekommen haben.«

Ich schluckte. Das war ein Hammer. Im Klartext hieß es, dass Frau Mauer mich um meine Privatpatientinnen-Honorare gebracht hatte. Das erklärte auch, warum mein Monatsverdienst weit geringer ausgefallen war als angenommen. Wie kam es, dass mich diese Geschichte nicht sonderlich überraschte? Mir fiel die Abrechnung von Frau Bruce ein, die ich vor geraumer Zeit eher zufällig in die Finger bekommen hatte. Auch sie hatte eine Rechnung im Namen von Doktor Müller erhalten, und auch sie war Privatpatientin. Ich hatte Frau Mauer einen Zettel hingelegt mit der Bitte, den Irrtum zu korrigieren. Schon damals war ein Verdacht in mir aufgekeimt, den ich aber energisch beiseitegeschoben hatte. Entweder hatte ich Frau Mauer einen solchen Betrug nicht zugetraut, oder ich hatte es schlicht nicht wahrhaben wollen.

»Danke, Pippa, ich sehe es mir an.«

Sie überreichte mir einen Stapel Papiere und zog leise die Tür hinter sich zu. Einzeln ging ich die fraglichen Rechnungen durch, und ich brauchte nicht lange, um festzustellen, dass Pippa recht hatte. Im Kopf überschlug ich, um welchen Betrag es sich in etwa handelte, und kam auf eine erkleckliche Summe. Das war kein Kavaliersdelikt mehr, das war systematischer Betrug.

Den Rest des Nachmittags behandelte ich unkonzentriert. Zwar war ich eine Meisterin der Konfliktvermeidung, aber mir war klar, dass ich um die Auseinandersetzung mit Frau Mauer nicht herumkommen würde. Eigentlich musste ich ihr sofort kündigen. Das Vertrauensverhältnis zwischen uns war nicht gestört, es existierte nicht mehr. Mit dieser Frau konnte und wollte ich nicht mehr zusammenarbeiten.

In einem seltenen Anfall von Entschiedenheit griff ich zum Telefonhörer und wählte Frau Mauers Nummer. Es meldete sich Doktor Müller. Als ich seine Stimme hörte, fragte ich mich, ob er von Frau Mauers Betrug wusste. Steckten die beiden unter einer Decke? Ich konnte es mir nicht vorstellen. Doktor Müller war mir gegenüber immer ausgesprochen korrekt und höflich gewesen, aber was hieß das schon.

»Guten Tag, Herr Doktor Müller, ich würde gerne Frau Mauer sprechen.«

»Frau Leopold, wie schön, von Ihnen zu hören. Sie ist momentan nicht da, kann ich ihr etwas ausrichten?«

»Nein, danke. Wenn es Ihnen recht ist, würde ich heute Abend gerne vorbeikommen. Ich möchte etwas mit Frau Mauer besprechen.«

»Natürlich. Ich sage ihr Bescheid.«

Er hörte sich so arglos an, er war sicher nicht eingeweiht. Jedoch war es um meine Menschenkenntnis ja offenkundig nicht zum Besten bestellt.

Mit Magengrimmen brachte ich die letzten Untersuchungen hinter mich. Warum fühlte ich mich eigentlich so schlecht? Sie sollte sich elend fühlen. Und es war auch keinesfalls so, dass mich ihr Betrug völlig kalt erwischt hatte. Er fügte sich sogar recht gut in das negative Bild, das ich von Frau Mauer hatte. Es wäre also übertrieben, zu behaupten, ich wäre menschlich enttäuscht. Ich war eher fassungslos angesichts der Dreistigkeit, mit der Frau Mauer vorgegangen war. Für wie blöd musste sie mich halten? Ich hatte ihr allerdings auch eine Steilvorlage geliefert. Möglicherweise hatte ich sie sogar erst auf die Idee gebracht, bei den Abrechnungen zu schummeln, indem ich ihr völlig freie Hand gelassen und auch noch betont hatte, wie wenig mich dieser Kram interessierte. Am liebsten hätte ich Mia angerufen und sie um Rat gebeten. Mia konnte mir in solchen Situationen Selbstvertrauen vermitteln. Sie würde aus vollem Herzen über die alte Schachtel schimpfen und mir in kürzester Zeit klarmachen, dass ich alles Recht der Welt hatte, Frau Mauer fristlos zu entlassen. Doch ein Anruf bei Mia war unmöglich, zu tief war der Graben zwischen uns.

Um kurz nach sieben verließ ich die Praxis. Wie schön hätte dieser sommerliche Abend werden können! Ich besaß wirklich das seltene Talent, mir das Leben zu versauen. Unglücklicherweise wohnte die alte Kröte auch noch ziemlich weit außerhalb, in Teltow. Da würde ich mindestens anderthalb Stunden mit den öffentlichen Verkehrsmitteln unterwegs sein, inklusive drei Mal umsteigen. Aber es half nichts. Diese Konfrontation hatte ich lange genug vor mir hergeschoben. Ich trat also aus dem Haus und wollte in Richtung U-Bahn losgehen, als ich mit jemandem zusammenprallte.

»Entschuldigung!«, murmelte ich, gedankenverloren.

»Hallo!«, sagte das Hindernis.

Vor mir stand Moritz, der Tischler-Onkel.

»Ach, hallo!«, sagte ich überrascht. Seit meinem peinlichen Auftritt auf der Treppe hatte er sich nicht mehr blicken lassen. Ich konnte es ihm nicht verdenken. Wahrscheinlich wartete er hier vor der Tür auf Pippa, um einem weiteren Anfall von mir zu entgehen. In Erinnerung an diese Episode stieg mir die Röte ins Gesicht. Ich entschied mich für die Flucht nach vorn.

»Pippa ist schon weg, sie hatte einen Arzttermin und ist früher gegangen. Tja, und ich muss jetzt leider auch weg, wichtige Termine in Teltow ... Tschüs dann!«

Ich wollte an ihm vorbeistürzen.

»Nach Teltow musst du? Wenn du willst, kann ich dich mitnehmen. Ich muss sowieso in der Gegend etwas erledigen.«

»Tatsächlich? In Teltow?«

»Tatsächlich.«

»Ah, ja, na dann ... danke für das Angebot.« Was sollte ich sagen? Nein, danke, der Transport mit dem öffentlichen Nahverkehr gehört zu meinen liebsten Freizeitbeschäftigungen, neben cholerischen Schreianfällen im Treppenhaus?

Moritz fuhr einen klapprigen weißen Kombi, und musste erst einmal den Beifahrersitz freischaufeln, bevor ich mich setzen konnte. Wir brauchten eine Dreiviertelstunde, in der ich nervös meine Handballen knetete, aus dem Fenster starrte und es fertigbrachte, kein Wort mit ihm zu wechseln. Er musste mich für die personifizierte Unhöflichkeit halten.

»Wohin musst du genau?«, fragte er schließlich, als wir von der Stadtautobahn abfuhren. Ich nannte ihm die Straße und sagte, er könne mich einfach irgendwo rauslassen.

»Wenn du mir sagst, wie ich fahren muss, bringe ich dich hin. Im Handschuhfach liegt ein Stadtplan.«

Ich war zu nervös, um abzulehnen, suchte die Karte und lotste Moritz durch die immer kleinstädtischer wirkenden Straßen. Schließlich waren wir da.

»Hier müsste es sein. Danke fürs Fahren.«

»Keine Ursache. Was hast du denn für einen Termin? Machst du Hausbesuche?«

»So etwas in der Art«, antwortete ich vage und öffnete die Tür. »Tschüs!«

Moritz wollte noch etwas sagen, überlegte es sich dann aber anders und hob nur die Hand.

Ich ging durch den penibel geharkten Vorgarten, dann die Stufen hoch zur Haustür. Auf einem selbstgetöpferten Schild standen in Schreibschrift die Namen Müller und Mauer. Ich atmete tief durch. Dann gab ich mir einen Ruck und klingelte. Nervös strich ich mir die Haare aus der Stirn. Von drinnen hörte ich den Stechschritt von Frau Mauer. Das soldatische Knallen ihrer Absätze hätte ich unter Tausenden herausgehört.

Frau Mauer sah mich grimmig an. »Ja?«

»Guten Abend, Frau Mauer. Ich hatte Herrn Müller Bescheid gesagt, dass ich vorbeikommen würde.«

»Er hat es mir ausgerichtet. Was gibt es?«

Sie machte keine Anstalten, mich hereinzubitten.

»Könnte ich einen Moment hereinkommen?«

Widerwillig trat sie einen Schritt zur Seite und ließ mich eintreten. In diesem Moment öffnete sich die gegenüberliegende Tür, die offensichtlich zum Wohnzimmer führte, und Herr Müller erschien im Türrahmen.

»Frau Leopold, ich freue mich, Sie zu sehen. Wie geht es Ihnen?«

»Danke, ganz gut. Und Ihnen?«

»Ich kann nicht klagen. Viel Schlaf, viel Gartenarbeit. Der Ruhestand fordert seinen Tribut. Möchten Sie etwas trinken?«

»Nein, vielen Dank. Ich will auch gar nicht lange stören, ich möchte nur etwas mit Frau Mauer besprechen.«

»Dann treten Sie doch ein und nehmen Sie Platz.«

Wenn Herr Müller von Frau Mauers Betrügereien wusste, dann war er der geborene Schauspieler. Oder ich war ein blindes Huhn. Seine Freundlichkeit machte die Sache nicht einfacher.

Frau Mauer folgte mir ins Wohnzimmer; ich setzte mich auf einen Stuhl, sie blieb stehen. Also stand ich auch wieder auf.

»Wie geht es Ihrem Rücken?«

Innerlich verfluchte ich mich für diesen Small Talk. Lena, du feige Sau, jetzt red Klartext. Sie hat dich nach Strich und Faden betrogen, und du erkundigst dich nach ihrem Rücken!

»Gut. Ich werde nächste Woche wohl wieder arbeiten können.«

»Ach.«

Wir schwiegen beide. Schließlich gab ich mir einen Ruck.

»Frau Mauer, der Grund, warum ich heute hierhergekommen bin, ist folgender. Ich bin die Abrechnungen durchgegangen.«

Pause.

»Die Abrechnungen des letzten halben Jahres«, ergänzte ich und schaute sie an.

Frau Mauer verzog keine Miene.

»Und?«, fragte sie unwirsch.

»Und dabei sind mir zahlreiche Unregelmäßigkeiten aufgefallen.«

Unregelmäßigkeiten! Das war die Untertreibung des Jahres.

»Seit wann verstehen Sie etwas von Abrechnungen?«

Ich glotzte Frau Mauer an wie der Fisch das Fahrrad. Was hatte ich erwartet? Dass sie umgehend gestehen und vor mir auf die Knie fallen würde? Ich musste wohl deutlicher werden.

»Frau Mauer, ich bin nicht sicher, ob Sie verstanden haben, was ich gerade gesagt habe. Ich bin alle Abrechnungen durchgegangen und habe festgestellt, dass Sie sämtliche Privatpatientinnen, die ich im Laufe meiner Tätigkeit in der Praxis behandelt habe, über Herrn Müller abgerechnet haben. Können Sie mir das erklären?«

Langsam schienen die Informationen in Frau Mauers Hirn vorzudringen. Sie wurde erst rosa, dann weiß und schließlich feuerrot im Gesicht, so dass sie aussah wie ein gekochter Krebs.

Jetzt gibt sie es zu!, dachte ich.

Weit gefehlt.

»Das ist eine bodenlose Frechheit!« Ihre Stimme klang schrill.

»Sie wagen es, hierherzukommen und mich zu beschuldigen? Diese Unterstellungen sind ungeheuerlich. Das lasse ich mir nicht bieten. Nicht von Ihnen! Sie sind die unfähigste Ärztin, die mir in meinem ganzen Leben begegnet ist. Sie haben von Verwaltung und Praxisführung keine Ahnung, und Ihre Behandlungsabläufe sind eine Katastrophe. Ich habe meine Arbeit immer korrekt gemacht, ich habe mich bemüht, Ihre Fehler auszubügeln. Aber das ist jetzt vorbei. Ich habe kein Interesse daran, mit einer so impertinenten Person weiter zusammenzuarbeiten. Ich kündige, und zwar fristlos. Und jetzt verlassen Sie mein Haus!«

Ich war vollkommen baff. Mir fehlten die Worte. Möglich, dass sogar mein Mund offen stand. Mit diesem Ausbruch hatte ich nicht gerechnet. Ich war innerlich immer nur bis zu der Stelle gekommen, an der ich Frau Mauer mit meinen Vorwürfen konfrontierte. Das schien mir der schwierigste Part zu sein. Ich hatte angenommen, dass sie umgehend zusammenbrechen und mich um Verzeihung bitten würde. Aber dass sie den Spieß einfach umdrehen würde? Ich war schlecht gerüstet, hatte keine Unterlagen dabei, keine Beweise, nichts.

»Ist das alles, was Sie dazu zu sagen haben?«

»So ist es.«

Damit war ich erledigt. Mir fiel keine passende Entgegnung ein. Also nahm ich meine Tasche und ging. Ich schob mich an Herrn Müller vorbei, der wie Lots Weib im Türrahmen stand und mich verwirrt anblickte, und fand mich zehn Sekunden später auf der Straße wieder.

Ich hatte keine Ahnung, wo die nächste Bushaltestelle war, und während ich einfach losmarschierte, machte ich mir Vorwürfe. Ich Idiotin! Das hätte ich mir doch denken können, dass Frau Mauer nicht klein beigeben würde! Warum hatte ich mich nicht besser vorbereitet?

Vor lauter Selbstvorwürfen hätte ich fast den weißen Kombi verpasst, der am Ende der Straße parkte. Am Steuer saß Moritz und studierte den Stadtplan, den er über dem Lenkrad ausgebreitet hatte. Ihn schickte der Himmel. Ich klopfte an die halb heruntergekurbelte Scheibe.

»Brauchst du Hilfe?«

Überrascht blickte er auf.

»Oh, hallo. Das ging aber schnell!«

»Das kann man wohl sagen.«

»Soll ich dich wieder mit zurück in die Stadt nehmen? Du könntest mir den Weg weisen. Ich finde weder die Straße, in der wir sind, noch den Weg nach Hause.«

»Wir sind hier quasi in der Vorstadt, du musst auf der Zusatzkarte nachgucken. Ich zeig es dir.«

Nachdem ich eingestiegen war und ihn in die richtige Richtung dirigiert hatte, starrte ich schweigend aus dem Fenster. Das Gespräch mit Frau Mauer war eine Katastrophe gewesen. Wieso hatte ich mich von ihr so herunterputzen lassen? Mia hatte schon recht. Von so jemandem wie mir sollte man sich keine Ratschläge in Konfliktlösung erteilen lassen.

»Alles in Ordnung?«, fragte Moritz schließlich.

»Nein, überhaupt nicht.«

»Willst du vielleicht darüber sprechen?«

»Darüber gibt es nicht viel zu sprechen.«

»Dann erzähl doch das wenige.«

Ich seufzte. »Okay. Meine Sprechstundenhilfe bescheißt mich, und ich habe sie eben mit meinen Vorwürfen konfrontiert. Daraufhin sagt sie mir, ich sei die unfähigste Chefin, die sie jemals gehabt hätte, ich sei chaotisch und desorganisiert, und sie habe keine Lust, weiterhin für so eine impertinente Person zu arbeiten. Impertinent, dieses Wort hat sie wirklich benutzt. Sie hat fristlos gekündigt. Es fehlt nur noch, dass sie mich wegen übler Nachrede verklagt.«

»Bist du sicher, dass sie dich bescheißt?«

»Ja, hundertprozentig.«

»Und was hast du ihr geantwortet?«

»Nichts. Ich bin gegangen.«

»Obwohl du dir sicher bist?«

»Tja. Ich bin wohl nicht so der konfrontative Typ.«

»Ach, nicht? Da hatte ich neulich einen ganz anderen Eindruck.«

Er blickte zu mir herüber und grinste.

Bei der Erinnerung an meinen Wutausbruch im Treppenhaus wurde ich knallrot. Er musste mich für eine gespaltene Persönlichkeit halten. Zwischen Hysterie und Depression schwankend. Damit er mich nicht auch noch für unhöflich hielt, fand ich es angebracht, mich für meinen Wutanfall zu entschuldigen. Moritz winkte ab.

»Ach, Quatsch, du musst dich nicht entschuldigen. Ich fand es … eindrucksvoll.«

»Sehr witzig.«

»Nein, wirklich. Du warst echt sauer, oder?«

»Ja.«

»Und jetzt? Auf deine Sprechstundenhilfe bist du nicht sauer?«

»Doch, ziemlich.«

»Und da lässt du dir unwidersprochen sagen, dass du eine schlechte Chefin bist?«

»Ich bin wohl nicht nur konfliktscheu, sondern auch noch

inkonsequent. Außerdem glaube ich ein kleines bisschen, dass sie recht hat und ich tatsächlich eine schlechte Chefin bin.«

»Also, Pippa findet, dass du die großartigste Chefin auf diesem Planeten bist.«

»Das sagst du jetzt nur, um mich zu trösten.«

»Nein, warum sollte ich?«

Stimmt, warum sollte er mich trösten wollen?

»Sie schwärmt richtig von dir. Wie toll du mit den Patientinnen umgehst, wie gut du zuhören kannst, wie freundlich du bist ...«

»Pippa ist ein Engel.«

»Na ja«, erwiderte Moritz skeptisch. »Engel ist vielleicht ein bisschen übertrieben.«

»Finde ich nicht. Pippa ist großartig. Sie hat so eine Art, gute Laune zu verbreiten. Frau Mauer dagegen verströmt nur Biestigkeit. Permanent gibt sie einem das Gefühl, unfähig zu sein. Von Anfang an hat sie mich wie eine Praktikantin behandelt. Nichts konnte ich ihr recht machen. In den ersten Wochen habe ich gedacht, das würde sich noch legen. Weit gefehlt.«

»Dann ist es doch gut, dass sie von sich aus gekündigt hat. Damit bist du sie los. Sonst müsstest du ihr kündigen und belegen, dass sie dich betrogen hat.«

»Eigentlich hast du recht.«

»Aber uneigentlich?«

»Mich ärgert es, dass sie es schon wieder geschafft hat, mir die Schuld in die Schuhe zu schieben. Hier geht es ja nicht um irgendeine Lappalie, sie hat mir nicht mein Frühstücksbrötchen geklaut, sondern sie hat mein Vertrauen missbraucht und mich systematisch hintergangen. Und zwar über ein halbes Jahr lang, das war kein einmaliger Ausrutscher. Selbst bei dieser Sachlage gelingt es ihr, mich dafür verantwortlich zu machen. Und ich stehe da und höre mir ihre Beschimpfungen an wie der letzte Depp. In solchen Situationen fehlen mir immer die Worte! Wenn es mir in ganz seltenen Ausnahmesituationen mal gelingt, meinem Ärger im richtigen Moment Ausdruck zu verleihen, dann steht garantiert der falsche Adressat vor mir, und ich stauche einen Unschuldigen zusammen.«

»Es hat dem Tag einen surrealen Anstrich gegeben. Im ersten Moment dachte ich, ich hätte etwas ganz Fürchterliches getan und es nur kurz vergessen. Ich war sehr erleichtert, als sich herausstellte, dass du mich verwechselt hast.«

»Eigentlich war es ganz gut, dass Richie sich das nicht anhören musste, ich habe ziemlich überreagiert. Aber bei Frau Mauer hätte ich wirklich gerne das letzte Wort gehabt.«

»Na, dann«, sagte Moritz, bremste und wendete.

»Du fährst zurück?« In meiner Stimme schwang Entsetzen mit.

»Klar. Um der Sache einen würdigen Abschluss zu verleihen. Oder willst du nicht?«

Wollte ich? Einerseits konnte ich mir Schöneres vorstellen, als schon wieder in Frau Mauers grantiges Gesicht zu blicken. Ich hätte die ganze Geschichte am liebsten abgehakt und verdrängt. Die Segnungen der Verdrängung werden ja gerne unterschätzt. Nicht von mir, selbstverständlich. Andererseits wollte ich die Liste meiner negativen Charaktereigenschaften, die Moritz von mir haben musste, nicht zwingend um den Punkt »Feigheit« erweitern. Und ich war wirklich wütend. Es war keine schlechte Idee, den Ärger bei der Verursacherin abzuladen, anstatt mir selbst die Laune damit zu verderben.

»Okay.« Ich bemühte mich, entschlossen und durchsetzungsstark zu klingen.

Kurz nach Einbruch der Dunkelheit standen wir wieder vor Frau Mauers Haus.

»Ich warte hier auf dich!«, sagte Moritz und klopfte mir aufmunternd auf die Schulter. »Mach sie fertig!«

Mit pochendem Herzen stieg ich aus und ging durch den Vorgarten. Moritz' Blick konnte ich in meinem Rücken spüren, es gab kein Entkommen.

Ich klingelte.

Nach wenigen Sekunden hörte ich das unverkennbare Klack, Klack, Klack auf den Fliesen.

Klappe, die zweite.

Was genau wollte ich Frau Mauer eigentlich sagen? Ich war so damit beschäftigt gewesen, einen energischen Eindruck auf Moritz zu machen, dass ich mir nichts überlegt hatte. Dazu blieb jetzt auch keine Zeit mehr, denn schon wurde die Tür aufgerissen. Frau Mauer starrte mich an. Ich starrte Frau Mauer an. Wir schwiegen beide. Wir standen da wie zwei Schauspielerinnen, die ihren Text vergessen hatten und vergebens auf die Eingabe der Souffleuse warteten. Die Situation hatte eine gewisse Komik. Als ich das erkannte, fiel die Nervosität von mir ab. Was konnte mir schon passieren?

»Ich bin noch einmal hergekommen, Frau Mauer, um ein paar Dinge klarzustellen. Ich weiß nicht, warum wir beide nicht miteinander zurechtgekommen sind. Möglicherweise bin ich wirklich keine besonders gute Chefin. Ich habe keine Erfahrung in der Leitung einer Praxis, und vermutlich haben Sie recht, dass bei der Praxisorganisation einige Dinge verbesserungsfähig sind. Aber das ist überhaupt nicht der Punkt. Der Punkt ist, dass Sie mich betrogen haben, und zwar in erheblichem Umfang. Ist Ihnen eigentlich klar, was Sie da getan haben? Das war kein Griff in die Kaffeekasse, das war systematischer Betrug. Sie haben mein Vertrauen und meine Gutgläubigkeit schamlos ausgenutzt. Dass Sie das nicht zugeben wollen, ist eine Sache. Dass Sie aber den Spieß umdrehen und mir die Schuld zuschieben wollen, macht mich sprachlos.«

Frau Mauer kniff die Lippen zusammen und blickte haarscharf an mir vorbei. Ich wartete ab, ob sie etwas erwidern wollte, aber sie schwieg eisern.

»Ihre fristlose Kündigung nehme ich jedenfalls an. Ich glaube, es ist in unser beider Interesse, wenn wir nicht weiter zusammenarbeiten. Ich werde Ihnen in der nächsten Woche eine Aufstellung der betreffenden Rechnungen schicken und erwarte, dass Sie mir den Betrag unverzüglich erstatten. Bis dahin lassen Sie mir Ihre fristlose Kündigung bitte schriftlich zukommen. Guten Abend.«

Nach diesen Worten drehte ich mich um und ließ Frau Mauer stehen. Ich lief zu dem weißen Kombi, öffnete die Autotür und ließ mich auf den Beifahrersitz fallen.

»Puh!«

Moritz startete den Wagen und sah mich an.

»Wie ist es gelaufen?«

»Es war einfacher, als ich es mir vorgestellt hatte. Ich habe Frau Mauer das erste Mal sprachlos erlebt. Aber irgendwie ist diese ganze Geschichte auch traurig. Frau Mauer scheint mir kein besonders glücklicher Mensch zu sein.«

»Das gibt ihr aber noch nicht das Recht, dich zu betrügen.«

»Nein, natürlich nicht. Es macht sie mir auch nicht sympathischer. Aber ich bin nicht mehr so wütend. Wie sie da gerade vor mir stand, mit zusammengekniffenem Mund, habe ich gedacht, dass sie eigentlich eine bemitleidenswerte Gestalt ist. Stell dir mal vor, wie anstrengend es sein muss, den ganzen Tag so sauertöpfisch zu sein, da muss einem ja die Lust am Leben vergehen!«

»Apropos Lust am Leben. Wollen wir vielleicht noch etwas essen gehen?«

War das eine Einladung? Ich wurde ausnahmsweise mal rot. Hörte das denn überhaupt nicht mehr auf? Ich kam mir vor wie ein Teenager. Glücklicherweise war es schon ziemlich dunkel, und Moritz musste sich aufs Fahren konzentrieren, so dass er meine glühenden Wangen nicht sehen konnte. Leichthin sagte ich: »Ja, warum nicht? Essen müssen wir alle mal.«

Essen müssen wir alle mal! Super Antwort, Lena Leopold.

»Ich kenne einen kleinen Italiener hier in der Nähe. Wenn wir Glück haben, bekommen wir noch einen Platz, es ist meistens ziemlich voll dort. Der Chef ist großartig. Er kommt immer persönlich an den Tisch und stellt seine Speisekarte vor.« Moritz wedelte mit seiner rechten Hand herum und imitierte ihn: »Wir haben eine sehr söne Fische, ganz frische, das machen wir mit eine bisschen Knoblauch auf die Grill, und dann auf eine Gemüsebette, oder esse Sie lieber Pasta? Wir haben Ravioli mit eine Superfüllung, söne Steinpilze, mit bisschen Butter, smeckte ganz tolle ... und dazu eine klassige Rotwein, ganz leichte, aus dem Piemont.«

Ich kicherte. Dann fiel mir etwas ein.

»Hattest du nicht gesagt, du müsstest noch etwas erledigen? Du wolltest doch eigentlich nach Teltow!«

»Äh, ja, stimmt, das habe ich gesagt.«

Täuschte ich mich, oder wurde Moritz jetzt auch rot? Es war leider zu dunkel, um es genau zu erkennen.

»Das war nicht ganz die Wahrheit, aber wenn ich gesagt hätte, dass ich dich extra fahren würde, hättest du dir eher ein Taxi genommen, oder?«

Er warf mir einen Blick zu. Er war extra für mich in die Vorstadt gegurkt, nur, um ein bisschen Zeit mit mir zu verbringen? In meinem Magen begann es zu kribbeln.

»Ich wollte die Chance nutzen, noch mal mit dir wegen des Tresens zu sprechen. Ich würde ihn gerne bauen, aber neulich sind wir ja nicht richtig ins Gespräch gekommen.«

»Ach so«, sagte ich ernüchtert. Klar, das war für ihn Arbeitszeit, Kundenakquise ... Egal. Ich wollte trotzdem mit ihm essen gehen.

Der Italiener war, wie prophezeit, rappelvoll, aber wir bekamen noch ein winziges Tischchen in einer Ecke. Moritz und ich wurden euphorisch vom Chef begrüßt, er schüttelte uns begeistert die Hände, er freue sich, uns zu sehen!

»Bist du öfter hier?«, fragte ich Moritz, als wir uns gesetzt hatten. Der Begrüßung nach zu urteilen kam er jeden zweiten Abend hierher.

»Nein, ich war erst ein Mal hier, aber da hat er mich auch schon so begrüßt. Ich glaube, das macht er immer so. Wahrscheinlich fühlen sich die Leute geschmeichelt, wenn sie denken, dass er sie wiedererkennt. Guck!«

Er deutete mit dem Kinn auf ein Paar, das gerade hereingekommen war und sich strahlend vom Chef willkommen heißen ließ.

Es war ein wunderschöner Abend, wir planten den Tresen bis ins letzte Detail, und Moritz machte eine eindrucksvolle Skizze auf der Serviette. Hinter den Tresen zeichnete er eine lächelnde Frau, die unverkennbar mich darstellte.

»Woher kannst du so gut zeichnen?«

»Das ist quasi mein zweiter Beruf. Ich bin Phantombildzeichner bei der Polizei.«

»Quatsch.«

»Doch, wirklich. Nach dem Abitur bin ich bei der Kripo gelandet. Meine Eltern wollten, dass ich etwas Vernünftiges tue, und Mörder zu fangen schien mir eine sinnvolle Tätigkeit. Also habe ich mich bei der Polizei beworben. Ziemlich schnell stellte sich allerdings heraus, dass ich eine leicht verklärte Vorstellung von diesem Beruf hatte. Ich habe wohl zu viel *Tatort* geguckt. Immerhin bin ich meinem Vorgesetzten als guter Porträtzeichner aufgefallen, und seitdem fertige ich Phantombilder für die Polizei an.«

»Tischler und Phantombildzeichner. Ziemlich ungewöhnliche Kombination.«

»Eigentlich bin ich gar kein Tischler, zumindest kein gelernter, das ist mehr ein Hobby. Hauptberuflich bin ich Vermessungsingenieur.«

»Was ist das denn?«

»Das sind die Leute, die immer mit diesen rot-weißen Stangen und einer Art Fotoapparat auf der Straße stehen. Ich habe das studiert, nachdem ich bei der Polizei aufgehört hatte.«

»Das muss man studieren?«

Moritz nickte.

»Aber es ist so langweilig, wie es aussieht. Deswegen habe ich irgendwann mit dem Tischlern angefangen. Inzwischen arbeite ich nur noch Teilzeit in dem Vermessungsbüro, in der anderen Zeit baue ich Möbel.«

»Und was ist dein vierter Beruf? Eishockeytrainer?«

Moritz lachte. »Nein, das war's.«

»Ganz schön vielseitig.«

»Nett formuliert. Man könnte es auch unentschieden nennen.«

Nach dem Espresso brachte der Chef die Rechnung und einen Grappa für jeden. Ich bestand darauf, zu zahlen, obwohl Moritz protestierte.

»Nimm es als Schadensersatz für meinen Wutanfall neulich, das beruhigt mein schlechtes Gewissen. Außerdem hast du mich einmal quer durch die ganze Stadt gefahren.«

Wir verließen das Restaurant und schlenderten zu Moritz' Auto. Fieberhaft überlegte ich, wie ich diesen Abend in die Länge ziehen könnte. Mir fiel nichts Brauchbares ein. Ich hoffte darauf, dass Moritz sich verfuhr, dann hätte ich den Stadtplan nehmen und ihn in eine falsche Richtung lotsen können. Zufällig wären wir in der Straße irgendeines sagenhaften Clubs gelandet. »Ach«, hätte ich sagen können, »wir haben uns leider verfahren, aber jetzt, wo wir schon mal hier sind, könnten wir doch kurz in diesen tollen Club gehen?«

Aber leider kannte sich Moritz in der Innenstadt gut aus, denn er fuhr ohne Umwege in die Richtung meiner Wohngegend. Vielleicht konnte ich ihn einfach auf einen Kaffee mit zu mir bitten? Nein, das war zu offensichtlich. Hatte ich irgendein spektakuläres Möbelstück, das ich ihm zeigen konnte? Außer einer angeschlagenen Art-déco-Teekanne enthielt meine Wohnung keine bemerkenswerten Einrichtungsgegenstände. Ich verfluchte mich für meine Neigung zu schwedischen Einrichtungshäusern und die Weigerung, die schweren Bauernmöbel meiner Großeltern zu übernehmen. Wie wäre es mit meiner Sammlung alter Micky-Maus-Hefte? Zu kindisch, obwohl sie inzwischen Sammlerwert haben dürften. Konnte ich ihn bitten, meinen platten Fahrradreifen zu reparieren? Oder das Schloss meiner klemmenden Eingangstür? Nein, im schlimmsten Fall hätte er das Gefühl, ich wollte nur Geld sparen. Ich verwarf auch den Blick von meiner Dachterrasse, das

Skelett Igor, das ich zum Physikum bekommen hatte, sowie meine Sammlung Kaffeebecher mit den Logos internationaler Flughäfen. Als Moritz schließlich vor meiner Haustür hielt, war mir immer noch keine zündende Idee gekommen. Frustriert öffnete ich die Beifahrertür.

»Ja, dann ...«, sagte ich, in der Hoffnung, er möge mich aufhalten.

»Mach's gut.«

Ich stieg aus, warf die Tür hinter mir zu und trottete zu meiner Haustür.

Feige Sau, feige Sau, feige Sau.

»Lena?«

Moritz war ebenfalls ausgestiegen und hielt meinen Schal hoch.

»Den hast du vergessen.«

»Danke.«

Frag ihn! Was kann schon schiefgehen?

Ich holte tief Luft. »Hast du Lust, noch ein Bier trinken zu gehen? Um die Ecke ist ein ganz netter Biergarten.«

Bei diesem Satz wurde ich – Überraschung – knallrot.

»Ja, gern.«

Na, bitte. So einfach war das!

Mein Puls raste dermaßen, dass es mir schwerfiel, meine Stimme unter Kontrolle zu halten und nicht zu kieksen wie ein Teenager im Stimmbruch.

»Ich muss mir nur noch etwas zum Überziehen holen. Magst du kurz mit hochkommen?«

Hintereinander stiegen wir die Treppen hoch. Auf dem zweiten Treppenabsatz wurde mir klar, dass Moritz, der hinter mir ging, eine fabelhafte Aussicht auf meinen Po hatte. Ich überlegte, ob ich ihn für vorzeigbar genug hielt, um ihn fünf Stockwerke lang zu präsentieren. Auf den ersten Blick sah er nicht schlecht aus, er war ziemlich fest und rund, aber ein zweiter Blick verriet, dass er leicht birnenförmig war. Würde die Erkenntnis meines Birnenpopos eine möglicherweise aufkeimende Zuneigung bei Moritz eindämmen? Aber vielleicht mochte er Birnenpos ja? Wenn er jedoch ein Apfelpoliebhaber war, hatte ich schlechte Karten. Das wollte ich nicht riskieren. Ich tat so, als müsste ich kurz verschnaufen, und hielt einen Moment inne, so dass wir nebeneinander den letzten Treppenabsatz erklommen. Als wir um die Ecke bogen, blieb ich überrascht stehen. Auf der obersten Treppenstufe hockte Mia. Meine Türschwelle schien einen hohen Anziehungsgrad zu besitzen. Sie sah mich und stand auf.

»Was machst du denn hier?«

»Entschuldige, ich wollte dich nicht stören.«

»Schon gut. Was gibt es?«

Warum reagierte ich so harsch? Eigentlich freute ich mich, Mia zu sehen, aber sie hatte sich den unglücklichsten Zeitpunkt überhaupt ausgesucht. Warum rief sie mich nicht einfach an? Hatte sie kein Telefon? Mia warf einen unsicheren Blick auf Moritz, der abwartend hinter mir stand.

»Ich fasse mich kurz, Lena. Ich wollte dir nur sagen, dass mir unser Streit furchtbar leidtut. Ich habe mich saublöd benommen und Sachen zu dir gesagt, die ich überhaupt nicht so meinte. Ich wollte dich um Verzeihung bitten und fragen, ob wir uns nicht wieder vertragen können …«

Mia standen Tränen in den Augen. Mein Herz wurde ganz weich, mein Groll verpuffte. Ich fiel ihr um den Hals.

»Ach, Mia, ich bin so froh, dass du hergekommen bist, mir tut es auch leid. Ich war eine dumme Kuh, ich hätte dich unterstützen sollen, als du hier warst, stattdessen kritisiere ich dich …«

»Du hattest ja recht. Ich habe mich total kindisch benommen, ich war mit der ganzen Situation überfordert, aber das Letzte, was ich wollte, war, dich zu kränken und all diese blöden Dinge zu sagen …«

Schniefend lagen wir uns in den Armen. Als wir uns schließlich voneinander lösten und ich mich umdrehte, war Moritz verschwunden. Verdammter Mist! Aber ich konnte es ihm nicht verdenken. Zwei heulende Weiber mussten den stärksten Mann in die Flucht schlagen. Oder hatte er sich aus Diskretion verzogen?

Mia zog die Nase hoch.

»Bin ich da gerade in etwas hineingeplatzt?«

»Passt schon. Dafür habe ich dich ja wieder. Komm rein.«

Zur Feier des Abends öffnete ich die Flasche Champagner, die ich zur Praxiseinweihung bekommen hatte und ursprünglich mit Lorenz hatte köpfen wollen. Mia und ich setzten uns auf den Balkon. Es hätte ein herrlicher Abend im Biergarten werden können, und ich hatte noch nicht einmal Moritz' Handynummer … Ach, Schwamm drüber.

Wir stießen an, und Mia wollte wissen, wer dieser Prachtkerl gewesen sei. Ich erzählte ihr von Moritz und meinen glorreichen Taten an diesem Abend. Mia beglückwünschte mich und entschuldigte sich ununterbrochen, dass sie meine Verabredung gesprengt hatte.

Beim zwanzigsten Mal unterbrach ich sie. »Mia, Schluss jetzt damit. Wenn er sich für mich interessiert, wird er schon wieder auftauchen.«

Ich war bemüht, selbst auch an diese Einschätzung zu glauben. In Wirklichkeit fürchtete ich, dass Moritz mich für eine extrem anstrengende Person hielt. Irgendwie hatte er das Talent, in den spärlich gesäten dramatischen Momenten meines Lebens aufzutauchen. Ich versuchte, mich abzulenken, und fragte Mia nach dem Stand der Dinge. Mia berichtete, Oles Seitensprung sei gar keiner gewesen, dafür habe sie jetzt ein mordsmäßig schlechtes Gewissen wegen der Sache mit Nils. Sie war am Boden zerstört.

»Vergiss es einfach, Mia. Tu so, als ob es nie passiert wäre. Kleine Sünden bestraft der liebe Gott sofort, und damit wäre die Sache erledigt.«

»Und was war die Strafe?«

»War der Sex nicht furchtbar?«

Mia nickte.

»Na, siehst du.«

Mia vergrub den Kopf in den Händen. »Ich weiß nicht. Ich grüble die ganze Zeit darüber nach, ob ich es Ole nicht beichten muss. Ich verstehe zwar immer noch nicht, wie er mich in dem Glauben lassen konnte, er hätte mich betrogen, aber dass ich gleich aus dem Haus stürme und mit dem erstbesten Idioten ins Bett hüpfe, damit konnte er weiß Gott nicht rechnen. Einerseits bin ich immer noch wütend auf ihn, andererseits habe ich ein schlechtes Gewissen.«

»Mia, erzähl es ihm auf keinen Fall. Du hast überreagiert, du wolltest dich rächen, es war grauenvoll – wozu soll Ole das alles wissen? Nur, damit du dich besser fühlst?«

»Ob ich mich besser fühlen würde, bezweifle ich. Diese rachsüchtige Übersprungshandlung wirft ja nicht gerade ein gutes Licht auf meine Persönlichkeit.«

»Ich würde es impulsiv nennen, und du warst immerhin sehr verletzt. Da handeln die meisten Leute nicht rational.«

»Ich weiß einfach nicht, was ich machen soll. Zwischen Ole und mir stimmt momentan nichts. Irgendwie stecken wir fest. Es geht nicht vor und nicht zurück. Wir behandeln uns gegenseitig wie rohe Eier und sprechen nur das Nötigste miteinander. Ich glaube, wir haben beide Angst vor der nächsten Auseinandersetzung.«

»Ihr braucht mal ein bisschen Zeit für euch. Könnt ihr euch nicht eine Auszeit nehmen?«

Mia zuckte die Schultern. »Ole arbeitet momentan so viel, ich glaube nicht, dass ich ihn dazu bewegen kann. Hast du Zigaretten?«

Als ich meine Notzigaretten gefunden hatte, gingen wir wieder auf den Balkon und rauchten.

»Sag mal, Lena, was ist überhaupt mit Jakob passiert? Den hätte ich fast vergessen.«

»Ich habe ihm meine Cellulite gezeigt, da hat er eingesehen, dass ich zu alt für ihn bin.«

Mia lachte. »Ist er noch in Berlin?«

»Nein, er hat sich nach zwei Tagen verabschiedet. Ich habe ihm das langweiligste Kulturprogramm zusammengestellt, das man sich denken kann. Am ersten Abend habe ich ihn in eine vierstündige Operninszenierung geschleppt, am nächsten Abend gab es ein grässliches Kammermusik-Konzert. Danach ist er ohne Widerrede abgefahren. Wahrscheinlich hat er selber gemerkt, dass wir keine realistische Zukunft haben.«

Wir rauchten jeder noch eine Zigarette, bis Mia aufstand und sich verabschiedete. Ihr schulpflichtiger Babysitter musste abgelöst werden.

Ich blieb alleine auf dem Balkon sitzen, trank den Rest des Champagners aus und dachte an Moritz' Hände. Mit leicht schwummrigem Kopf wurde mir klar, dass er definitiv die schönsten Hände hatte, die mir je an einem Mann begegnet waren.

Mia

Am Morgen meines 35. Geburtstags wachte ich davon auf, dass meine Nase juckte. Jemand kicherte. Ich öffnete die Augen. Klara hatte sich über mich gebeugt und kitzelte mich mit einer Haarsträhne. Sie legte die Arme um meinen Hals, drückte fest zu und flüsterte »herzlichen Glückwunsch«. Ole war schon aus dem Haus. Er hatte einen frühen Termin irgendwo in Brandenburg und war deshalb um fünf Uhr aufgestanden. Ich war erleichtert, dass wir auf diese Weise ein pseudo-harmonisches Geburtstagsfrühstück umgehen konnten. Klara bestand darauf, dass ich sofort mit ihr nach unten kam, um meinen Geburtstagstisch zu besichtigen. Auf dem Weg holten wir Max aus seinem Bettchen und gingen alle zusammen ins Esszimmer. Der Frühstückstisch war gedeckt, in der Thermoskanne war heißer Kaffee, auf dem Tisch stand ein riesiger Strauß gelber Sonnenblumen. An der Blumenvase lehnte eine Karte.

»Alles Gute zum Geburtstag! Geschenke gibt's nachher. Ole.«

Klara überreichte mir mit großer Geste ein zusammengerolltes Blatt Papier, das sie mit mehreren Streifen Tesafilm zugeklebt hatte. Ich entrollte und bejubelte es pflichtschuldig. Es zeigte eine krakelige Figur mit struppigen roten Haaren und vielen Punkten im Gesicht. Darunter stand: »LIB MAMA ISENKE DIA DAS WIANSTAATERGEN KLARA.« Ich versuchte vergeblich, die Botschaft zu deuten. Klara erläuterte, sie würde mir schenken, dass wir gemeinsam ins Theater gingen, das Bild stelle das »Sams« dar. Ich müsse nur die Theaterkarten besorgen und bezahlen, denn sie verdiene ja noch kein Geld.

»Freust du dich?«

»Sehr. Das klingt ganz toll.«

Nachdem ich die Kleinen im Kindergarten abgeliefert hatte, fuhr ich in den Verlag. Es würde ein schöner Sommertag werden, angenehm warm und nicht zu heiß. Als ich in die Straße des Verlagshauses bog, stieß ich mit einem älteren Berliner mit Schiebermütze zusammen.

»He, junge Frau, schlafen Sie noch?«

Ich entschuldigte mich und betrat seufzend das Gebäude. Willkommen in der zweiten Hälfte des Lebens. Ende zwanzig hatte das Elend damit begonnen, dass Jugendliche auf der Straße anfingen, mich zu siezen. Nun also »junge Frau«. Wenn man in Berlin so angesprochen wurde, hatte man seine besten Zeiten zweifellos hinter sich. Wirklich junge Frauen wurden in Berlin nämlich »Frollein« gerufen. Berliner brachten es fertig, zu einer neunzigjährigen Greisin »junge Frau« zu sagen, das war die vielgerühmte Berliner Schnauze. Im besten Fall konnte man es als liebevolle Schnoddrigkeit interpretieren, als Aufmunterung, das klar erkennbare Alter nicht so schwerzunehmen.

Im Büro läutete ich meinen neuen Lebensabschnitt ein, indem ich meinen überquellenden Schreibtisch aufräumte und die zahlreichen Briefe und E-Mails durchsah, die sich in den letzten Wochen angesammelt hatten. Dann verlagerte ich die Manuskriptstapel, die auf allen Stühlen lagen, auf den Boden und schleppte Gläser, Becher und Teller in mein Büro. Um eins hatte ich meine Lektoratskollegen zu einem kleinen Umtrunk eingeladen. Ich hatte zwei Flaschen Sekt mitgebracht und Kuchen beim Bäcker an der Ecke gekauft.

Die kleine Runde versammelte sich pünktlich in meinem Büro, und meine Kollegen überreichten mir einen Blumenstrauß nebst Gutschein für eine Massage am Arbeitsplatz. Es handle sich um eine Masseurin, die mit einem zusammenklappbaren Massagetisch direkt ins Büro käme. Tolle Idee. Der Programmleiter gesellte sich auch zu uns und prostete mir zu. Er habe zur Feier des Tages eine freudige Botschaft zu verkünden.

Mir schwante Böses. »Sie haben die Fortsetzung des Pornos eingekauft?«

Er schüttelte den Kopf und nannte mich eine Schwarzseherin. Vielmehr wolle er grünes Licht für einen von mir vorgeschlagenen Kurzgeschichtenband geben, ich hätte freie Hand bei den Vertragsverhandlungen und dem anschließenden Lektorat. Ich war sprachlos. Das war ein langgehegtes Wunschprojekt von mir, das ich seit zwei Jahren verfolgt, inzwischen aber abgeschrieben hatte. Der Autor war ein junger italienischer Journalist, der seit einiger Zeit in Berlin lebte und alltägliche Begegnungen mit den Deutschen schilderte. Ich fand die Begebenheiten umwerfend komisch, aber Kurzgeschichten waren schwer an den Leser zu bringen, weswegen meine Bemühungen bislang nicht von Erfolg gekrönt gewesen waren.

»Das ist großartig! Wo ist der Haken?«

»Kein Haken«, versicherte mein Chef. Eine Spur von Misstrauen blieb zwar, aber er schien es ernst zu meinen. Wir tranken unseren Sekt und plauderten, als sich die Tür noch ein Mal öffnete. Herein kam Ole. Er sei zufällig in der Nähe gewesen und habe sich gedacht, dann könne er ja kurz mit mir auf meinen Geburtstag anstoßen. Er musste sich komplett verfahren haben, denn der Verlag lag alles andere als in der Nähe seines Büros. Oles überraschender Besuch löste gemischte Gefühle bei mir aus. Ich war nicht besonders gut darin, eitel Sonnenschein vorzutäuschen, und legte keinen gesteigerten Wert darauf, unsere Krisenstimmung meinen Kollegen zu präsentieren. Auf der anderen Seite meldete sich vorsichtige Erleichterung. Ole und ich hatten uns wochenlang umkreist, keiner von uns hatte einen Schritt auf den anderen zu getan. Das hier war eindeutig ein Gesprächsangebot. Also schützte ich Unbeschwertheit vor und aß vor lauter Verwirrung Unmengen Kuchen.

Glücklicherweise nahm mein Kollege Stefan Ole sofort in Beschlag und berichtete ihm von den zahlreichen Fallgruben seines Bauprojektes. Er und seine Frau bauten seit einem Jahr an einem alten Haus herum, das einfach nicht fertig wurde. Jetzt wollte er von Ole eine Einschätzung zu einem Problem, das sie beim Einreißen irgendwelcher Wände mit der Statik bekommen hatten. Ich unterhielt mich mit einer Kollegin und dem Programmleiter und schielte ständig zu Ole hinüber. Nach einer Viertelstunde begann er, in regelmäßigen Abständen auf seine Uhr zu blicken. Wahrscheinlich musste er gleich wieder zurück ins Büro, und wir hatten nicht mal richtig miteinander gesprochen. Er kam zu mir herüber.

»Mia, wir müssen los.«

»Wir? Jetzt? Wohin?«

»Geburtstagsüberraschung.«

»Aber ich kann hier nicht weg.«

»Doch, doch«, mischte sich der Programmleiter ein. »Sie haben ab sofort ein paar Tage frei. Nach den Qualen, die Ihnen unser erotischer Kriminalroman bereitet hat, haben Sie sich eine Auszeit verdient.« Er zwinkerte uns zu.

Verwirrt verabschiedete ich mich von meinen Kollegen und folgte Ole. Er hatte direkt vor dem Verlag einen super Parkplatz gefunden, der sich leider als Taxistand herausstellte. Ein wütender Taxifahrer war gerade dabei, einen Abschleppdienst herbeizutelefonieren, als wir auftauchten. Schnell stiegen wir ins Auto und fuhren los.

Die ersten fünf Minuten sagte keiner von uns ein Wort. Schließlich überwand ich mich.

»Ole, ich bin froh, dass du hergekommen bist. Die letzte Zeit war schwierig. Wir müssen reden.«

»Ja, du hast recht. Aber jetzt feiern wir erst mal deinen Geburtstag und vergessen den ganzen Stress.«

»Ich weiß nicht, ob das so einfach geht.«

»Versuch's doch mal.«

»Okay.«

Ole war nicht zu entlocken, wohin es ging; beharrlich schwieg er und überließ mich meinen Spekulationen. Also kurbelte ich das Fenster herunter und genoss die warme Sommerluft. Wir verließen die Stadt in südöstlicher Richtung und sprachen die ganze Fahrt über kaum. Möglicherweise wollte keiner von uns das vorsichtige Tauwetter zwischen uns durch ein falsches Wort beschädigen. Stattdessen hörten wir Jazz-Radio und blickten auf die vorüberziehende Landschaft.

Irgendwo in der Pampa fuhr Ole von der Autobahn ab. Wir folgten einer holprigen Landstraße durch mehrere kleine Dörfer, bis er das Auto am Straßenrand parkte und verkündete, wir seien angekommen. Ich blickte mich um. Wir befanden uns auf einem Dorfplatz, ich entdeckte einen Briefkasten, eine Bank sowie eine alte Kirche. Wollte Ole hier etwa unseren Treueschwur erneuern, so wie Prominente es taten? Lauerten unsere Familien hinter den Kastanien, um uns hochleben zu lassen? Misstrauisch äugte ich hinter einen Baum. Niemand zu sehen.

Ole war schon ein paar Meter vorgegangen, er drehte sich zu mir um.

»Kommst du?«

Er hatte einen riesigen Seemannssack geschultert und trug eine große blaue Plastiktasche, aus der eine Isomatte ragte.

»Ole, wohin gehen wir?«

Er grinste nur.

»Wird das hier so etwas wie ein Outdoor-Survival-Training? Gemeinsam in der Wildnis die partnerschaftlichen Stärken entdecken?«

»Jetzt komm schon. Oder hast du Angst?«

Ich zuckte mit den Schultern und stapfte hinter ihm her. Wir gingen einen Weg hinunter, der von einer dichten Hecke gesäumt war, und traten durch ein schmiedeeisernes Tor in einen riesigen Garten. Ich entdeckte große Gemüsebeete und üppige Stauden sowie eine kleine Allee mit Apfelbäumen. Eine Frau mit langen blonden Haaren und einer Schürze eilte auf uns zu.

»Seid ihr das Paar aus Berlin? Willkommen im ›Kulinarischen

Garten‹! Ich bin Brigitte, die Leiterin. Die anderen Teilnehmer sind alle schon da, wir können also gleich loslegen. Aber erst mal stelle ich euch vor!«

Sie führte uns durch den Garten zu einem Tisch, an dem eine Gruppe von acht Männern und Frauen saß. Brigitte fragte Ole und mich, ob wir etwas trinken wollten, und stellte uns den anderen vor. Ich nahm einen frisch gepressten Orangensaft und blickte mich ratlos um. Worauf würde das hier hinauslaufen?

In diesem Agenblick klatschte die Leiterin in die Hände.

»Seid ihr bereit zum Kochen?«

»Kochen? Hier?«

Irritiert schaute ich mich um. Die anderen sahen mich erstaunt an. Ich war offensichtlich die Einzige, die nicht wusste, was wir hier taten. Endlich klärte Ole mich auf. Wir befanden uns in dem ehemaligen Nutz- und Ziergarten eines anliegenden Schlösschens. Der Garten war über die Jahrhunderte immer weiter verwildert, bis sich eine Stiftung seiner angenommen hatte. Im Sommer nutzten Brigitte, die Köchin war, und ihr Mann, ein Gärtner, das Gelände, um Kochkurse im Freien zu veranstalten. Die meisten Zutaten stammten aus dem Garten und wurden von den Kursteilnehmern vor der Zubereitung frisch geerntet. Die Küche war in einem großen Zelt untergebracht, das nach allen Seiten hin offen war, vor Regen jedoch Schutz bieten würde – eine Art transportable Catering-Küche mit zwei Gasherden, zahlreichen Arbeitsflächen und einem großen Spülbecken.

Brigittes Mann, der sich als Edi vorstellte und Besitzer eines eindrucksvollen Kaiser-Wilhelm-Schnurrbartes war, begann mit einer ausführlichen Gartenbegehung. Brigitte drückte jedem von uns ein Körbchen in die Hand sowie eine Liste mit verschiedenen Kräutern und Gemüsesorten, die wir von unserem Rundgang für das Vier-Gänge-Menü mitbringen sollten. Ich war für die Kräuter zuständig und sammelte fleißig Salbei, Majoran, Thymian, Zitronenmelisse, Schnittlauch, Minze sowie essbare Kapuzinerkresseblüten für den Salat. Ole erhielt einen Spaten und Handschuhe und wurde zum Kartoffelausgraben abkommandiert.

Nach der Führung ging es ans Kochen. Ole und ich übernahmen die Verantwortung für den Risotto, das schien uns am risikoärmsten. Brigitte erklärte uns, wie die echten Profis hauchfeine Zwiebelwürfel produzierten: Man schnitt die Zwiebel zunächst längs und quer ein und musste sie anschließend auf eine bestimmte Art festhalten, damit man sich beim blitzschnellen Schneiden mit dem höllisch scharfen Messer nicht die Finger absäbelte. Nach einigen vergeblichen Versuchen griff ich auf meine altbewährte Methode zurück. Sie war zwar langsam und nicht halb so spektakulär anzusehen, jedoch garantiert unblutig. Ole war ein besserer Schüler. Nach zwei Übungszwiebeln hatte er den Dreh raus und hackte in Lichtgeschwindigkeit eine Zwiebel nach der anderen in hauchfeine Stückchen.

»Siehst du«, lobte Brigitte ihn, »das ist alles nur eine Frage der Technik.«

Im Laufe des Nachmittags verwies sie einige andere Schüler, die sich nicht besser anstellten als ich, an Ole, damit der Schneidemeister ihnen seine Profi-Technik beibrachte.

Nach jedem Gang, den wir fabriziert hatten, setzten wir uns alle um den großen Holztisch und aßen. Es herrschte eine zunehmend entspannte Stimmung, wir tranken Wein zum Essen, und es wurde viel gelacht. Zwischen Salatgang und Risotto (den ich wie eine Verrückte unter den aufmunternden Rufen von Brigitte cremig gerührt hatte), schaute ich Ole an.

»Das war eine schöne Idee. Danke.«

Er legte den Arm um mich.

Im Nu war es Abend geworden. Wir hatten das Geschirr abgespült, abgetrocknet und uns einen abschließenden Espresso gekocht. Ich fühlte mich wie im Urlaub.

Als die ersten Teilnehmer sich verabschiedeten, fragte ich Ole bedauernd: »Sollten wir nicht auch langsam aufbrechen? Wann müssen wir zu Hause sein?«

»In zwei Tagen.«

Ich traute meinen Ohren nicht.

»Wirklich? Wo sind die Kinder?«

»Bei meinen Eltern. Sie haben sich gefreut, die Kleinen mal für ein paar Tage am Stück zu nehmen. Glaube ich jedenfalls.«

»Und wo übernachten wir?«

»Wir dürfen hinten im Garten zelten.«

Er zeigte mir den vorgesehenen Platz auf der Wiese unter einer großen Eiche, und wir schleppten unsere Sachen dorthin. Offensichtlich hatten hier kurz zuvor andere Leute kampiert, denn es gab eine frische, mit Steinen umrundete Feuerstelle. Ole hatte an alles gedacht.

In seinem Seemannssack hatte er ein kleines Iglu-Zelt und Schlafsäcke verstaut, und aus dem Kofferraum holte er eine Tasche mit Wechselkleidung für mich. Ich war so gelöst, dass es mir sogar egal war, dass Ole mir ausgerechnet die Klamotten eingepackt hatte, die ich für die Altkleidersammlung vorgesehen hatte. In eine viel zu große Schwangerschaftsjeans und eine alte Trainingsjacke gehüllt, saß ich neben Ole am Lagerfeuer. Wir hatten zwei lange Stöcke gefunden, auf deren angespitzte Enden wir Marshmallows steckten, die wir über das Feuer hielten. Ole schwor auf eine Kombination aus gegrilltem Marshmallow mit einem Stückchen Schokolade drin, die tatsächlich verteufelt gut schmeckte und die er in rauen Mengen zubereitete.

Als die Marshmallow-Tüte leer und das Feuer zu einem kleinen Gluthaufen zusammengefallen war, krochen wir in unser Zelt und rollten die Schlafsäcke aus. Es dauerte eine Weile, bis ich die optimale Schlafposition gefunden hatte, denn unter dem Zeltboden befanden sich einige harte Bodenwellen. Ole atmete bereits tief und gleichmäßig, als ich mich endlich zurechtgelegt hatte.

»Ole?«, flüsterte ich.

Keine Antwort.

»Schläfst du schon?«

Er brummte.

»Hast du daran gedacht, deinen Eltern Bescheid zu sagen, dass Klara morgen einen Ausflug mit dem Kindergarten macht? Sie braucht Geld für den Bus und …«

»Alles geregelt«, murmelte Ole.

Ich schwieg und blinzelte in die Dunkelheit. Mir war ein bisschen kalt.

»Ole?«

»Hm?«

»Kann ich zu dir in den Schlafsack kommen? Ich friere.«

Statt einer Antwort öffnete er den Reißverschluss seines Schlafsacks, erleichtert schlüpfte ich hinein und kuschelte mich an ihn. Mit einiger Anstrengung gelang es mir, den Reißverschluss wieder hochzuziehen. Wir lagen dicht aneinandergedrängt wie zwei Presswürste in Löffelchenstellung, aber es war trotzdem einigermaßen gemütlich. Ole gab so viel Wärme ab wie ein Ganzkörperheizkissen.

»Du bist mein Ofen«, flüsterte ich ihm dankbar zu.

Am Morgen erwachte ich davon, dass mein Rücken schmerzte. Ole und ich lagen in exakt derselben Position da, in der wir eingeschlafen waren. Mein Hals war steif, und ich musste mich dringend strecken. Vorsichtig pellte ich mich aus dem Schlafsack und kroch aus dem Zelt. Die Sonne wärmte bereits, obwohl es noch recht früh war. Ich legte mich auf die Wiese und genoss die morgendlichen Sonnenstrahlen. Blinzelnd betrachtete ich ein blühendes Staudenbeet und fragte mich, warum wir nicht auf einem Bauernhof lebten. Zumindest könnten wir unseren eigenen Garten in eine solche Blütenpracht verwandeln. Allerdings waren wir beide nicht gerade mit einem grünen Daumen gesegnet. Uns ging ja schon das Basilikum auf der Fensterbank ein.

Nach einer Weile ließ auch Ole sich blicken und setzte sich zu mir. Er bot mir einen Schluck Kaffee aus einer Thermoskanne an – er war lauwarm und schmeckte bitter.

»Wie wäre es mit Frühstück? Ich könnte uns einen Beuteltee auf dem Gaskocher machen, und wir haben noch ein bisschen Zwieback.«

»Klingt gut«, erwiderte ich möglichst unbeschwert und unterdrückte die heftige Sehnsucht nach einem duftenden Espresso mit geschäumter Milch.

»Danach baden wir in eiskaltem Quellwasser und trocknen uns mit unseren T-Shirts ab. Die Handtücher habe ich nämlich leider vergessen.«

Entsetzt sah ich Ole an.

Er grinste. »Kleiner Scherz. Der Camping-Teil ist abgeschlossen, du bist ja schließlich nicht mehr die Jüngste. Ich habe uns ein Zimmer im Schloss reserviert.«

Erleichterung machte sich in mir breit. Ich konnte nicht verhindern, dass sich ein strahlendes Lächeln auf meinem Gesicht ausbreitete. Isomatten und Naturerlebnis in allen Ehren, doch nach einer Nacht in der freien Wildbahn konnte ich eine Dusche und ein gepflegtes Frühstück vertragen.

Wir packten unsere Sachen und schlenderten zum Schloss hinüber, das ein paar hundert Meter hinter dem Garten lag. Es hatte eine große Terrasse, von der aus man einen schönen Blick auf den angrenzenden Park hatte. Ole und ich brachten unser Gepäck auf das Zimmer, duschten und setzten uns anschließend zum Frühstücken auf die Terrasse.

Den Tag verbrachten wir mit Schlafen und dem gründlichen Studium belangloser Zeitschriften. Ole weigerte sich, den kleinen Saunabereich zu betreten, hatte mir aber netterweise eine Massage bestellt. Als kleines Geburtstagsgeschenk an mich selbst orderte ich zusätzlich eine Kräuter-Moor-Gesichtspackung. Nach der Massage wurde mein Gesicht mit einer grünlichen Paste beschmiert und mit Wasserdampf bestrahlt. Herrlich. Es fühlte sich wunderbar warm und gut durchblutet an.

In einen Bademantel gehüllt, kehrte ich zurück in unser Zimmer. Ole lag auf dem Bett und las.

»Hey.«

Ole sah auf. »Oh!«

»Was, oh?«

»Ach, nichts.«

Böses ahnend ging ich ins Badezimmer. Als ich mein Spiegelbild erblickte, schrak ich zusammen. Mein Gesicht sah aus wie eine Tomaten-Mozzarella-Pizza. Knallrot, garniert mit weißen Flecken. Daher das Gefühl der guten Durchblutung.

Ich warf mich neben Ole auf das Bett und vergrub mein Gesicht im Kissen. So blieb ich eine Weile liegen. Schließlich legte Ole seine Zeitschrift beiseite und fragte, ob wir ins Restaurant zum Abendessen gehen wollten. Unglücklich hob ich den Kopf.

»Ach je«, sagte Ole. »Ich vergaß.«

»Ich habe Hunger!«

»Mein armer Fliegenpilz. Sollen wir den Zimmerservice rufen?«

»Ist es dir peinlich, so mit mir rauszugehen?«

»Mir? Nein. Meinetwegen kannst du nackt mit Weihnachtsmannmütze neben mir sitzen.«

»Okay. Dann lass uns gehen. Ich ziehe mir nur etwas an.«

Ich würde mich doch nicht von einer Gesichtspizza unterkriegen lassen! Leider hatte Ole sämtliche Kosmetika von mir zu Hause gelassen, so dass ich die Flecke nicht unter einer dicken Schicht Make-up verbergen konnte. Seufzend warf ich mir ein paar Klamotten aus der Altkleidersammlung über und erklärte mich für ausgehfertig. Mit viel gutem Willen konnte man meine ausgeleierte Jeans als Boyfriend-Look und mein schlabbriges Sweatshirt als lässig bezeichnen.

»In meiner Freizeit laufe ich am liebsten in gemütlichen Sachen herum«, sagte ich zu Ole, der aber nichts Bemerkenswertes an meinen Klamotten zu finden schien.

Das Restaurant war nahezu leer, was uns die ungeteilte Aufmerksamkeit des Kellners bescherte. Wir nahmen uns vor, in aller Ruhe und ausgiebig zu tafeln.

Als Hauptgang wählte ich Riesengarnelen, Ole bestellte sich ein Rinderfilet.

»So könnte ich jeden Tag essen«, sagte er und lächelte unschuldig.

Wir genossen unser Menü und unterhielten uns über dies und das. Erst als ich das letzte Restchen Mousse vom Teller gekratzt hatte, sah ich Ole ernst an.

»Ich glaube, wir kommen nicht darum herum. Wir müssen reden.«

»Tun wir das nicht die ganze Zeit?«

»Du weißt, was ich meine. Wir müssen ein problemorientiertes Ehekrisengespräch führen.«

»Von mir aus können wir das auch lassen. Wir hatten beide eine anstrengende Zeit, die sich nicht besonders positiv auf unsere Beziehung ausgewirkt hat. Es kommen auch wieder bessere Zeiten.«

»Ich fürchte, ganz so einfach ist es nicht.«

»Bei mir schon.«

»Ich möchte aber gerne ein paar Sachen loswerden. Ich weiß, dass ich in den letzten Monaten ziemlich unausstehlich war. Mir ist das alles zu viel geworden. Erst hatte ich den Stress mit der Porno-Redaktion, dann warst du kaum noch zu Hause. Wir haben überhaupt nicht mehr miteinander gesprochen, und als du sagtest, du hättest eine Affäre, fielen alle Puzzleteile an ihren Platz. Ich habe wirklich gedacht, das wäre das Ende unserer Ehe. Ich hatte das Gefühl, du verheimlichst mir etwas, du schleppst irgendetwas mit dir herum, woüber du nicht mit mir sprechen willst.«

»Da lagst du ja auch nicht falsch.«

Ein eiskalter Schauer jagte mir den Rücken hinunter. »Was willst du damit sagen?«

»Guck nicht so entsetzt. So schlimm ist es nicht. Aber ich habe eine Weile gebraucht, bis ich mich zu einer Entscheidung durchringen konnte.«

»Ole, könntest du dich bitte deutlicher ausdrücken? Du machst mir Angst.«

»Ich habe beschlossen, zu kündigen.«

Ich verschluckte mich fast an meinem Espresso. Teils aus Überraschung, teils aus Erleichterung.

»Du hast was?«

»Ich werde kündigen. Ich habe den Stress im Büro satt. Wenn sich dieser Job nicht mit einem normalen Familienleben vereinbaren lässt, dann gehe ich. Anfang der Woche gab es wieder Ärger. Mir reicht es endgültig.«

»Was war denn los?«

»Ach, das Übliche. Mein Chef hatte wieder eine wichtige Besprechung auf den Dienstagnachmittag gelegt, obwohl er genau weiß, dass ich da die Kinder abhole. Sie müssen Prioritäten setzen, sagte er zu mir, er könne seinen Bauleiter ja wohl schlecht damit entschuldigen, dass er gerade die Kinderfrau spiele.«

»Spinnt der?«

»Ich habe ihn daran erinnert, dass ich von Anfang an klar gesagt habe, dass ich dienstags und donnerstags ab 16 Uhr nicht zur Verfügung stehe und er mir versichert habe, das sei kein Problem. Darauf hat er erwidert, dann müsse ich damit rechnen, dass mein Aufgabengebiet sich ändern und ein anderer meinen Platz bei den Besprechungen einnehmen würde.«

»Was für ein Idiot! In welchem Jahrhundert lebt der eigentlich?«

»Neulich, an dem Abend, als ich so spät nach Hause gekommen bin, habe ich zufällig Valentin in der Kneipe getroffen. Erinnerst du dich an ihn? Wir haben zusammen studiert. Es war total nett mit ihm. Er will sich mit einem Freund selbständig machen, sie suchen noch einen Partner. Er hat mich gefragt, ob ich mir vorstellen könnte, mit einzusteigen.«

»Und?«

»Ich habe gesagt, ich müsse darüber nachdenken. Genug Erfahrung und Kontakte hätten wir ... Anfang der Woche habe ich zugesagt.«

Ich schwieg und zerkrümelte mit den Fingern ein Stückchen Brot.

»Was meinst du dazu?«

»Das fragst du mich jetzt? Spielt das denn überhaupt eine Rolle? Du hast dich doch schon entschieden!«

»Hältst du es für einen Fehler, zu kündigen?«

»Nein! Überhaupt nicht! Sieh zu, dass du da wegkommst! Ich fände es bloß ganz nett, etwas früher in deine Entscheidungsfindung einbezogen zu werden. Das geht uns schließlich beide an.«

»Du schienst mir nicht besonders aufnahmefähig in der letzten Zeit.«

»Das ist unfair, Ole! Du hast nicht mal andeutungsweise erwähnt, dass du daran denkst, zu kündigen.«

»Ich wollte dich damit nicht belasten. Ich musste mir erst einmal selber klar darüber werden.«

»Dein Schweigen hat mich doppelt belastet. Ich hatte das Gefühl, dass du mir entgleitest. Ich habe gedacht, du hättest eine Affäre!«

Ole lachte. »Immerhin schmeichelhaft, dass du mir die organisatorischen Fähigkeiten zutraust, eine Affäre in meinem Alltag unterzubringen. Da käme ja eigentlich nur jemand aus dem Büro in Frage. Genau genommen Yvonne, die ist die einzige Frau bei uns!«

Yvonne war die Sekretärin. Ole amüsierte sich köstlich über sein Gedankenspiel. Ich verschwieg ihm, dass ich genau diese Konstellation im Kopf gehabt hatte.

Der Kellner trat dezent an unseren Tisch und räumte die Teller ab.

»Für das Haushaltsproblem habe ich übrigens eine Lösung«, sagte Ole beiläufig. »Es fordert uns allerdings einen kleinen Verzicht ab.«

»Erzähl.«

»Als ich neulich Klara und Max in den Kindergarten gebracht habe, war eine Frau gerade dabei, einen Zettel ans schwarze Brett zu hängen. Sie suchte einen Job als Teilzeit-Haushälterin. Ich habe mich mit ihr unterhalten, sie war mir gleich sehr sympathisch. Es stellte sich heraus, dass sie auch bei den Eltern von Leo beschäftigt ist, aber eben eine zweite Stelle sucht, zwei oder drei Mal die Woche. Ich habe kurz mit Leos Mutter gesprochen, sie meinte, die Frau sei eine echte Perle.«

»Nichts lieber als das. Aber wie wollen wir das bezahlen? Wenn du dich selbständig machst, wirst du vermutlich erst mal weniger verdienen.«

»Das meinte ich mit Verzicht. Wir könnten auf den Anbau verzichten. Von dem Geld bezahlen wir die nächsten Jahre eine Haushaltshilfe, und wir hätten immer noch einen Puffer, falls es mal eng werden sollte.«

Ich überlegte. Was war verlockender? Die Aussicht auf mehr Platz oder auf jahrelange Sauberkeit?

»Ich denke drüber nach«, versprach ich Ole.

»Okay. Dann hätten wir ja alles geklärt. Können wir jetzt zum entspannten Teil übergehen? Wollen wir eine Flasche Rotwein bestellen?«

Typisch Ole. Er war wahrlich kein Freund ausgiebiger Problemgespräche. Nachdenklich beobachtete ich ihn dabei, wie er die Weinkarte studierte. Sollte ich ihm von meinem Fehltritt erzählen? Seit Wochen quälte ich mich mit der Entscheidung.

»Ich muss dir noch etwas sagen.«

Ole blickte auf. Jetzt konnte ich nicht mehr zurück.

»In der Nacht, als ich … als du … da hab ich …«

»Schon gut, Mia. Lass es uns abhaken.«

»Nein, du verstehst nicht. In der Nacht, in der wir uns gestritten haben, da war ich nicht nur bei Lena, ich habe …«

Ole unterbrach mich. »Mia, tu mir einen Gefallen und halt jetzt den Mund. Wir haben uns beide saublöd verhalten, und ich möchte, dass wir einen Schlussstrich darunter ziehen. Wir bestellen uns jetzt die beste Flasche Wein, die es hier gibt, und trinken sie aus. Wenn du danach immer noch der Meinung bist, dass es Dinge gibt, die ich wissen sollte, werde ich dir zuhören. Aber jetzt hilf mir mit dem Aussuchen. Ich habe überhaupt keine Ahnung von Wein.«

Er reichte mir die Weinkarte, und ich studierte sie unkonzentriert. Lenas Worte kamen mir in den Sinn. Was hätte Ole davon, wenn er von deinem Fehltritt erführe? Er wäre mit Sicherheit verletzt. Aber ahnte er nicht ohnehin schon etwas? Plötzlich erinnerte ich mich an eine Diskussion, die wir vor einiger Zeit hatten. Es ging um unsere entlaufene Katze Lilli, an der Klara sehr gehangen hatte. Tagelang war sie unauffindbar gewesen, bis unsere Nachbarn uns anriefen. Lilli war von einem Auto überfahren worden. Ich wollte es Klara sagen, aber Ole überzeugte mich davon, es nicht zu tun. Er wollte sie in dem Glauben lassen, Lilli streife weiterhin durch die Gärten der Nachbarschaft und führe ein ungezwungenes Katzenleben. Es würde ihr das Herz brechen, zu erfahren, dass sie von einem Auto überfahren worden war, argumentierte Ole. Sie würde sich Vorwürfe machen, nicht besser auf sie aufgepasst zu haben.

»Wir nehmen den Zweigelt«, entschied ich und legte die Karte auf den Tisch.

Ich würde die Klappe halten.

Lena

Der große Tag der Renovierungsaktion war gekommen. Es war Samstag, seit sechs Uhr morgens war ich damit beschäftigt, in der Praxis alle Regale abzuschrauben, die Möbel im Wartezimmer aufzutürmen und alle unbeweglichen Gegenstände sowie den Fußboden abzukleben. Gegen zwölf Uhr wollten Pippa, Mia, Ole und drei gemietete Studenten kommen, um beim Streichen zu helfen. Außerdem hatte sich Moritz für den Nachmittag angekündigt, um den neuen Tresen einzubauen – das alte Resopalungetüm hatte er schon am Abend zuvor abgeholt. Seit unserem geplatzten Abend hatten wir nur einmal wegen des Tresens miteinander telefoniert. Ich hatte mich nicht getraut, meine Biereinladung zu wiederholen, und Moritz war auch nicht mehr darauf zurückgekommen.

Um elf Uhr war ich von der Möbelschlepperei fix und fertig und konnte mir nur schwer vorstellen, den Rest des Tages mit dem Streichen der Wände zu verbringen. Ich kochte mir einen Kaffee und packte ein belegtes Brötchen aus, setzte mich auf den abgeklebten Untersuchungsstuhl und legte die Beine hoch. Um Viertel vor zwölf klingelte es. Vor der Tür stand Moritz.

»Was machst du denn schon hier? Wolltest du nicht erst nachmittags kommen?«

»Ich dachte, du könntest vielleicht noch Hilfe beim Streichen gebrauchen. Hier, der lag auf der Fußmatte.«

Er überreichte mir einen Brief, auf dem mit krakeligen Buchstaben »Dr. Leopold« geschrieben stand, und marschierte mit einem Werkzeugkasten in der Hand an mir vorbei in die Praxis. Ich folgte ihm.

Sein plötzliches Auftauchen machte mich verlegen. Ich sah furchtbar aus und hatte eigentlich noch duschen wollen. Weil ich nicht wusste, was ich sagen oder tun sollte, riss ich den Brief auf. Er war von Doktor Müller: Er sei bestürzt über die »unglückliche Rechnungslegung« seiner Lebensgefährtin, von der er erst durch meinen Besuch erfahren habe. Die ganze Angelegenheit sei ihm furchtbar unangenehm, und auch Frau Mauer bereue ihr Handeln zutiefst. Er bitte mich inständig darum, von einer rechtlichen Verfolgung abzusehen. Nach seiner Berechnung handle es sich um einen Betrag von soundso viel tausend Euro, den er umgehend und mit Zinsen auf mein Konto überweisen werde. In der Hoffnung auf eine gütliche Einigung verbleibe er mit freundlichen Grüßen und so weiter.

»Wer hätte gedacht, dass der alte Mann noch so viel Geld in sich hätte«, murmelte ich nachdenklich.

»Der Würfel muss rollen, Sechs oben, Eins unten, und alles ist dein!«

Ich starrte Moritz verblüfft an.

Er kniete auf dem Boden und spachtelte Dübellöcher in der Wand zu. Hatte ich Halluzinationen?

In diesem Augenblick klingelte es. Ole und Mia standen vor der Tür. Hinter ihnen erschienen im Treppenhaus drei junge Männer – die bestellten Studenten. Einer der drei stellte sich und seine Kumpel als »Markoricothomas« vor, ohne dass ich ausmachen konnte, wer wer war. Ich ließ alle herein und zeigte ihnen, wo sie sich umziehen konnten. Mia und Ole hatten eine riesige Schüssel Kartoffelsalat und eine Kiste Bier mitgebracht, die sie in der Küche deponierten.

»Mia, hast du den gemacht?«

»Nein, Ole. Er ist unter die Köche gegangen.«

»Für diesen Eimer muss er mindestens zehn Kilo Kartoffeln, Gurken und Zwiebeln geschält haben!«

»Du, das ist für Ole kein Problem. Das ist alles eine Frage der richtigen Technik«, bemerkte sie mit mildem Spott und lächelte Ole an.

Ich instruierte das Studententrio, mit dem Streichen des Eingangsbereichs anzufangen, damit Moritz im Anschluss den Tresen einbauen konnte, und versorgte sie mit weißer Farbe, Rollen und Pinseln. Dann erklärte ich Mia, Ole und Pippa, die inzwischen auch eingetroffen war, wie ich mir die Farbgebung in den übrigen Räumen vorstellte. Die Praxis war durchgehend in einem schmutzigen Gelbton gestrichen, der vor dreißig Jahren modern gewesen sein mochte. Nach langem Hin und Her hatte ich mich dazu entschieden, die Decken weiß zu streichen und die Wände cremefarben. Für den prachtvollen Stuck hatte ich ein helles Grau vorgesehen, damit er sich besser von der weißen Decke abhob. Diese Arbeit wollte ich übernehmen, denn ich hielt es für eine Zumutung, über Kopf den Stuck anzupinseln. Doch Pippa war ganz versessen darauf, diese Arbeit zu übernehmen, und so teilten wir sie uns.

Als ich gerade die zweite Stuckrosette vollendet hatte, kam Marko, Rico oder Thomas ins Zimmer und verkündete, sie seien fertig mit dem Streichen des Eingangsbereichs. Ich folgte ihm und durfte staunen: Sie hatten sauber gearbeitet, die Rezeption war kaum wiederzuerkennen, so hell und freundlich wirkte sie. Ich zeigte den dreien mein Sprechzimmer und bat sie, dort weiterzumachen.

Am späten Nachmittag waren wir schon ziemlich weit vorangeschritten, nur das Streichen des Stucks dauerte ewig. Markoricothomas waren dabei, die Gästetoilette und den Flur zu streichen, Ole malerte die Decke im Untersuchungszimmer, und Pippa war Pizza holen gegangen, weil die hungrigen Studenten den Kartoffelsalat aufgegessen hatten. Ich versorgte mich in der Küche mit einem weiteren Kaffee und sinnierte darüber, wie ein bisschen Farbe die Raumwirkung komplett veränderte. Mia kam mit einem Bier in der Hand zu mir, lehnte sich in den Türrahmen und fragte mich flüsternd, was nun eigentlich mit Moritz und mir sei.

»Gar nichts ist! Weniger als nichts! Ich glaube, er hält mich für eine hysterische Kundin!«

»Lena, er starrt dich die ganze Zeit an wie ein hypnotisiertes Kaninchen.«

»Quatsch. Momentan schraubt er am Tresen herum.«

»Pass auf, ich checke jetzt mal die Lage.«

»Nein!«

Doch Mia ließ sich nicht aufhalten. Ich beobachtete, wie sie zu Moritz ging und irgendeine Bemerkung machte. Moritz stand auf, sie unterhielten sich. Andauernd lachten sie. Schließlich prosteten sie sich mit ihrem Bier zu, und Mia kam wieder zu mir in die Küche.

»Worüber habt ihr euch denn so prächtig unterhalten?«, erkundigte ich mich eifersüchtig.

»Ich habe ihm gesteckt, was für eine Superfrau du bist und dass er sich ranhalten soll. Und ich habe ihm gesagt, dass er dich besser gut behandelt, sonst poliere ich ihm nämlich die Fresse, bis seine Zähne Samba tanzen!«

»Mia! Das hast du nicht im Ernst gesagt!«

Mia schüttete sich aus vor Lachen. »Traust du mir das zu?«

Ich zuckte mit den Schultern. »Wie findest du ihn denn?«, wisperte ich.

»Hmmm, ich würde sagen … ein total süßer Boy mit einem echt schnuckeligen Arsch!« Mia brach schon wieder in Gelächter aus. Sie war auffallend gutgelaunt, von mieser Krisenstimmung keine Spur mehr. Ich packte sie am Arm, zog sie in die Küche und schloss die Tür hinter ihr.

»Weißt du, was Moritz zu mir gesagt hat?«

»Erzähl.«

»Ich habe einen Brief von Herrn Müller bekommen, in dem er schreibt, er werde mir das Geld erstatten, um das mich Frau Mauer betrogen hat. Und da habe ich vor mich hin gesagt: ›Wer hätte gedacht, dass der alte Mann noch so viel Geld in sich hätte!‹ Woraufhin ich Moritz murmeln höre: ›Der Würfel muss rollen, Sechs oben, Eins unten, und alles ist dein!‹«

»Das ist ja wirklich ein seltsamer Dialog … Soll ich mich an einer Deutung versuchen?«

»Mia, du ahnungsloses Kind, hast du denn überhaupt keine Bildung in deiner Jugend genossen? Das ist aus *Die drei Fragezeichen und die gefährliche Erbschaft*.«

»Kenn ich nicht.«

Ich verdrehte die Augen. »Das ist Kulturgut, du Banausin. In der Geschichte hinterlässt ein Einzelgänger ein rätselhaftes Testament, in dem er Anweisungen gibt, wie seine Erbschaft zu finden ist: ›Wo der Windhund haust, das beschirmte Auge Rechts: zum Billabong! Über Holz über Holz über Stein – droben Knall und Fall, und die Abfahrt vom Freund.‹ In dem Stil geht es weiter, und am Ende heißt es: ›Wer hätte gedacht, dass der alte Mann noch so viel Geld in sich hätte! Der Würfel muss rollen, Sechs oben, Eins unten, und alles ist dein.‹ Verstehst du jetzt?«

Mia schlug mir auf die Schulter. »Lena, das ist eindeutig ein Zeichen! Ihr seid füreinander bestimmt!«

Ich lächelte schwach.

Mia stellte ihr Bier ab. »Okay. Du brauchst Beweise? Dann erzähle ich dir jetzt von einem interessanten Gespräch, das ich mit Pippa hatte. Vorhin kam sie zu mir und fragte mich ganz beiläufig, ob du eigentlich wieder mit deinem Ex-Freund zusammen seist. Auf keinen Fall, habe ich erwidert. Ach so, sagt sie, dann hat mein Onkel da wohl etwas missverstanden.«

»Und was belegt das deiner Meinung nach, Sherlock?«

»Er hält sich vielleicht zurück, weil er glaubt, dass du vergeben bist. Das ist doch ein nobler Zug!«

Zweifelnd schüttelte ich den Kopf. In diesem Augenblick kam Pippa herein und fragte, ob wir auch ein Stück Pizza wollten, deswegen konnten Mia und ich die Angelegenheit nicht weiter diskutieren. Wir setzten uns alle ins Wartezimmer auf den Boden und begutachteten, während wir uns über die Pizza hermachten, das Ergebnis unserer Arbeit. Ole merkte an, er habe Zweifel an meiner Farbauswahl gehegt, aber das Ergebnis gebe mir recht, es sehe grandios aus. Pippa meinte, es sei schade, das schöne Wartezimmer mit den hässlichen grünen Stühlen zu verunzieren, die ich von meinem Vorgänger übernommen hatte. Moritz widersprach: Das seien echte Bauhaus-Freischwinger, die irgendjemand in einem Anfall von Geschmacksverirrung grün gestrichen habe. Man müsse sie nur anschleifen und schwarz lackieren, dann sähen sie aus wie neu.

Um sieben Uhr schickte ich die Studenten nach Hause und wollte die Renovierungsaktion abbrechen.

»Den Rest schaffe ich morgen allein«, sagte ich. »Ihr habt alle genug von eurer Freizeit investiert.«

Pippa, Moritz, Ole und Mia protestierten energisch, sie wollten das Werk unbedingt vollenden. Also machten wir weiter. Gegen neun verabschiedete Mia sich bedauernd, einer musste den Babysitter ablösen, und sie hielt Ole für den effektiveren Streicher.

Kurz vor Mitternacht waren wir endlich fertig. Es war alles gestrichen, die Abdeckfolie zusammengerollt, die Pinsel waren ausgewaschen. Wir teilten uns die letzten zwei Flaschen Bier und durchwanderten gemeinsam die Räume. Die Praxis war kaum wiederzuerkennen. Sogar das Parkett wirkte in Kombination mit den frisch gestrichenen Wänden nicht mehr abgetreten, sondern versprühte einen Hauch von Patina. Das Meisterstück jedoch war der Tresen, ich konnte mich gar nicht sattsehen an ihm.

Als ich Tür der Praxis hinter mir zuzog und abschloss, hoffte ich inständig, dass Pippa und Ole sich schnell verabschiedeten und ich mit Moritz alleine sein konnte. Leider bot Ole mir an, mich nach Hause zu fahren. Mir fiel kein brauchbarer Grund ein, das Angebot abzulehnen. Bedauernd sah ich Moritz hinterher, der mit Pippa in seinen weißen Kombi stieg.

Mia

Es war Sonntag. Ole und ich lagen aneinandergekuschelt im Bett. Es herrschte eine geradezu himmlische Ruhe. Die Kinder spielten zusammen in Klaras Zimmer. In einem seltenen Anfall von Großmut hatte Klara sich erboten, mit Max Kaufmannsladen zu spielen.

Die Küche sah mal wieder aus, als ob eine Bombe eingeschlagen hätte, aber es war mir egal. Am nächsten Tag würde unsere neue Haushaltsperle kommen und sich darum kümmern. Sie war letzte Woche schon zwei Mal da gewesen und hatte das Haus auf Vordermann gebracht. Ich konnte mich nicht erinnern, dass es jemals zuvor so sauber und aufgeräumt bei uns gewesen wäre. Sie hatte sogar gebügelt, die Wäsche in unseren Schränken verstaut und eine Gemüsesuppe gekocht! Wir hatten nach ihrem ersten Probearbeitstag ein ernstes Gespräch mit ihr geführt und sie gefragt, ob sie sich tatsächlich für unser Chaos gewappnet fühlte. Sie hatte erwidert, sie habe fünf Kinder großgezogen, sie könne so leicht nichts schrecken.

Die Frau war eine Frischzellenkur für mein Nervenkostüm. Warum waren wir nicht früher auf diese geniale Idee gekommen? Ich drehte mich zu Ole um und stützte mich auf den Ellenbogen auf.

»Ole?« Ich stupste ihn vorsichtig an. »Bist du wach? Ich möchte dir etwas sagen.«

Er öffnete die Augen und sah mich erwartungsvoll an.

Nervös räusperte ich mich.

»Keine Angst, ich mache es kurz. Mir ist in der letzten Zeit einiges klargeworden. Um es auf eine prägnante Formel zu bringen: Du bist nicht immer der Mann meiner Träume, aber du bist definitiv der Mann meines Lebens.« Erleichtert atmete ich aus.

Ole runzelte die Stirn. »Das hört sich ja toll an.«

»Das war eine Liebeserklärung!«

»Tatsächlich? Ich habe gerade verstanden, dass ich nicht der Mann deiner Träume bin.«

»Ich habe aber auch gesagt, dass du der Mann meines Lebens bist.«

»Das ging etwas unter.«

»Ich bin halt nicht die größte Romantikerin auf diesem Planeten. Würdest du mir etwa glauben, wenn ich sagte, du seist immer der Mann meiner Träume?«

»Nein.«

»Siehst du. Und bin ich etwa immer die Frau deiner Träume?«

»Natürlich!« Ole grinste. »Ich träume nur von dir.«

»Alles klar, Pinocchio. Was ich sagen will, ist, dass wir beide nicht perfekt sind. Der Mann meiner Träume ist eigentlich eine Haushälterin, die aufräumt und putzt, immer das Richtige einkauft und abends ein Gala-Menü auf den Tisch zaubert. Die Frau deiner Träume hat vermutlich mindestens drei Mal täglich das unbändige Verlangen nach Sex …«

Ich hielt inne. Was erzählte ich hier überhaupt? Eigentlich wollte ich Ole sagen, dass ich erkannt hatte, wie sehr ich ihn liebte, dass ich glücklich mit ihm war, dass er und kein anderer der Mann war, mit dem ich mein Leben teilen wollte.

Ich nahm einen neuen Anlauf.

»Mir ist klargeworden, dass dieser ganze Alltagsstress völlig unerheblich ist. Im Kern, meine ich. Das Entscheidende ist: Du bist der Mann meines Lebens. Und ich würde alles dafür tun, dass das auch so bleibt.«

»Das hört sich schon anders an.«

»Es wird sogar noch besser. Hier kommt mein Angebot: Fünf Mal im Monat. Die Tage suchst du aus.«

»Wovon redest du?«

»Tu doch nicht so!«

»Ach so. Hattest du nicht gesagt, du würdest *alles* tun?«

Ich schnaufte empört. »Okay, dann halt sechs Mal. Sechs Mal im Monat, Ole! Das ist eine Steigerung der aktuellen Rate um zirka 600 Prozent!«

»Acht Mal.«

»Sadist.«

»Treffen wir uns in der Mitte.«

»Na gut. Sieben Mal.«

»Abgemacht. Schlag ein.«

Wir schüttelten uns die Hände.

In diesem Moment drang vierfüßiges Getrampel an mein Ohr. Die Tür wurde aufgerissen. Max und Klara stürmten in unser Schlafzimmer. Max patschte mir seine klebrigen Händchen ins Gesicht und zog an meinem T-Shirt.

»Mama, autehn!«

Ich stellte mich schlafend. Manchmal half das.

Klara warf sich zwischen Ole und mich ins Bett.

»Sext ihr?«

»Nein, Klara, wir sexen gerade nicht.«

»Warum seid ihr dann im Bett?«

»Wir liegen hier einfach ganz gemütlich.«

»Ach so, ihr kuschelt.«

»Ja.«

»Ich kuschel auch immer. Mit Leo. In den bin ich nämlich verliebt.«

Pause.

»Papa, bist du auch verliebt?«

»Ob ich verliebt bin? Ja, so könnte man es nennen.«

»Und in wen?«

»Hm, lass mich mal überlegen ...« Ole tat so, als grüble er über einem kaum lösbaren Problem. Ich bewarf ihn mit meinem Kissen. »Ach so, jetzt fällt es mir wieder ein. Ich bin ganz schrecklich in Frau Erler verliebt!«

Ich warf noch ein Kissen nach Ole. Frau Erler war unsere achtzigjährige Nachbarin.

Klara lachte sich kaputt.

»Papa, du spinnst! Frau Erler ist doch viel zu alt!«

»Richtig, das hatte ich gar nicht bedacht.«

Ole packte Klara und kitzelte sie durch. Klara kreischte. Max juchzte und sprang auf meinem Bauch herum. Er wollte auch gekitzelt werden. Ich tat ihm den Gefallen.

Schließlich richtete sich Klara mit verstrubbelten Haaren auf und lächelte verschmitzt.

»Papa, du bist gar nicht in Frau Erler verliebt. Du bist in Mama verliebt, stimmt's?«

»Ich gebe es zu, du hast recht. Mia schlägt sogar Frau Erler.«

»Und du, Mama, bist du auch in Papa verliebt?«

»Nein.«

»Wieso nicht?«

»Das wäre eine so große Untertreibung, dass es an Lüge grenzte.«

Klara guckte mich ratlos an.

Ole lächelte.

Max fiel aus dem Bett und schrie.

Lena

Wochenende! Ich hatte die Balkontür und alle Fenster weit geöffnet, warme Sommerluft strömte in meine Wohnung. Im Wohnzimmer stand ein Umzugskarton, den ich aus dem Keller geholt hatte. An diesem Tag wollte ich Lorenz' restlichen Kram zusammenpacken. Bei seinem Auszug hatte er zahlreiche Kleinigkeiten zurückgelassen, die ich nun loswerden wollte. Ich hatte ihn gebeten, am Nachmittag vorbeizukommen, um den Karton abzuholen. Es war nicht so, dass ich den Anblick seiner Sachen nicht mehr ertragen hätte, aber der Lebensabschnitt mit Lorenz war beendet, und es wurde Zeit, dass sich diese Tatsache auch in meiner Wohnung widerspiegelte.

Ohne Wehmut fing ich in der Küche an, zu packen. Den bauchigen blau-weißen Kaffeepott, den ich ihm zu unserem dritten Jahrestag geschenkt hatte, wickelte ich in einige Geschirrhandtücher. Ich stellte ihn in einen alten gusseisernen Bratentopf, den Lorenz von seiner Oma geerbt hatte, legte den Deckel darauf und platzierte ihn auf den Boden des Kartons. Dazu kam ein in Zeitungspapier eingeschlagenes Teeservice und ein Spaghetti-Probierlöffel. Er hatte einen kleinen Schlitz an der Seite, in dem die Nudeln hängenblieben. Lorenz hatte ihn bei einem Silvester-Julklapp bekommen, das unter dem Motto »Nutzlose, aber schöne Haushaltsgegenstände« stand. Als Letztes legte ich das Schneidebrettchen mit der Aufschrift »Held im Chaos« in den Karton. Die zahlreichen Postkarten am Kühlschrank, die Lorenz mir von Konferenzen geschrieben hatte, warf ich ins Altpapier. Ebenso die Sammlung Theaterkarten, die hinter dem Regal klemmte.

Dann kam das Badezimmer an die Reihe. Als Erstes griff ich mir Lorenz' zerschlissenen grauen Bademantel, der noch immer an der Tür hing. Sollte er ihn selber wegschmeißen, wenn er ihn nicht mehr haben wollte. Dazu kamen das Professor-Quietscheentchen, eine alte Haarschneidemaschine sowie ein schöner Rasierpinsel, den er nie benutzt hatte.

Im Schlafzimmer war nur die kleine Designer-Leselampe von Lorenz übriggeblieben. Ein schönes Stück, das ich gerne behalten hätte, doch ich wollte konsequent bleiben. Im Wohnzimmer nahm ich die drei hässlichen Bonsai-Kakteen vom Fensterbrett und bettete sie auf ein gestreiftes Sofakissen, das ich ebenfalls in den Karton legte.

Auf meinem Schreibtisch entdeckte ich den Hirschkäfer, den Lorenz mir mal zu Weihnachten aus dem Draht einiger Sektkorken gebastelt hatte. Ihn wollte ich behalten, ich fand ihn schön, ebenso die Briefe, die er mir von einer langen Südamerikareise geschrieben hatte. Ich legte die Briefe, den Hirschkäfer und ein gerahmtes Foto, das uns beide auf dem Gipfel eines Berges zeigte, in eine Kiste und verstaute sie in meinem Bücherregal. Die Jugendstil-Kerzenleuchter, die auf dem Esstisch standen, hatten wir zusammen von meinen Eltern bekommen. Ich beschloss, sie zu behalten. Dafür überließ ich Lorenz das dicke ethymologische Wörterbuch, das ebenfalls ein Geschenk für uns beide gewesen war.

Zum Schluss fiel mein Blick auf die alte Leica-Kamera, die auf dem Kaminsims stand. Lorenz hatte sie auf dem Flohmarkt erstanden, später aber festgestellt, dass sie nicht mehr funktionierte. Auch sie wanderte in den Karton der letzten Dinge.

Es klingelte. Lorenz war überpünktlich.

Ich drückte auf den Summer, öffnete die Wohnungstür und ging ins Wohnzimmer, um den Karton zu holen. Nur mit Mühe konnte ich den Deckel schließen. Ich hörte Lorenz die Treppe heraufkommen und schleppte den Karton in den Flur.

Auf der Türschwelle stand Moritz.

Verblüfft schaute ich ihn an.

»Lass mich raten. Du hast jemand anderen erwartet.«

»Äh, ja.«

»Ich habe offensichtlich das Talent, immer in den falschen Momenten aufzutauchen.«

»Eigentlich sind es genau die richtigen.«

Das war mir herausgerutscht. Ich spürte, wie meine Wangen sich röteten. Schnell drehte ich mich um und stellte den Karton in eine Ecke.

»Komm doch rein. Möchtest du einen Kaffee?«

»Ich will wirklich nicht stören, ich kann auch ...«

»Nein! Du störst überhaupt nicht!«

Energisch schloss ich die Tür hinter ihm und schob ihn in die Küche. Dieses Mal würde ich ihn nicht so schnell entkommen lassen. Geschäftig setzte ich Espresso auf, schäumte Milch und suchte zwei gleiche Tassen. Dann lehnten wir nebeneinander an der Arbeitsplatte und tranken unseren Kaffee.

»Wolltest du etwas wegen der Stühle besprechen?« Ich hatte Moritz gebeten, die Stühle im Wartezimmer abzuschleifen und zu lackieren, gegen Bezahlung natürlich. Er hatte zugestimmt.

»Nein, eigentlich wollte ich dir ein Einweihungsgeschenk vorbeibringen.«

»Einweihung?«

»Die Praxis sieht doch aus wie neu, da ist ein Einweihungsgeschenk fällig.«

Er zog einen Umschlag aus seiner Tasche und überreichte ihn mir. Ich öffnete ihn neugierig.

Es war eine Eintrittskarte für das *Drei Fragezeichen*-Playback-Theater. An diesem Abend, um 20 Uhr. In Hannover. Ich hatte von diesem Playback-Theater gehört. Schauspieler agierten synchron zu den Ereignissen auf der Kassette. Es war angeblich ziemlich lustig.

Moritz schenkte mir EINE Karte? In Hannover? Verwirrt las ich den beiliegenden Flyer.

Moritz räusperte sich. »Zufällig habe ich heute Abend auch einen Termin in Hannover. Wenn du willst, kann ich dich mitnehmen.«

Jetzt wurde er rot.

»Dein Termin hat nicht zufällig etwas mit den *Drei Fragezeichen* zu tun?«

»Möglicherweise.«

»Sitzen wir nebeneinander?«

»Könnte passieren.«

»Dann komme ich mit.«

Moritz sah mich an und lächelte. Er stand so dicht neben mir, dass ich seine Wärme spüren konnte. Ich blickte ihm in die Augen und sandte ihm eine wortlose Botschaft.

Küss mich, du Idiot!

Meine telepathischen Fähigkeiten zeigten Erfolg.

Wenn Ihnen »Blau ist grüner als Gelb« gefallen hat,
gefällt Ihnen vielleicht auch:

Anna Licht

Jan ist weg

Roman

ISBN 978-7466-2496-9
Broschur
8,95 € [D] / 9,20 € [A]

Leseprobe

Wir hätten wirklich schon viel früher auf die Idee kommen können, dass wir füreinander bestimmt waren. So sang ich ab und zu ein Lied, das meine Mutter mir früher öfter vorgespielt hatte. Es geht so: »Die Dinosaurier – werden immer trauriger – die armen Saurier – werden immer trauriger – denn die Saurier dürfen nicht an Bord – dudududumm …« Ich sagte zu Leni, dass, wenn ich irgendwann einmal einen Mann träfe, der dieses Lied kennt, ich ihn vom Fleck weg heiraten würde. Wenige Wochen später saßen Leni, Jan und ich beim Kaffeetrinken, und Jan fing an zu singen: »Dudududumm, die Dinosaurier – werden immer trauriger…« Leni und ich fingen hysterisch an zu lachen. Da wir aber alle drei nicht besonders abergläubisch waren, zogen wir aus dieser kleinen, feinen Episode keine weiteren Konsequenzen. Hätten wir vielleicht tun können, aber man stemmt sich ja auch nicht gern gegen den göttlichen Gang des Ganzen.

Stattdessen warteten Jan und ich in Ruhe weiter ab. Nach der Trennung von Leni war Jan eine Zeitlang solo und dann mit einer Frau zusammen, deren Namen ich verdrängt habe und mit der er nach eigenem Bekunden »geilen Sex« hatte. Sie hatte eine ekelhafte Töle von Hund, die wie ein Bettvorleger aussah, und einen durchgedrehten jugoslawischen Freund, den sie mit Jan betrog. Das alles sprach nicht gerade für sie, was Jan aber nicht davon abhielt, ausgiebigen Sex mit ihr zu haben. Außerdem – wahrscheinlich aus moralischen Skrupeln wegen ihres Freundes – gaukelte er sich vor, in sie verliebt zu sein.

Obwohl Jan ein ausgesprochen intelligenter, weitsichtiger und herzensgebildeter Mann ist, muss leider konstatiert werden, dass ihm diese Eigenschaften streckenweise abhandengekommen sind. Möglicherweise wurde er zum hilflosen Versuchskaninchen von Außerirdischen, die experimentell erforschen wollten, wie weit der männliche Part der Rasse Mensch zu gehen bereit ist, wenn es um seine Stellung in der Evolutionsgeschichte geht. Anders ist sein grauenhafter Frauengeschmack – mich und Leni ausgenommen – völlig unerklärlich.

Ein Beleg dafür ist zum Beispiel folgende Geschichte, die ich Jan in mühevoller Kleinarbeit aus der Nase gezogen habe: Als er in der zehnten Klasse war, gab es zwei Stufen über ihm ein Mädchen namens Lisa. (L scheint in Jans kleiner Geschichte der Frauen ein vergängliches Initial zu sein; mit P als Anfangsbuchstaben wähnte ich mich fatalerweise auf der sicheren Seite …). Diese Lisa jedenfalls war »ziemlich hot«. Was auch sonst. Außerdem fand sie Gefallen an Jan, und von da an trieben sie es auf dem Teppich, was Jan in seiner jungenhaften Männlichkeit zwar überforderte, aber wohl den damaligen Vorstellungen von sexueller Besessenheit entsprach. Darüber hinaus muss sie ziemlich dämlich gewesen sein (was dem Teppich-Sex keinen Abbruch tat, denn sie war wirklich »ziiiiiiemlich hot«). Jan bemühte sich, innerlich die Ohren vor ihrem verbalen Geschmeiß zu verschließen. Eines Tages etwa lagen die beiden nach vollzogenem Akt auf dem – inzwischen stark abgenutzten – Teppich, und Jan glotzte ins Leere und überlegte krampfhaft, wie lange er noch ihre Schulter streicheln müsste, bis er Computer spielen gehen konnte, ohne sie zu beleidigen. Da fragte sie ihn mit Babystimme: »Och, Jan, musst du jetzt an die kleine Anna denken?« Sie hatte ihm nämlich einige Tage zuvor aus ihrem Lieblingsbuch Hallo, Mister Gott, hier spricht Anna vorgelesen.

Mit Schaudern erinnerte sich Jan an diese düstere Episode. Und manchmal, wenn Jan und ich nach dem Sex nebeneinander im Bett lagen, fragte ich ihn mit Kleinmädchenstimme:

»Na, mein Engelchen, musst du jetzt an die kleine Anna denken?« In diesen Momenten wurde ihm mit schmerzlicher Klarheit bewusst, wie tief sein damaliger Griff ins Klo war. Das hoffte ich zumindest.

Jan und ich mussten einige Erfahrungsstationen durchlaufen, bis wir zueinanderfanden, doch irgendwann schienen die Bedingungen optimal. Ich war aus Saarbrücken zurückgekehrt und in eine kleine Einzimmerwohnung gezogen. Jan half mir, die Löcher für die Regalbretter in die Wand zu bohren. Als ich dicht neben ihm stand und plötzlich seinen Schweißgeruch wahnsinnig erotisch fand, wurde mir schlagartig klar, dass wir nicht mehr bloß gute Freunde sein konnten. Außerdem hatte Jan sich kurz zuvor der Tölen-Frau entledigt und war frei verfügbar. Nur fehlte ihm offensichtlich noch das Schlüsselerlebnis bezüglich meines Schweißgeruchs, weshalb sich unser Zusammenfinden um ein paar weitere Wochen verzögerte.

Wir übernachteten dauernd beieinander, aber nichts geschah. Ich lag mit Herzrasen neben ihm im Bett, in freudiger Erwartung der ersten zärtlichen Berührung, und Jan fing an zu schnarchen. Ich fand ihn zum Auffressen, wenn er morgens aufwachte und sich auf seinem Gesicht die rosafarbene Faltenlandschaft des Kopfkissenbezugs abzeichnete, aber Jan kochte nur Kaffee, anstatt sich ritterlich meiner Leidenschaft anzunehmen.

Am 1. Mai fasste ich mir endlich ein Herz. Ich war mir sicher, dass Jan, der mit kommunistischen Arbeiterliedern aufgewachsen war und immer noch inbrünstig Auf, auf zum Kampf und die Internationale sang, es nicht übers Herz bringen würde, mich am Tag der Arbeit von seiner Bettkante zu stoßen. Bei Auf, auf zum Kampf fällt mir immer die Geschichte ein, dass der kleine Bruder eines Bekannten Jan irgendwann fragte, wer eigentlich der Kalli-Knecht sei. Schließlich sängen sie immer: »Der Kalli-Knecht, dem haben wir's geschworen ...« Ich kaufte zwei Karten für »Gisela May singt Hanns Eisler« im Berliner Ensemble. Das würde Jan schon in Stimmung bringen. Mein genialer Plan ging tatsächlich auf: Jan, überwältigt von sentimentalen Gefühlen für die internationale Arbeiterklasse, konnte sich meiner zärtlichen Avancen nicht mehr erwehren. Wir hatten eine rauschende, romantische Nacht. Leider überfielen uns beide bereits am nächsten Morgen grobe Zweifel an der Richtigkeit unserer Aktion. Denn schließlich waren wir ja – Schweißgeruch hin oder her – nur gute Freunde. Eigentlich wollten wir gar nichts voneinander. Oder vielleicht doch? Die nächsten drei Monate waren, zusammenfassend gesagt, zermürbend. Wechselseitig von Panikanfällen übermannt, nagte die fiese Made des Zweifels an uns. Schließlich waren wir innerlich komplett zerfressen, wir rochen aus dem Mund vor modrigen Skrupeln und lagen abends mit Wärmflaschen im Bett, um unsere rumorenden Mägen zu beruhigen. Schwefelgase erfüllten die Räume, in denen wir uns bewegten, als Zeichen unseres gärenden Unglaubens, dass wir füreinander bestimmt waren. Es war grauenhaft. Ekelerregend. Ein Alptraum.

In Wirklichkeit war es natürlich viel undramatischer. Ich neige manchmal zu drastischen Übertreibungen. Anfängliche Panikattacken ob der emotionalen Folgerichtigkeit unserer Beziehung haben wir nach einigen Monaten in den Griff bekommen, und nach einem Jahr sind wir sogar zusammengezogen. Prinzipiell funktionierte das auch ganz gut. Bis vor einigen Wochen. Jan steckte seit mehreren Monaten in den Vorbereitungen für sein zweites Medizin-Staatsexamen, ich hatte mein Studium abgebrochen und in einer PR-Agentur angefangen zu arbeiten. Dabei fehlte mir nur noch ein Schein, und ich hatte sogar schon ein Thema für meine Magisterarbeit (»Die Shakespeare-Rezeption im Sturm und Drang«) – aber irgendwie konnte ich die Uni plötzlich keinen Tag länger ertragen. Ich wollte auch diese ganzen Sprüche nicht mehr hören: »Germanistik? Das ist doch die Grundlagenausbildung für Taxifahrer! HAHAHA!« Hahaha. Zum Kranklachen. Das Schlimmste war, dass das Niveau der Seminare sich tatsächlich auf dem einer durchschnittlichen Taxikonversation bewegte, wobei ich damit keinesfalls die Taxifahrer beleidigen möchte. Ich allein kenne schon zwei gebildete Taxifahrer. Der eine spricht fließend Mittelhochdeutsch und hat ein abgeschlossenes Geschichtsstudium. Der andere hat kein abgeschlossenes Studium, aber er hört den ganzen Tag Deutschlandradio und RadioKultur. Wenn ich einen Theatertipp benötige, rufe ich ihn an.

Dass ich mein Studium abgebrochen habe, weil mir die sieben unbezahlten Praktika beim Radio, bei der Zeitung und im Theater so viel Spaß gemacht hätten, kann ich nicht behaupten. Ich habe während meines achten Praktikums bei einer PR-Agentur einfach ein gutes Angebot bekommen. Es war zu verlockend. Endlich nicht mehr abends kellnern, endlich kein Vier-Fronten-Kampf mehr (Uni, Praktika, Job, Beziehung), endlich Feierabend ohne schlechtes Gewissen. Ich sagte zu. Und bereute nach circa drei Wochen. Bis zu dem Zeitpunkt dieses ersten richtigen Jobs mit festem Arbeitsvertrag inklusive beidseitiger Kündigungsfrist und allem Drum und Dran hatte ich nicht gewusst, wie zermürbend Langeweile sein kann. Jan lernte die ganze Zeit, sogar am Wochenende. Wenn ich abends völlig entnervt nach Hause kam, saß er zwischen einem Stapel dicker Bücher am Schreibtisch und war unansprechbar. Er hatte meistens weder eingekauft noch gekocht oder abgewaschen. Eigentlich stritten wir uns permanent deswegen. Vor zwei Monaten kam der verflixte Abend bei JansSchwester und ihrem Freund hinzu. Sie hatten uns zum Raclette-Essen eingeladen und eröffneten uns freudestrahlend, dass sie heiraten würden. Auf dem Heimweg fragte mich Jan, ob ich mir vorstellen könnte, ihn zu heiraten.

Heiraten? Drehte er nun komplett durch? Wir stritten uns jeden Abend wegen dreckiger Geschirrberge und fehlender Lebensmittel, und er redete übers Heiraten! Wir waren noch nicht einmal in der Lage, einen Putzplan zu erstellen, der unseren individuellen Bedürfnissen gerecht wurde. Und da sollten wir einen Pakt fürs ganze Leben schließen? Es war absurd.

Jan fuhr auf den Seitenstreifen, hielt an und sah mich ernst an. »Du kannst dir nicht vorstellen, mich zu heiraten? Nicht mal theoretisch?«

Ich erklärte ihm, dass wir doch noch keine dreißig seien, dass wir unser ganzes Leben vor uns hätten, dass wir, überhaupt, unser Leben erst einmal in den Griff bekommen müssten! Er müsse das Examen bestehen, einen guten Job finden, wir seien einfach zu jung, um übers Heiraten zu reden ... Und theoretisch könne man nicht heiraten, nur praktisch, deswegen könne ich mir das auch nicht theoretisch vorstellen, und praktisch gesehen sei dafür jetzt nicht der richtige Augenblick.

Seit diesem Abend klappte bei uns nichts mehr. Wir stritten uns nicht mehr so viel, aber er ging mir aus dem Weg. Ich nahm eine Woche Urlaub und flog in die Schweiz, um eine Freundin zu besuchen und nachzudenken. Als ich zurückkam, sagte ich ihm, dass ich Abstand von ihm brauchte, Zeit, um mir über meine Gefühle klarzuwerden. Vier Tage später zog er aus.